시시리바의 집

시
시
리
바
의
집

し し り ば の 家

사와무라 이치 장편소설 — 이선희 옮김

arte

차례

일러두기
주석은 모두 옮긴이의 것이며, 본문 하단에 각주로 표기했습니다.

프롤로그

유 령 저 택

그 집을 생각할 때, 머리에 맨 먼저 떠오르는 광경은 언제나 똑같다.

점심시간, 초등학교 3학년 1반 교실.

나는 창가에 서 있었다. 무더운 여름 바람이 누리끼리한 커튼을 흔들었다.

"그럼 오늘 놀러 가도 돼?"

자리에 앉아 있던 우리 반의 하시구치 다쿠토에게 나는 그렇게 물었다. 특별히 사이가 좋았던 기억은 없다. 그때까지 무슨 이야기를 하다가 그런 말이 나왔는지도 기억나지 않는다. 하지만 그렇게 말했다는 사실만큼은 똑똑하게 기억하고 있다.

"좋아." 하시구치는 검은 테 안경을 살짝 올리며 대답하고는, 바로 미안한 얼굴로 덧붙였다. "패미컴*은 한 시간밖에 할 수 없지만."

나는 웃으면서 대답했다. "그건 괜찮아."

하시구치의 집에 가는 건 처음이었다. 그것만으로 기쁘기도 하고 긴장되기도 했다. 그런 어린애다운 감정이 들었던 것도 기억이 난다.

하시구치의 뒷자리에 앉은 히가가 그때까지 책을 읽고 있다가 얼굴을 들었다. 나와 눈이 마주치자 겁먹은 얼굴로 재빨리 고개를 숙였는데 긴 앞머리에 가려서 표정은 보이지 않았다.

"히가, 너도 갈래?" 나는 그렇게 말하고, 황급히 하시구치를 돌아보며 물었다. "아, 미안해. 히가랑 같이 가도 돼?"

하시구치의 얼굴에 당황한 표정이 역력했다.

"되긴 하는데……."

하시구치는 그렇게 중얼거리며 히가를 쳐다보았다.

히가는 옆에서 보기에도 알 수 있을 만큼 긴장하더니, 꺼질 듯한 목소리로 대답했다. "……응."

그러는 동안에도 한 번도 고개를 들지 않았다.

당시 나는 반장이었다. 지금은 그때의 모습을 찾아볼 수 없을 만큼 한심하게 변했지만, 적어도 당시에는 선생님 말씀을

---

* 일본의 닌텐도에서 1983년에 발매한 게임 전용의 8비트 컴퓨터.

잘 듣는 모범생이었다. 그래서 선생님이 시키는 일은 뭐든지 했다. 히가와 사이좋게 지내라는 말씀도 지키려고 노력했으니까. 어둡고 음침하며 친구가 한 명도 없는 히가 고토코와.

종례가 끝나자마자 선생님께 인사하고 학교를 나왔다. 일단 집에 가서 어머니한테 친구 집에 놀러 간다고 말한 뒤, 가까운 공원에서 친구를 만났다. 요즘 아이들은 이렇게 번거롭게 만나지는 않을 것이다. 학교에서 휴대폰으로 엄마에게 연락하고 그대로 친구 집에 놀러 갈 테니까.

어머니는 내게 쇼핑백을 들려주었는데, 안에는 컵 젤리가 들어 있었다.

히가는 빈손이었다. 약속 장소에 나타나 내 손에 들린 쇼핑백을 보더니 난처한 표정을 지었다. 나와 하시구치는 적당한 말을 찾지 못한 채 "그럼 가자", "그래"라며 어색하게 대화를 나누고는 공원을 나왔다. 히가의 집은 경제적으로 넉넉하지 않은 것 같았다. 자세한 것은 모르지만 부모님이 하는 말을 언뜻 들었다. 아마 하시구치도 알고 있었던 것이리라. 실제로 이날 히가는 낡은 물색 티셔츠를 입고 있었다. 원래는 파란색이었을 것이다. 목 부분이 축 늘어진 걸 보고 나는 그렇게 짐작했다.

하시구치의 집은 우리 집 근처에 있었다. 새로 지은 단독주택으로, 현관문 안쪽으로 들어가자 새 나무 냄새가 났다.

앞쪽 계단에서 작고 하얀 강아지가 힘차게 뛰어내렸다. 거친 숨을 몰아쉬면서 매달리는 강아지를 하시구치는 익숙하게 대했다. 이름은 말해주었지만 기억나지 않는다. 존이었던가 줄리였던가, 그런 외국 이름이었을 것이다.

하시구치의 어머니는 넋을 잃고 바라볼 만큼 아름다웠고 옷차림도 세련되었다.

"어서 오렴. 와줘서 고맙구나."

생긋 웃으며 쇼핑백을 받은 그녀에게, 나는 의미도 모르는 채 "황송합니다"라고 대답했다. 그것이 어른의 인사라고 여긴 것이다. 어머니는 눈을 크게 뜨며 "어머나!"라고 하고는, 즐거운 듯이 소리 내어 웃었다.

히가는 교실에 있을 때보다 더 쭈뼛거렸다. 강아지가 멍멍 짖을 때마다 깜짝 놀라며 어깨를 떨어서 하시구치가 "조용히 해!"라고 야단쳤을 정도였다. 식탁에서 컵 젤리를 먹는 동안에도 얼굴을 들지 않고, 하시구치의 어머니가 말을 걸어도 고개를 끄덕이던지 옆으로 흔들 뿐이었다.

기억에 남아 있는 히가의 대답은 딱 하나였다. 어떤 질문이 있었는지는 잊어버렸지만 히가는 눈치를 살피듯 어머니를 바라보면서 "……여, 여동생 두 명요"라고 대답했다.

"세 자매구나." 어머니가 부엌에서 미소를 지으며 말했다.

하시구치는 내 옆에서 "그래?"하면서 가볍게 놀라는 표정을 지었다. 나도 놀랐다. 여동생이 두 명 있다는 사실보다 히가가 자기 이야기를 하는 걸 처음 들어서였다.

내 맞은편에 있던 히가가 고개를 작게 가로저었다. 그리고 생각에 잠긴 얼굴로 혼잣말처럼 중얼거렸다.

"남동생도…… 두, 두 명."

어머니는 깜짝 놀라며 눈을 동그랗게 떴다. "어머나! 다섯 남매야? 네가 첫째니? 굉장하구나, 제일 큰누나네?"

히가는 또 몇 번이나 고개를 가로저었다.

그러고 보니……. 나는 문득 생각이 나서 하시구치에게 물었다. 형제가 있느냐고.

"없어. 난 외아들이야."

하시구치는 컵에 입을 대고 젤리를 쭉쭉 빨아 먹었다. 강아지가 멍멍 짖자 히가가 겁먹은 얼굴로 의자에서 펄쩍 뛰어올라 몸을 웅크렸다. 간식을 먹고 어머니와 잠시 이야기를 나눈 후, 우리는 거실에서 나왔다. 그때였다.

스으윽.

위쪽에서 희미한 발소리가 들렸다. 바닥을 걸어가는 듯한, 거의 진동과 같은 소리였다. 복도에 서서 계단을 올려다보자 작고 검은 그림자가 재빨리 2층으로 숨는 게 보였다.

기다란 머리칼이 언뜻 보였다.

스으윽, 스으윽.

똑같은 소리가 천장 위에서 두 번 들리고, 그 후론 들리지 않았다. 하시구치는 신경도 쓰지 않고 강아지를 안아 올리더니 계단 쪽으로 걸어갔다.

"위에 누가 있어?"

"뭐?"

계단을 세 개쯤 올라간 하시구치가 뒤를 돌아보았다.

"2층에 누가 있는 것 같아서."

"아무도 없어."

하시구치는 태연하게 대답하고는 다시 통통 뛰어서 계단을 올라갔다. 그의 등을 바라보고 있자 점차 맥박이 빨라지면서 기묘할 정도로 2층이 멀고 어둡게 느껴졌다.

히가는 창백한 얼굴로 계단을 올려다보았다. 거스러미가 인 메마른 입술이 파르르 떨렸다.

"괜찮아?"

작은 목소리로 묻자 히가는 고개를 한 번 끄덕였다.

"왜 그래?"

2층에서 하시구치의 목소리가 들렸다. 의아한 얼굴로 우리를 내려다보고 있었다.

"아무것도 아니야."

나는 밝게 대답하며 계단에 발을 올렸다.

우리는 2층에 있는 하시구치 방에서 패미컴을 갖고 놀았다. 하시구치는 게임 소프트웨어를 많이 가지고 있어서 "와아, 부럽다!"라고 말했던 것이 기억난다. 한 시간밖에 놀 수 없는 것 치고는 아주 잘했던 것도 기억난다.

예상한 대로 히가는 게임에 서툴렀다. 컨트롤러를 조작하면서 몸도 같이 움직였다. 평소에 패미컴을 하지 않은 사람의 전형적인 모습이었다. 컨트롤러를 잡은 손에 너무 힘을 주는 바람에, 나는 결국 참지 못하고 웃음을 터뜨렸다.

히가가 슬픈 눈으로 나를 바라보았다. TV 화면에서는 마리오가 등 뒤에서 날아온 부메랑을 맞고, 맥 빠진 배경 음악과 함께 화면 밑으로 사라졌다.

하시구치가 다정하게 말했다. "왜 웃는 거야? 처음엔 서투른 게 당연하잖아? 꼭 잘해야 하는 것도 아니고."

정론이었다.

"미안해."

나는 장난처럼 가볍게 사과했지만 마음속에는 부끄러움이 차올랐다. 히가가 아무 말 하지 않았던 것도 비참한 마음에 박차를 가했다. 더 이상의 어색함을 견디지 못하고 TV 화면에서 시선을 돌렸을 때였다.

살짝 열려 있던 문이 스윽 닫혔다.

완전히 닫히기 전에 문틈으로 얼굴이 보였다. 기다란 머리카락도 보였다. 작고 가느다란 손발도 보였다.

여자아이였다. 세 살쯤 된 여자아이가 복도에 앉아 문틈으로 방을 들여다보고 있었다. 그러다 내가 쳐다보자 다급히 문을 닫았다. 그렇게밖에 여겨지지 않았다.

스윽, 스윽, 스윽, 스윽.

다시 기묘한 소리가 들렸다. 소리는 점점 작아지면서 이윽고 귀에 들리지 않았다.

"왜 그래?"

하시구치가 의아한 얼굴로 묻자 히가가 굳은 표정으로 나를 바라보았다.

"저기…… 있잖아."

나는 내가 본 것을 솔직하게 말했다. 말로 표현한 순간, 심장이 세차게 방망이질 치고 온몸이 꽉 조이는 듯한 감각에 휩싸였다.

"실은 아, 아까도……."

1층 복도에서 들은 소리와 계단에서 본 모습도 함께 말했다. 히가가 고개를 숙였다. 하시구치는 내 말을 들으면서 연신 고개를 끄덕였다. 그러더니 잠시 침묵하고 나서 한숨을 쉬었다.

"그랬구나."

이윽고 컨트롤러를 살며시 바닥에 내려놓고는 조용히 일어났다.

나와 히가는 하시구치를 따라 안쪽에 있는 일본식 방으로 들어갔다. 다다미 위를 다다다다 달려오는 강아지를 보면서 하시구치는 미닫이문을 닫았다.

다다미가 여섯 개 깔려 있는 세 평쯤 되는 방이었다. 방 안쪽에는 커다란 불단이 놓여 있었다. 작은 벽에는 흑백 사진이 몇 개나 걸려 있었는데, 사진은 모두 검은 액자에 들어 있었다. 무표정한 할아버지와 할머니들이 우리를 똑바로 바라보았다.

하시구치는 불단 앞의 방석에 무릎을 꿇고 단정히 앉아, 손으로 불단을 가리켰다.

손끝을 따라가자 검은 액자 안에 작은 컬러 사진이 들어 있었다. 여자아이 사진이었다. 멜빵바지를 입은 세 살쯤 된 여자아이가 공원 같은 곳에서 이쪽을 향해 어색하게 V 사인을 하고 있었다. 햇살에 눈이 부신지 눈을 가늘게 떴다.

문틈에서 언뜻 본 여자아이와 똑같이 생겼다.

"어……? 이건…….."

"내 여동생이야. 이름은 아사미." 하시구치는 표정 없이 말하고는 사진을 바라본 채 담담하게 덧붙였다. "병으로 죽었어. 이 사진을 찍은 지 얼마 되지 않아서."

스으윽.

그때 미닫이문 너머에서 또 소리가 들렸다. 찌익 하고 조금 높은 소리가 이어졌다. 맨살이 마룻바닥을 스치는 소리였다. 다음 순간, 나는 상상할 수밖에 없었다.

미닫이문 너머의 광경을.

복도에 우두커니 앉아, 안을 살펴보는 소녀의 모습을.

아사미의 유령을.

하시구치는 슬픈 얼굴로 한숨을 내쉰 뒤 방울을 흔들었다. 머리를 찌르는 듯한 방울 소리가 방 안에 울려 퍼지더니, 긴 여운을 남기고 사라졌다. 하시구치는 불단 앞에서 두 손을 마주

잡고 눈을 감고 있었다.

스윽, 스윽. 다시 누군가가 복도를 걸어가는 소리가 들렸다.

히가가 두 손으로 입을 막은 채 미닫이문을 뚫어지게 쳐다보았다.

하시구치 친척들의 흑백 사진이 우리를 내려다보았다. 그 시선 외에 다른 시선까지 느껴져서 나는 숨도 쉴 수 없고 꼼짝도 할 수 없었다. 강아지는 바닥에 엎드려 잠들어 있었다.

그 후에 놀았던 기억이 없는 걸 보니, 바로 집으로 돌아왔던 것 같다. 기억이 나는 건 현관문까지 배웅하러 나온 하시구치의 어머니 모습이었다.

어머니는 환하게 웃으면서 다정한 목소리로 말했다. "다음에 또 놀러 오렴."

현관문이 닫히자마자 나는 목소리를 죽이고는 히가에게 물었다.

"히가, 너도 봤어?"

히가는 고개를 숙인 채 작게 끄덕였다.

"소리도 들리고 기척도 느껴졌어?"

대문을 나설 때 다시 물었다. 히가는 또 고개를 끄덕였다.

"……그리고 목소리가."

"목소리?"

나도 모르게 되물었다. 목소리는 듣지 못했기 때문이었다.

히가가 나를 올려다보면서 말했다. "지, 진짜 목소리가 아니라…… 말이, 머리에."

그리고 천천히 걸으면서 "가, 같이…… 놀고 싶다고"라고 말한 뒤 콧물을 훌쩍거렸다.

히가가 영감 체질*이란 사실을 안 게 여름방학이 끝나고 2학기 때였을까? 멍하니 창밖을 바라보며 벌벌 떠는 히가를 몇 번이나 보았다. 마음에 걸려서 물어보면 히가는 울상을 지으며 "저기에 처음 보는 아저씨가 있어", "남자애가 베란다에서 울고 있어"라는 식으로 대답했다.

나는 그런 사람의 모습은커녕 목소리조차 들리지 않았다.

하시구치가 별안간 학교에 나오지 않은 건 2학기가 끝날 무렵이었다. 가족이 전부 야반도주했다고 반 친구한테서 들었다. 친구는 자기 부모님에게 들었으리라. 우리 부모님도 그런 이야기를 한 적이 있었다.

하시구치의 집 앞까지 간 적도 있었다. 현관 앞 화분과 자전거는 예전에 놀러 갔을 때와 똑같이 그대로 있었다. 커튼이 닫혀 있어서 안은 보이지 않았다. 우편함에는 신문이 잔뜩 들어 있었다.

이듬해 봄이었을까? 화분의 식물이 전부 말라죽고 자전거는

---

* 감수성이 뛰어나서 영이나 오라가 보이고, 영적 기운을 느끼는 사람.

녹슬었으며, 누군가가 문패를 떼어내 콘크리트가 그대로 드러나 있고, 주차장에 굴러다니던 초록색 호스가 흙먼지를 뒤집어써서 갈색으로 물들었을 무렵, 학교에 괴이한 소문이 나돌았다.

그 집에 유령이 나타난다.

그 집에 들어가면 저주를 받아 머리가 이상해진다.

비슷한 시기에 유행했던 도시전설이나 학교괴담에 비하면 시시하기 짝이 없는 소문이었다. 적극적으로 이야기했던 반 친구들도, 마음 깊은 곳에서는 믿지 않았던 나도, 겉으로는 절반쯤 웃음으로 넘겼지만 마음속으로는 웃지 않았다.

그 집에는 아사미의 유령이 있다. 나와 히가는 실제로 보았고 소리도 들었다.

같은 해 여름, 나는 깨달았다. 자자자 사실이다. 자자자 머리가 이상해진 것도 사실이었다. 자자자자자 지금의 내가 자자자 자자자자 증거다.

나는 그 이상한 집에 들어 자자자아아아아아아아아 간 후로 이상해졌다. 그 집에 들어갔다가 나온 이후 자자자자자자 준도 이상해지고 자자자자 이사오 자아아아아아아아아아 히가도 이상해 자자자아아아아아아아아아 머릿속에서 자자자아아아아아아아아아아아.

20

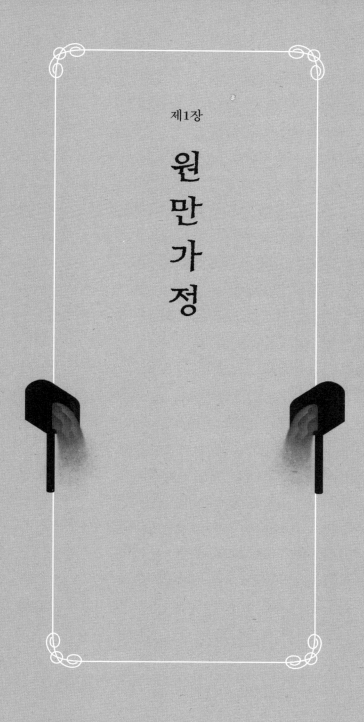

제1장

원만가정

빨래하고 청소하고 점심을 먹자 더는 할 일이 없었다. 꼼꼼히 화장을 하고 옷을 갈아입은 후 시계를 봤는데 아직도 1시였다.

집을 나와 노가타 역 근처의 작은 슈퍼마켓에서 천천히 장을 본 뒤 집으로 돌아와도 겨우 1시 반이었다. 고타쓰*에 발을 집어넣자 정면 벽에 있는 TV가 눈에 들어왔다.

TV를 볼 마음은 들지 않았다. 인터넷을 할 마음도 들지 않았다. 고향 친구는 아무와도 연락하지 않는다. 연락하고 싶은 사람도, 연락해도 될 만한 사람도 없다.

---

* 무릎을 덮어 따뜻하게 하는 온열기구.

나는 시선을 손으로 떨어뜨렸다. 왼손 약지. 핑크골드의 결혼 반지가 칙칙하게 보였다.

오늘도 유다이는 "되도록 일찍 올게"라고 말했다. 말만 그렇지, 빨리 와야 마지막 전철이다. 도쿄 본사는 고베 지사와는 비교도 되지 않을 만큼 바쁜 모양이었다. 그건 알고 있었다. 애초에 시스템 엔지니어란 일이 힘들다는 것도 알고 있었다.

"내가 돈 많이 벌게."

전근이 정해졌을 때 들었던 유다이의 목소리가 되살아났다.

일을 그만두고 나와 같이 도쿄에 가줘. 그리고 집을 지켜줘.

남자들이 먼저 맞벌이를 원하는 요즘 같은 세상에 하기 힘든 말이라는 건 알고 있다. 그가 상당한 각오를 했다는 것도. 일을 하다가 쓰러져 몇 번 구급차에 실려간 나를 걱정한다는 것도.

"그리고……." 그는 한순간 미소를 짓더니 진지한 얼굴로 덧붙였다. "엄마는 집에 있는 게 좋다고 생각해, 아이에게는."

나는 고개를 끄덕였고, 바로 영상제작 회사를 그만두었다. 유일한 동료였던 미키와 헤어지는 건 아쉬웠지만, 그렇다고 개인적으로 만날 만큼 친한 사이는 아니었다.

작년, 2009년 7월 말. 나와 유다이는 도쿄로 이사 왔다. 세이부신주쿠 선 노가타 역에서 도보로 10분 걸리는 방 두 개짜리 아파트였다. 집값이 이렇게 비싼가, 하고 어이없어 했던 것이 기억난다. 이 정도 집세라면 고베에서는 단독주택을 빌릴 수 있다. 중심지인 산노미야 역에서 걸어갈 수 있는 곳에서도.

번화가인 나카노에도 신주쿠에도 시부야에도 이케부쿠로에도 아사쿠사에도 우에노에도 가보았지만 금방 시들해졌다. 일단 사람들이 너무나 많다. 언제 어디에 가도 사람들이 우글우글 모여 있어서 걷기만 해도 온몸이 피곤했다.

도쿄여행 안내 책자도 어느새 보지 않게 되었다. 뭔가를 배울 마음도 들지 않았다. 옆집 사람들은 모두 낮에 집을 비워서, 아직 얼굴도 제대로 보지 못했다.

나는 다른 사람과 적극적으로 사귀는 편이 아니라는 사실을 새삼 깨달았다. 학교와 직장은 스스로 선택하든 선택하지 않든 '관계를 맺지 않으면 안 되는 집단', '그곳에 있지 않으면 안 되는 곳'이다. 사실 의무나 마찬가지다.

나는 지금까지 그런 의무 안에서만 관계를 맺어왔다. 태어나서 지금까지, 28년간 계속. 유다이도 일 때문에 참석했던 회식 자리에서 만났다.

"자기는 아직도 익숙해지지 않는 거야?"

11월. 오랜만에 일찍 집에 온 유다이의 말을 듣고 나는 큰 충격에 휩싸였다. 사투리가 거의 사라졌기 때문이었다. 말문이 막혀서 굳어 있자 그는 얼굴에 슬픈 미소를 담았다.

"미안해. 같이 있어주지 못해서. 지금 하는 프로젝트가 끝나면 연차를 낼게."

희미하게 남은 고베 사투리에 서글픔을 느끼면서 나는 거짓말을 했다.

"괜찮아."

유다이도 거짓말을 했다. 이번 프로젝트가 끝나도 쉴 수 없다. 시간이 많이 흐른 후에야 가능할 것이다. 거짓말을 하는 것은 둘 다 마찬가지라고 스스로에게 말했다.

우리는 거의 대화를 하지 않게 되었다. 한밤중에 집에 온 유다이는 항상 시든 배추처럼 축 늘어졌고, 아침에 일어나는 것도 힘들어 보였다. 밥을 차리고 배웅한다. 한밤중에 집에 온 그에게 수고했다고 말한다. 그것 말고는 대부분 문자 메시지로 연락하고, 가끔 잡담 같은 이야기를 하는 날이 이어졌다.

2010년 새해 첫날, 근처의 신사를 찾았다. 한밤중에, 그것도 작은 신사였는데 이미 수많은 사람들이 와 있어서 깜짝 놀랐다. 어떤 것을 보고 어떤 것을 들어도 시큰둥했지만, 그래도 유다이의 얼굴을 보고 같이 외출할 수 있어서 즐거웠다.

집에 오는 길에 두런두런 이야기를 하는 것도 즐거웠고, 좁은 욕조에서 몸을 붙이고 있는 것도 행복했다. 같은 시간에 침대에 들어가는 것도, 이불을 뒤집어쓴 채 꼭 껴안고 시시한 이야기를 하면서 시시덕거리는 것도, 서로의 온기를 느끼면서 잠의 세계로 들어가는 것도. 같이 신년 음식을 먹는 것도, 해마다 1월 2일에 하는 하코네 역전 마라톤을 보는 것도, 여성 만담 콤비가 나오지 않는 신년 특별 프로그램을 같이 보는 것도.

유다이는 1월 4일부터 출근했다.

거기까지 생각했을 때 알아차렸다. 지금은 어느새 2월 초다.

유다이와의 추억이 정초 연휴부터 전혀 갱신되지 않았다.

혼자 있는 시간도 갱신되지 않았다. 책은 읽었다. DVD도 빌려보았다. 언젠가 유다이에게 만들어주려고 레시피를 보면서 이런저런 요리도 했다. 마음을 굳게 먹고 혼자 연극을 보기도 했다. 그런데 무엇 하나 마음에 남지 않았다.

나는 좁은 식탁 주변을 둘러보았다. 햇살도 좋고 바람도 잘 통해서 선택한 집인데, 몹시 어두컴컴하고 공기도 가라앉은 듯한 생각이 들었다. 이 집으로 이사 와서 아이 이야기를 하지 않은 것도 떠올랐다.

시곗바늘은 1시 35분을 가리키고 있었다.

2월 14일, 오후 1시 30분. 나는 신주쿠의 이세탄백화점에 있었다.

지하 1층의 식품 코너는 수많은 사람으로 발 디딜 틈이 없었다. 밸런타인데이와 일요일이 겹친 탓이다. 나는 사람들에게 이리저리 떠밀리면서 유다이에게 줄 초콜릿을 골랐다. 그는 일요일인데도 출근했지만, 그런 건 생각하지 않기로 했다. 어떤 초콜릿을 좋아할까? 오직 그것만을 생각했다.

한참을 망설인 끝에 여섯 개에 3,000엔짜리 초콜릿을 골랐다. 제과 분야에서 유명한 파티셰가 특별히 만든 오리지널 초콜릿으로, 이세탄백화점 한정이라는 라벨이 붙어 있었다.

오렌지색 작은 쇼핑백을 받아 들고 신주쿠 거리로 나왔다. 쇼핑백은 아무것도 들어 있지 않은 게 아닐까 불안해질 만큼 가벼웠다. 실제로 한 번 멈춰 서서 내용물을 확인했을 정도였다.

세이부신주쿠 역에서 개찰구로 들어가려고 하다가 정기승차권 케이스가 없다는 걸 알아차렸다. 핸드백을 아무리 뒤져도 케이스는 보이지 않았다. 항상 케이스를 넣고 다니는 바깥 주머니 안에도. 평소에 잘 쓰지 않는 안주머니 안에도.

코트 주머니를 뒤져도 보이지 않았다. 나는 개찰구 옆에서 어찌할 줄 모르고 발을 동동 굴렀다. 어딘가에서 떨어뜨렸을지도 모른다.

온 길로 되돌아가 찾아볼까? 이세탄백화점의 복잡한 지하 1층을 떠올리고 땅이 꺼져라 한숨을 내쉬었을 때, 지나가던 남자와 눈이 마주쳤다. 그 남자는 시선을 돌렸다가 다시 내 얼굴을 바라보았다. 다음 순간, 남자가 그 자리에서 걸음을 멈추었다. 면바지에 짙은 감색 코트를 입은 키가 큰 남자였다. 거칠고 강인하게 생긴 얼굴에 놀라움의 표정이 떠오르면서 다물고 있던 입이 벌어졌다.

"가호?" 그 남자가 내 이름을 부르더니, 바로 정정했다. "아니, 요시자키 씨인가요?"

간사이 지방 사투리였다. 사투리를 듣자마자 기억의 서랍이 활짝 열리면서 초등학교와 중학교의 추억이 머릿속에서 흘러넘쳤다.

"……도시?"

목소리가 잘 나오지 않았다. 유다이 이외의 사람과 말하는 건 오랜만이라고 머리 한쪽으로 생각했다.

"그래!" 남자가 목소리를 높이더니, 얼굴에 주름이 질 만큼 활짝 웃었다. "그런데 어떻게? 어떻게 네가 도쿄에 있어?"

그 당시에는 눈꼬리에 주름 세 개가 없었다. 키도 이렇게 크지 않았다. 하지만 표정이나 말투는 똑같았다. 전체적으로 그 당시의 모습이 남아 있었다.

도시, 히라이와 도시아키였다. 초등학교와 중학교 시절에 같은 동네에 살았던, 한마디로 말해서 소꿉친구다. 초등학교 5학년과 6학년, 중학교 2학년 때는 같은 반이었다. 중학교 졸업과 동시에 도시가 이사 가고 처음 봤으니까 다시 만나는 건 13년 만이다.

"어떻게? 어떻게?"란 말만 계속 반복하는 도시를 향해, 나는 당황한 얼굴로 말을 더듬으며 설명했다.

"나, 남편이 본사로 오는 바람에 같이 왔어. 결혼해서 지금 성은 사사쿠라야."

도시는 눈을 희번덕거리며 과장스럽게 놀란 표정을 지었다.

"말도 안 돼! 혹시 한 학년 위의 육상부 선배야? 굉장한 악동이었지만 발이 장난 아니게 빨랐던 선배 말이야. 대학 때 하코네 산을 넘었던……."

"그 선배 아니야."

나도 모르게 웃음이 새어나왔다. 육상부의 사사쿠라 선배와 유다이는 동일 인물이 아니다. 나는 유다이와 어떻게 만났고 결혼하게 됐는지 간략하게 설명했다. 도시는 "오호!", "와아!"라고 환호성을 지르며 고개를 주억거렸다. 내 설명이 끝나도 대화는 끊어지지 않았다. 뒤를 이어 이야깃거리가 튀어나와서 풍선처럼 계속 부풀었다.

도시는 고등학교에 입학해 대학을 졸업할 때까지 오사카의 가도마에 살았다고 한다. 대학 졸업과 동시에 도쿄에 상경해 취직한 뒤, 한 번 회사를 옮겨 지금은 스포츠용품 제조업체에 다니고 있다고 이야기해주었다. 그리고 5년 전에 결혼했고, 2년 전에 히가시무라야마에 낡은 단독주택을 구입했으며, 지금은 그곳에 살고 있다. 우리 집과 같은 세이부신주쿠 선이다. 아이는 아직 없단다.

우리는 역 구내에 선 채 이야기에 빠져들었다. 언뜻 정신을 차리자 어느새 4시 반이었다. 두 시간 가까이 선 채로 이야기를 나눈 것이다. 개찰구의 벽시계를 슬쩍 쳐다보자 도시가 내 손에 있는 초콜릿 쇼핑백을 가리켰다.

"아, 미안해. 남편이 기다리겠구나."

나는 고개를 옆으로 흔들었다. "아니야, 오늘도 회사에 갔어. 워낙 바쁜 사람이거든."

"그렇구나." 도시는 거북한 얼굴로 말했다.

헤어질 때가 돼서 연락처를 주고받은 순간, 정기승차권 케이스를 잃어버렸다는 사실이 떠올랐다. 만일을 위해 다시 핸드백을 뒤지자 어이가 없을 정도로 간단히 발견되었다. 장지갑 사이에 끼어 있었던 것이다.

"나도 그런 일이 자주 있어. 덕분에 이렇게 만났잖아." 도시는 놀리지도 않고, 내가 민망하지 않게 웃으면서 말해주었다.

개찰구를 지나 플랫폼으로 들어갔다. 도시는 지금 막 도착한 급행을 타려고 했다.

"그러면 다음에 연락할게."

뒤를 돌아보고 인사하는 그에게 나는 재빨리 말했다.

"집으로 놀러 가도 돼?"

"그래." 도시는 웃는 얼굴로 대답하면서 손을 흔들었다.

나는 생각도 하지 않고 또 물었다. "다, 다음 일요일은 어때?"

스스로 생각해도 너무 집요했다. 도시가 귀찮아할지도 모르는데. 하지만 묻지 않고는 견딜 수 없었다. 남편의 귀가를 기다리면서 도시의 연락을 기다리는 날들, 상상만 해도 끔찍했다.

도시는 어정쩡한 미소를 지은 채 그대로 굳어졌다.

"괜찮아."

"진짜?"

"응." 도시는 잠시 생각하고 나서 덧붙였다. "괜찮으면 남편이랑 같이 와. 이런 기회에 인사해두면 좋잖아."

도시는 급행에 올라타고는 뒤를 돌아 나에게 손을 흔들었다. 나도 손을 흔들면서 그가 자리에 앉는 걸 확인한 후, 마침 도착한 열차로 발길을 돌렸다.

열차에 흔들리면서 초등학교와 중학교 시절을 떠올렸다. 같은 동네에 사는 아이들은 같이 등교하라는 학교 시책에 따라 매일 아침 도시와 같이 등교했던 일. 저학년 때 종종 도시의 집으로 놀러 갔던 일.

6학년 때 반 아이들이 우리 사이를 이상하게 생각해서, 교실에서 이야기만 해도 휘파람을 불며 놀려댔던 일. 그런 탓만은 아니지만 중학교에 들어간 후에는 별로 말하지 않았던 일……

유다이의 침실 겸 서재로 들어갔다. 책상 위에 초콜릿을 놓고, 어제 남은 반찬으로 저녁식사를 마치고 나서 고타쓰로 파고들었다. 추억을 곱씹는 사이에 잠이 들었나 보다. 눈을 떴더니 아침이었다.

유다이한테서 문자 메시지가 와 있었다.

'초콜릿 고마워. 회사에서 먹을게.'

나는 '그래'라고 답장을 보냈다.

도시한테서도 문자 메시지가 도착해 있었다.

'어제 반가웠어. 너무 오랜만이라서 얼마나 놀랐는지 몰라. ㅋㅋㅋ 일요일 오후에는 언제든지 괜찮아. 아내도 기대하고 있어. 그날 차로 데리러 갈 테니까 어디로 가야 할지 말해줘.'

몇 번이나 내용을 읽어보고 답장을 보냈다.

'나야말로 반가웠어! 일요일이 빨리 왔으면 좋겠다. 벌써부터 가슴이 두근거려. 또 연락할게.'

이번 일주일은 지금까지보다 훨씬 천천히 지나갔다. 겨우 일요일이 되고, 오후 2시가 되었다.

나는 노가타 역에서 조금 걸어가, 환상 7호선 옆에 있는 인도에 서 있었다. 손에는 쇼핑백을 들고 있었다. 안에는 고엔지의 양과점에서 산 고급 과자가 들어 있었다.

지나가는 차들을 멍하니 바라보고 있자 파란색 경차 한 대가 천천히 속도를 줄이더니 내 앞을 조금 지나서 정차했다. 운전석에 앉은 도시가 손을 흔드는 것이 뒤쪽 창문으로 보였다.

"남편은 바쁜가 보구나." 조수석 문을 닫자 도시는 아쉬운 얼굴로 말했다.

유다이는 오늘도 출근했다.

나는 안전벨트를 매면서 대답했다. "안 그래도 같이 가고 싶어 했는데 회사가 워낙 바빠서…… 미안해."

"어쩔 수 없지 뭐. 다음에는 꼭 만났으면 좋겠다고 전해줘."

도시는 내가 안전벨트 매는 걸 확인하고 나서 천천히 차를 출발했다.

우리는 도시의 집에 가는 도중에 예전의 추억과 지금의 생활에 대해 대화를 나눴다. 하지만 아무리 이야기를 해도 화제는 끊이지 않았다. 중2 때 담임 선생님부터 반 친구들까지, 육상부의 사사쿠라 이야기도 나왔다. 그는 회사 육상부에 들어갔지만 눈에 띄는 활약을 못 하고, 지금은 코치로서 후진을 양성하고 있다고 한다.

도시의 부모님은 돌아가셨다고 한다. 두 분 다 좋은 분이었는데. 언제 놀러 가도 싫은 내색을 하지 않았다. 두 분의 얼굴을 떠올리자 마음이 아팠다.

"할 수 없지 뭐. 내가 워낙 늦둥이였으니까. 미리 각오하고 있었어."

도시는 우리 부모님에 관해 묻지 않았다. 이미 알고 있는 것이리라. 당시부터 우리 부모님은 툭하면 싸우고 나를 나 몰라라 했다. 지금은 부모님과 연락을 하지 않고, 명절에도 집에 가지 않는다.

"그러면 혹시 할머니는……?"

그의 집에 갔을 때마다 어린 나를 반겨주셨던 도시에 할머니. 도시의 할머니였지만 나도 언젠가부터 자연스레 그녀를 '할머니'라고 부르게 되었다.

당시에도 이미 연세가 있던 전형적인 간사이 지방 할머니였는데, 말수도 많고 작은 일에도 웃음을 터뜨리곤 했다. 재미있는 이야기나 무서운 이야기를 많이 알고 계셔서 갈 때마다 들려주셨다. 다 먹지 못할 만큼 과자도 주셨는데 한 번은 치즈케이크를 통째로 준 적도 있었다. 절반쯤 먹었을 때부터 느끼함이 올라와 힘들었지만 억지로 다 먹은 것이 기억난다.

"할머니는 잘 지내셔." 표정이 살짝 어두워지더니 도시는 앞을 똑바로 바라보며 덧붙였다. "집에 계시고."

차가 빨간 신호에서 멈추었다.

"집이라니? 본가? 혼자?"

"아니, 우리 집에 계셔. 지금 가는 집에."

"정말이야?"

할머니도 만날 수 있다. 목구멍까지 기쁨이 차올랐다.

도시는 찜찜한 표정을 지으며 손가락으로 핸들을 톡톡 두들겼다.

차에 탄 지 40분쯤 지나 차는 주택가로 접어들었다. 그리고 몇 번이나 좌우로 꺾어지더니 어느 집 앞에서 멈추었다.

"주차하게 먼저 내릴래?"

나는 재빨리 내려 차에서 조금 떨어졌다. 차는 일단 앞으로 갔다가 천천히 후진해서 넓은 주차장으로 들어갔다.

집을 올려다보니 흔히 볼 수 있는 이층집이었다. 하얀 벽, 적 갈색 기와지붕. 옆집과는 꽤 떨어져 있었다. 끼익끼익 소리가 날 것 같은 낡은 청동 대문. 그곳에서 세 계단 올라간 곳에 어디에서나 볼 수 있는 짙은 갈색의 반질반질한 현관문이 있었다.

도시는 놀라운 핸들링으로 차를 세웠다. 잠시 후 엔진 소리가 멈추고 도시가 운전석 문을 열고 재빨리 차에서 내렸다. 열쇠 꾸러미를 쩔렁쩔렁 울리면서 개구쟁이처럼 "히라이와 저택에 잘 오셨습니다"라고 말하더니 대문 손잡이를 잡았다.

예상한 대로 대문에서는 끼익끼익 소리가 났다. 금속 문패에는 가로로 '히라이와 도시아키'라고 되어 있고, 그 밑에 '아즈사', '도시에'라고 나란히 새겨져 있었다.

집 안은 바깥과 180도 달라서, 꼭 새집 같았다. 새하얀 벽지도, 연갈색 마룻바닥도 눈부실 만큼 깨끗했다. 새 신발장은 거울처럼 반짝반짝했다.

"안은 깨끗하지? 리모델링했어."

도시는 환하게 미소를 짓고는, 등 뒤에서 현관문을 닫았다.

현관문 바로 앞쪽에 문이 있었다. 신발을 벗고 있자 도시가 거만한 동작으로 문을 열었다. 방이 참 작네, 라고 생각한 순간 화장실 휴지걸이와 변기의 끝부분이 보였다.

"최신식이야. 안으로 들어가면 저절로 뚜껑이 올라가지. 당연히 비데도 있고……."

도시는 문을 잡지 않은 손으로 안쪽을 가리켰다. 구경하라는 뜻이리라. 나는 쓴웃음을 지으며 화장실 안을 들여다보았다. 꽤 넓어 보이는 것은 화장실치고 넓기도 하지만 물탱크가 없기 때문이기도 했다. 휴지걸이의 커버도, 매트도, 선반에 있는 천바구니도 근사했다. 우리 집과는 천지 차이다. 그렇게 생각했을 때, 희미한 소리와 함께 변기 뚜껑이 천천히 올라갔다.

"괴, 굉장한 솜씨다……."

나는 스스로도 이해할 수 없는 말을 했다. 그리고 그런 자신이 우스워서 웃음을 터뜨렸다.

도시도 웃으면서 놀리듯 말했다. "하하하, 그게 무슨 말이야? 자아, 이쪽으로 와."

도시를 따라 복도를 지나가자 부엌 겸 거실이 나왔다. 여기

또한 하얗고 눈부셨다. 천장도 높았다. 레이스 커튼이 달린 커다란 창문 너머로 차 뒷부분이 보였다.

왼쪽은 거실이었다. 푹신푹신해 보이는 하얀 소파가 벽 앞에 떡하니 자리하고 있었다. 맞은편인 현관 쪽 벽에는 거대한 TV. 그 밑에는 역시 새것처럼 보이는 연갈색 캐비닛. 초록색 카펫 위에는 하얀 탁자.

오른쪽에 부엌이 있고, 커다란 나무 식탁 너머에 넓은 주방 카운터가 보였다. 최신식 전기레인지다! 더구나 3구나 된다. 눈을 크게 뜬 순간, 그 너머의 어둠 속에 서 있는 가냘픈 여자가 눈에 들어왔다.

"……안녕하세요."

그녀는 미소를 지은 채 갈라진 목소리로 말하더니, 천천히 부엌에서 나왔다. 소박한 치마와 회색 스웨터 차림에 긴 머리칼을 포니테일로 묶었다.

눈 밑에 자리 잡은 짙은 다크서클이 눈에 띄었다. 화장으로 감출 수 없을 만큼 거무칙칙한 다크서클이 갸름한 얼굴을 어둡게 만들었다.

도시가 그녀를 가리키며 말했다. "내 아내인 아즈사야."

"아즈사예요. 잘 오셨어요."

그녀는 깊숙이 고개를 숙였다. 매우 느린 동작이었다. 허리를 구부리는 게 몹시 힘들어 보였다. 나는 당황함을 감추면서 이름을 밝히고, 과자가 든 쇼핑백을 내밀었다.

부엌으로 돌아가는 그녀의 발에 눈길을 향한 순간, 마룻바닥에서 시선이 멈췄다.

발자국이 몇 개나 있었다. 발자국이 없는 곳에는 갈색의 미세한 입자가 보였다. 바닥을 둘러보자 여기저기에서 기묘한 흔적이 보여 흠칫 놀랐다. 발이 스친 듯한 자국도, 바닥과 벽의 경계선에 갈색 입자가 쌓여 있는 것도.

모래였다.

새집의 새 마룻바닥에 희미하게 모래가 쌓여 있었다.

갑자기 발바닥에 위화감이 느껴졌다. 오늘 검은 바지를 입고 왔는데, 발바닥이 온통 모래투성이였다. 눈으로 확인한 게 아니라 상상했을 뿐이지만.

"할머니는?"

도시가 부엌을 향하며 묻자 아즈사가 사무적으로 대답했다.

"괜찮으셔. 조금 전까지 주무셨는데 지금은 일어나 계셔."

"그래?" 도시가 거실 문을 열면서 나를 돌아보았다. "할머니 먼저 만나볼래? 2층에 계셔."

도시는 바로 앞의 계단으로 발을 옮겼다. 도시도 아즈사도, 바닥의 모래에 신경 쓰는 것 같지 않았다.

나는 발바닥에 온 신경을 집중하면서 도시를 따라갔다.

계단 구석에도 모래가 쌓여 있었다. 내가 잘못 본 게 아니다. 높다랗게 쌓였던 모래가 실제로 눈앞에서 힘없이 무너져내렸다. 이건 틀림없이 현실의 모래다. 하지만 손으로 만져서 확인할 용기는 없었다.

"가호, 올라와."

도시의 말을 듣고 나는 계단으로 발을 옮겼다. 도중의 층계참에서 한 번 구부러져서 2층에 도착했다. 열려 있는 맨 앞쪽 방문으로 도시가 얼굴을 들이밀었다.

세 평쯤 될까? 방 안쪽 창가에 커다란 침대가 놓여 있고, 침대에는 철제 난간이 붙어 있었다. 환자용 침대였다. 하지만 이 방에는 바닥에도, 카펫에도 모래가 보이지 않았다.

이불이 약간 부풀어 있었다. 작고 쪼글쪼글한 노파의 얼굴이 베개와 여름용 이불에 파묻혀 있었다. 노파는 축 늘어진 눈꺼풀 안의 검은 눈동자로 나를 보았다. 아니, 나를 보는 것이 아니다. 멍하니 시선을 향하고 있는 것뿐이었다.

나는 할 말을 잃었다. 기억 속 할머니와 완전히 딴판이었다. 작아졌다. 쇠약해졌다. 시들었다. 오그라들었다. 무례한 말이 잇따라 머릿속에 떠올랐다가 사라졌다.

"……할머니."

나는 몸을 숙이고는 얼굴을 가까이 대고 그렇게 불렀다. 목소리가 떨리는 걸 스스로도 알 수 있었다.

할머니는 새카만 눈동자를 두 번 깜빡이더니 오므렸던 입을 움직였다.

"아아, 마리니? 오랜만이구나."

목소리는 갈라졌지만 말투는 어린아이 같았다. 주름투성이 얼굴에 천진난만한 미소가 깃들었다.

할머니에게 무슨 일이 일어났는지 알아차린 순간, 코 안쪽이 마비되고 눈에 눈물이 고였다.

내 뒤에서 도시가 소곤거렸다. "이제 누가 누군지 못 알아보셔. 아내에게도 마리라고 하고, 나한테는 오라버니라고 하고. 흔히들 그러잖아, 늙으면 어린애가 된다고. 어린애로 돌아간 것 같아."

도시는 옆으로 다가와서는 내 어깨에 손을 올려놓았다. 그제야 비로소 내가 몸을 웅크린 채 두 손을 꼭 쥐고 있었다는 사실을 깨달았다. 나는 의식적으로 몸에서 힘을 빼고 숨을 깊게 토해냈다.

"미안해, 좀 놀랐어."

도시가 내 어깨를 툭툭 두드리며 말했다. "괜찮아. 컨디션이 좋을 때는 얘기도 할 수 있는데, 오늘은 좀 그러네."

"마리야아."

할머니가 또 누군가의 이름을 부르고, 뒤를 이어 "아우아우"라고 말했다. 무슨 말인지 알아들을 수 없었다.

이불 끄트머리에서 여기저기에 검버섯이 핀 손을 내밀었다. 덜덜 떨면서 나를 향해 들어올리자 나는 한순간 망설이다가 두 손으로 할머니의 손을 꼭 잡았다. 생각했던 것보다 촉촉하고 따뜻했다. 할머니는 힘없이 내 손을 잡았다. 반가운 얼굴로 무슨 말인가 계속했지만 역시 한마디도 알아들을 수 없었다.

할머니가 진정되길 기다렸다가 방에서 나오자 도시는 유난히 밝은 목소리로 "집 구경할래?"라고 물었다. 그리고 내가 대답하기도 전에 대각선 앞쪽에 있는 방문을 열었다. 나는 힘없이 웃으면서 그의 뒤를 따라갔다.

카펫이 깔린 작은 방 한가운데에 아기 침대가 놓여 있었다. 침대 위에는 나비나 별 모양의 플라스틱 장식이 매달려 있었다. 아기용 모빌이다. 옷장 위와 벽 선반에는 커다란 봉제 인형과 유아용 장난감이 쭉 늘어서 있었다.

가냘픈 체격의 아즈사를 떠올리면서 물었다. "……예정일은 언제야?"

그러자 도시는 쑥스러운 표정을 지으며 머리를 긁적였다.

"아직 안 생겼어. 내가 너무 설레발이지? 나도 그렇고 그 사람도 그렇고, 빨리 아기를 가지고 싶어서 그래."

"그렇구나." 나는 억지로 미소를 지으며 대꾸했다.

나와 유다이가 겹쳐지려는 생각을 뿌리쳤다. 아기 침대의 난간에 손을 대고 별생각 없이 안을 들여다보았다.

주름이 져서 움푹 들어간 크림색 타월 이불에 갈색 모래가 쌓여 있었다. '아!' 하는 외마디가 튀어나올 뻔한 순간, 맞은편에서 도시가 입을 열었다.

"이름도 지었어. 역시 설레발이지만." 손으로 침대 난간을 짚으며 체중을 싣자 도시는 아기 침대를 바라보면서 즐거운 얼굴로 덧붙였다. "아들이면 사쿠야, 딸이면 미즈키. 일단은 소리만 정하고 한자는 생각 중이야."

도시의 시선은 타월 이불에 쏠려 있었다. 하지만 모래는 전혀 신경 쓰지 않았다.

이상하다. 괴이하다. 아무리 생각해도…….

"다음은 우리 사랑의 장소로 가볼까?"

도시는 아기용 모빌을 손으로 돌리며 익살스럽게 말한 뒤 문으로 향했다.

어떡하지? 물어봐야 할까?

도시가 아이 방에서 나간 순간 깨달았다.

이 방에 나 혼자 남게 된다.

목덜미에 싸늘한 기운이 감돌아서 서둘러 도시를 따라갔다.

두 사람의 침실에는 킹사이즈의 하얀 침대가 놓여 있었다. 그것 말고는 침대 옆에 협탁과 스탠드가 있을 뿐인, 말 그대로 잠만 자는 공간이었다. 창문에서 쏟아져 들어오는 햇살이 단조로운 실내를 밝게 비추었다.

바닥은 복도나 거실과 달리 짙은 갈색이었다. 그런 탓에……
희미하게 쌓인 모래 알갱이가 선명하게 보였다.

도시는 여기에서도 아무렇지 않게 행동했다. 바닥의 모래가 전혀 보이지 않는 것처럼. 그렇다고밖에 여겨지지 않았다.

"돈을 탈탈 털어서 좋은 침대를 샀어. 누우면 절로 잠이 와."

열정적으로 말하는 도시에게 맞장구를 치면서 나는 점차 다른 불안을 느끼게 되었다.

실제로 모래 같은 건 없는 게 아닐까? 내 눈에만 보이는 게 아닐까?

이상한 건 이 집이 아니라 나 자신이 아닐까?

다시 말해, 내가 환각에 휩싸인 게 아닐까?

발에 힘이 빠지는 걸 가까스로 견디고, 나는 장난 같은 동작으로 큰 침대에 앉았다. 도시의 말처럼 침대는 놀라울 만큼 푹신했다.

거실로 돌아가자 부엌 옆 식탁에는 내가 사온 과자와 빈 찻잔이 세 개 놓여 있었다. 아즈사가 주전자에 담긴 뜨거운 물을 티포트에 따르고 있었다.

나는 도시가 권하는 대로 상석의 의자에 앉았다. 의자를 뒤로 뺄 때 확인했는데, 의자의 앉는 부분에는 모래가 보이지 않았다.

아즈사가 홍차를 따르고 나서 도시 옆에 앉았다. 잡담이 시작되었다.

도시는 지금까지와 똑같은 표정으로 말했다. 그의 말에 대답하는 사이에 술렁거리던 마음이 점차 진정되었다. 어느새 편안한 마음으로 홍차를 마시는 나를 발견했다.

추억은 끊이지 않았다. 당시 반 친구들에 대한 이야기만으로 분위기가 무르익었다. 이런 식으로 누군가와 많이 말하는 건 오랜만이다. 나는 어느새 세 사람의 대화를 즐기고 있었다.

아즈사는 어딘지 모르게 건성으로 대꾸하는 것처럼 보였다.

"저녁은 어떡할래? 괜찮으면 먹고 가." 도시가 물었다.

시계는 5시를 가리키고 있었다. 그제야 실내가 어두컴컴해졌다는 걸 알아차렸다. 그녀가 일어나서 벽의 스위치를 누르자 거실과 부엌에 불이 켜졌다.

"그러면 너무 미안한데……."

"괜찮아. 여기까지 왔는데 그냥 보낼 순 없잖아? 안 그래?"

끝말은 아즈사에게 하는 말이었다.

그녀는 "어? ……아아, 응" 하고 당황한 얼굴로 대답했다.

"밥하기 귀찮으면 전골 해 먹을까? 재료는 있지?"

"응." 그녀는 고개를 끄덕이다가 불쑥 생각난 것처럼 말했다. "참, 배추가 없어."

"내가 가서 사올게. 역 앞 슈퍼에 가면 있겠지 뭐."

도시는 자리에서 일어나더니 거침없이 코트를 입고는 "여자끼리 내 흉이라도 보고 있어"라고 장난스럽게 말한 뒤 밖으로 나갔다. 현관문이 열리고 닫히는 소리가 멀리서 들렸다.

나는 아즈사를 향해 사과했다. "……죄송해요. 제가 도와드릴 테니까 뭐든지 시키세요."

그녀는 말없이 자리에 앉더니, 생각에 잠긴 표정으로 식탁한 곳에 시선을 고정했다. 어색한 공기가 주변을 맴돌았다.

나는 조심스럽게 입을 열었다. "저기, 폐가 된다면 지금 같게요. 도시에게 얘기해주세요……."

그녀는 세차게 고개를 가로저었다.

"아니에요. 폐가 되긴요! 오히려 와주셔서 안심이 되는걸요."

그녀는 고개를 들고 불안한 얼굴로 나를 바라보면서 덧붙였다.

"저야말로 가호 씨에게 폐를 끼치는 것 같아요. 정말 죄송해요."

"네?"

"휘말릴지도 몰라요."

그녀는 갈라진 목소리로 말하더니, 얇은 입술을 꼭 다물고 가냘픈 손을 꽉 쥐었다.

생각하기도 전에 짐작이 되었다. 다음 순간, 발바닥이 가려워서 발을 들어올렸다. 이야기에 빠져서 까맣게 잊고 있었다. 환각일지도 모른다고, 내 탓으로 돌리기도 했다.

모래다. 분명히 그렇다. 그녀의 눈에도 모래가 보이고 이상하다고 여기는 것이다. 그녀의 모습이 이상하게 보이는 것도 분명히 모래 때문이다.

"저기……."

확인하기 위해 말을 하려던 순간, 그녀의 눈이 크게 벌어졌다. 나는 흠칫 놀라며 숨을 들이마셨다.

사아아아아아아.

뭔가가 흐르는 소리가 거실에 울려 퍼졌다. 갑자기 코가 간지러웠다. 희미한 냄새가 콧속을 가득 메웠다. 머리에 운동회 이미지가 떠올랐다. 눈부신 햇살과 뜨거운 열기. 그리고 운동장의…… 모래 냄새.

　그 직후 소리가 들려왔다.

　……흑, 흐으윽, 흐윽, 훌쩍…….

　여인의 울음소리였다. 그렇게밖에 여겨지지 않았다. 훌쩍훌
쩍. 콧물을 훌쩍이는 소리까지 들렸다.

　……훌쩍, 아아아, 아아, 으으, 흐으으…….

　머릿속에서 운동회 광경이 사라졌다. 그 대신 검은 머리칼을
길게 드리운 여인의 모습이 떠올랐다. 여인이 웅크리고 앉아서
울고 있다. 얼굴은 눈물로 젖어 있다. 눈과 코는 새빨갛다. 일그
러진 입술 사이로 치아가 보였다. 여인의 뺨을 타고 내린 눈물
이 턱에서 뚝뚝뚝…….

　쾅! 그때 현관문을 두들기는 소리가 들렸다. 나는 "으아앗!"
하고 괴이한 소리를 지르며 의자에서 펄쩍 뛰어올랐다.

　어느새 울음소리가 그쳤다. 뭔가 흐르는 소리도 들리지 않았
다. 들리는 것은 윙윙거리는 냉난방기 소리와 아즈사의 손톱이
톡톡톡 식탁을 두들기는 소리뿐이었다. 그녀는 떨고 있었다.
크게 벌어진 눈이 눈물에 젖어서 빛났다.

　"……들었어요?"

나는 아무 말 없이 고개를 끄덕였다.

"쾅 하는 소리, 울음소리, 그리고……."

아즈사는 얇은 입술을 떨면서 숨을 크게 토해냈다.

"그렇군요. 나 혼자 들은 게 아니라서 다행이에요."

내가 아무 말도 하지 않고 있자 그녀는 눈가의 눈물을 훔치며 덧붙였다.

"어두워지면 들려요. 6개월쯤 전부터 거의 매일요."

"네? 그럼 도시도 이 소리를……."

내가 신중하게 말을 고르며 물어보자 그녀는 가라앉은 목소리로 대답했다.

"아니요, 그이는 아무 소리도 안 들린대요. 보이지도 않고 느껴지지도 않고……. 자기한테는 영감이 없어서 그렇다고 하면서 웃더군요. 나에겐 전부 보이고 들리는데……."

이제야 겨우 이해가 되었다. 도시의 눈에는 모래가 보이지 않는다. 반대로 그녀의 눈에는 보인다. 바닥과 계단에 있는 모래가.

"……가, 가끔 창밖에……."

"네?"

그녀의 얼굴에서 눈물이 뺨을 타고 흘러내렸다.

"죄송해요. 집에 초대하지 않는 편이 좋다는 건 알고 있어요. 이렇게 이상한 일에 휩쓸리게 하면 안 된다는 것도요. 하, 하지만 그이…… 그 사람은 모르는 것 같고, 하, 할머니도."

거기까지 말하고 그녀는 고개를 숙였다. 눈물이 흘러내리며 식탁에 뚝 떨어졌다.

"이, 이제 혼자는…… 못 견디겠어요. 죄송해요."

그녀는 다시 나를 바라보며 사과했다.

멀리서 웃음소리와 함께 들뜬 목소리가 들렸다. 위쪽이다. 할머니 목소리라는 건 바로 알 수 있었다. "잘됐구나, 고맙다"라는 갈라진 목소리였다.

치아가 없는 입을 벌리고 웃는 할머니의 모습이 머리에 떠올랐다.

"고마워 시시리바아바아우아이우후후후……."

무슨 말인가 싶어 고민할 때, 아즈사가 천천히 일어섰다. 그녀는 생각에 잠긴 눈길로 나를 쳐다보았다.

"죄송하지만 할머니에게 같이……."

"네."

나는 굳어 있는 근육을 억지로 움직여 그녀를 따라갔다.

계단 한가운데를 밟고 올라갔다. 계단 구석의 모래가 눈에 들어오지 않도록 앞만 쳐다본 채.

할머니는 뭐가 그리 즐거운지 까르르 웃고 있었다. 힘은 없지만 손뼉을 치기도 했다. 침대에서 떨어지는 일은 없을 것 같았지만, 아즈사와 나는 의미를 알 수 없는 할머니의 말에 맞장구치면서 진정되길 기다렸다.

할머니가 새근새근 소리를 내며 잠이 들었을 무렵, 도시가 돌아왔다.

셋이 전골 요리를 먹었다. 식욕은 털끝만큼도 없었지만 억지로 입에 넣었다. 도시는 시시덕거리면서 이야기를 하고, 그녀는 억지 미소를 지으며 맞장구쳤다.

8시가 조금 안 된 시각.

"미안하지만 매주 꼭 보는 프로그램이거든."

도시가 TV를 켰고, 나는 그 틈을 이용해 그의 집을 뒤로했다. 차로 바래다주겠다고 해서 완곡하게 거절했다.

도시는 현관에서 손을 흔들었다.

"덕분에 즐거웠어. 언제든지 놀러 와."

옆에서 그녀가 미안한 눈길로 나를 바라보았다. 거실에서 사자에 씨* 목소리가 들렸다. 사자에 씨는 의뢰인이 얼마나 궁핍하게 사는지 드라마틱하게 설명했다.

급행 전철을 타고 사기노미야 역까지 간 뒤, 역마다 정차하는 보통 열차로 갈아타고 노가타 역에서 내렸다. 주변을 보지 않고 앞만 보고 걸어가, 아파트 계단을 뛰어올라 집에 도착했다. 불을 켜자마자 코트 차림 그대로 고타쓰로 파고들었다.

TV를 켰다. 사자에 씨가 리모델링한 집을 보고 의뢰인이 눈물을 흘리고 있다.

---

* 후지TV에서 하는 애니메이션으로 1969년부터 방영이 시작되었다.

희뿌연 마룻바닥. 거대한 침대.

조금 전까지 있었던 도시의 집을 떠올리고 재빨리 채널을 돌렸다. 울음소리가 머리에 되살아났다. 뭔가가 흐르는 소리도. 아기 침대의 모래도. 거실 바닥에 흩어져 있던 모래도.

나는 고타쓰에서 발을 오그리고 조심스럽게 발바닥을 살펴보았다. 발뒤꿈치에 하얀 실보무라지가 두 가닥 보일 뿐, 그것 말고는 아무것도 붙어 있지 않았다. 갈색으로 물들지도 않았다. 현관에서 신발을 들고 뒤집어보았지만 모래는 한 알갱이도 떨어지지 않았다.

그 모래는 무엇이었을까?

그 울음소리는, 그리고 현관문을 두들기는 소리는…….

TV에서 여자 목소리가 들렸다. 신경질적으로 뭐라고 소리친 후 날카로운 비명이 이어졌다. 드라마일까, 다큐멘터리일까?

그곳에서 새삼 알아차렸다.

나는 지금…… 이 집에 혼자 있다.

얼른 고타쓰로 들어가 TV를 껐다. 그러자 정적이 귀로 파고들었다. 냉장고 소리조차 들리지 않았다. 따뜻한 바람을 보내는 냉난방기 소리도, 지금 이 순간은 몹시 멀게 느껴졌다.

음악이라도 들으려고 가방에서 휴대용 음악 플레이어를 꺼내자 배터리가 끊어져 있었다. 다시 TV를 켜고 적당한 프로그램을 선택한 뒤, 거실 구석에서 쿠션을 껴안았다. 용기를 내서 유다이에게 '몇 시쯤 올 거야?'라고 문자를 보냈지만 아무리 기다려도 답장은 오지 않았다.

그때 위층에서 쿵 하는 묵직한 소리가 들리고, 그것만으로도 심장이 오그라들었다. 밖에서 남자의 고함 소리가 들려도 주정 뱅이일 뿐이라는 생각은 들지 않았다.

베란다에서 덜컹덜컹하는 소리가 들렸다. 깜빡하고 정리하지 않았던 옷걸이다. 유다이의 침실에서 콰당 하는 소리가 들렸다. 쌓아놓았던 책이 쓰러졌나 보다. 현관 쪽에서 삐걱거리는 소리가 들린 것은 신경이 예민해진 탓이리라. 욕실에서 탁 하는 소리가 난 건 미묘한 습도 변화 때문에 문이 약간 틀어져 있어서일 것이다. 과학적인 사실은 잘 모르겠지만 분명히 그렇다. 그래, 틀림없다.

몸을 웅크린 채 모든 의식을 TV 화면에 집중하면서 나는 유다이가 돌아오길 기다렸다.

화가 날 만큼 시간이 느릿느릿 지나갔다.

다녀왔다는 인사도 하는 둥 마는 둥 하고, 씻지도 않은 채 트레이닝복으로 갈아입고 쓰러지듯 침대로 들어가는 유다이를 보면서, 나는 만화 속 등장인물처럼 깊은 한숨을 토해냈다.

다음 날부터 나는 되도록 집에 있지 않고 외출을 했다. 유다이를 배웅하고 집안일을 마친 뒤, 화장을 하고 옷을 갈아입고는 일단 집을 나왔다. 행선지는 전날 정하는 일도 있었고, 정하지 않고 무작정 외출하는 일도 있었다. 어쨌든 집에 혼자 있고 싶지 않았다.

역 앞에 있는 커피숍이나 걸어갈 수 있는 공원 벤치에서 잡지를 보면서 시간을 보냈다. 되도록 돈은 쓰고 싶지 않았다. 사람이 북적거리는 도심에는 도저히 익숙해지지 않았다.

철학의 세계를 표현했다는 데쓰가쿠도 공원에도 가보았지만 입구에서 바로 되돌아왔다. 유령 조각상이 있어서였다. 조각상을 본 순간, 그 울음소리가 떠올랐다. 그리고 아즈사의 얼굴도.

그 집에서 할머니를 돌보고 있을 그녀. 겁먹은 얼굴로 벌벌 떨고 있을 그녀의 모습.

아즈사의 불안과 공포는 마음이 아플 정도로 이해가 되었지만 어쩔 도리가 없다. 내가 같이 있어준다고 해서 어떻게 되는 것은 아니다. 둘이 같이 있다고 무섭지 않은 것도 아니다. 적어도 나는 무서웠다. 그녀나 할머니와 같이 있는다 해도 그 집에는 있고 싶지 않았다.

그 집에 다녀오고 열흘이 지났을 때, 아즈사한테서 연락이 왔다. 점심시간이 지난 무렵. 샤쿠지이 공원의 벤치에 앉아 문고본을 읽고 있는데 가방에서 휴대폰이 진동했다. 모르는 집 전화번호라서 잠시 망설이다가 심호흡을 크게 하고 나서 통화 버튼을 눌렀다. 아즈사라고 밝힌 그녀와 인사를 나누었고, 아즈사가 용건을 말했다.

긴장해서 그런지 목소리가 딱딱했다. "……혹시 지금 와주실 수 있을까요?"

"무슨 일 있으세요?" 내 목소리가 기묘하게 뒤집어졌다.

그 집에 다녀온 이후, 나는 누구와도 말을 나누지 않았다. 심지어 유다이와도.

그녀는 말하기 힘든 듯이 우물쭈물했다. "네, 그리고…… 상의드릴 게 있어요."

"전화로 하시면 안 되나요?" 나는 되도록 다정하게 물었다.

죄책감과 미안함이 솟구쳤다. 이성적인 내가 높은 곳에서 '인정머리도 없군' 하고 나 자신을 비난했다.

잠시 침묵이 이어진 뒤, 그녀는 한마디로 대답했다.

"부탁할게요."

전화기 너머에 있는 그녀의 모습이 떠올랐다. 입술을 깨물고 있다. 수화기를 어찌나 세게 잡았는지, 손가락이 새하얘졌다. 그런 자세한 부분까지 상상이 되었다.

"……알았어요."

거절하고 싶은 마음은 굴뚝같았지만 도저히 내칠 수 없었다.

문기둥의 인터폰을 누르고 이름을 대자 아즈사의 목소리가 들렸다.

"네, 들어오세요. 열려 있어요."

나는 심호흡을 크게 하고 나서 대문을 열었다.

현관문을 열고 들어가자마자 바닥을 확인했다. 벽과의 경계선을 메우듯 갈색 모래가 나지막하게 쌓여 있었다. 나도 모르게 뚫어지게 쳐다보고 있자 복도 안쪽에서 그녀가 어두운 얼굴로 나타났다.

"정말 죄송해요. 와주셔서 고마워요."

그녀는 신발장 뒤에 있던 그물 선반에서 슬리퍼를 빼냈다. 나는 안도의 숨을 내쉬면서 신발을 벗었다. 슬리퍼가 있으면 모래를 밟지 않아도 된다.

그녀는 지난번과 마찬가지로 식탁의 상석을 권했다.

나는 그녀가 홍차를 다 따를 때까지 기다렸다가 물었다. "저기…… 무슨 일이 있으세요?"

그녀는 한동안 가만히 있다가, 찻잔에서 피어오르는 수증기 너머에서 몇 번 입을 벌렸다 다물었다. 그리고 미간에 주름을 잡으며 내 눈을 보지 않고 말했다.

"……히라이와에겐 저와 결혼하기 직전까지 사귀었던 여자가 있었어요. 같은 회사 사람이래요."

상상도 못 했던 말을 듣고 깜짝 놀람과 동시에, 스스로도 어이가 없을 만큼 실망했다. 흔히 있는 이야기다. 그런 남자는 얼마든지 있다고 생각하면서도, 도시가 그런 남자라는 생각에 실망감이 밀려들었다.

"믿지 않으실지도 모르겠지만요." 그녀는 나에게 시선을 향한 채 더듬거리며 말을 이었다. "이 집에서 일어나는 이상한 일은 그 여자의 원령 때문인 것 같아요. 그것도 살아 있는 원령요."

눈빛은 더할 수 없이 진지했다.

지금 제정신이에요, 라는 말이 목구멍까지 솟구쳤지만 나는 재빨리 다른 말로 바꾸었다.

"무, 무슨 말씀이세요?"

입꼬리가 올라가려는 걸 억지로 참았다. 지금은 웃을 때가 아니다. 그녀가 농담하는 것처럼 보이지는 않는다. 살아 있는 원령이라는 게 있을 리 만무하지만, 일단 이야기를 끝까지 듣는 편이 좋겠다.

아즈사는 잠시 입을 다물었다. 숨이 막히기 시작한 순간.

"집 뒤에 작은 마당이 있어요. 오늘 아침에 봤더니, 그 마당의 흙속에서 비닐봉지가 나왔어요."

그녀는 거기까지 말하고 차가운 눈으로 옆 의자의 앉는 부분을 내려다보았다. 뺨의 움직임을 통해 어금니를 악물고 있음을 알 수 있었다.

"비닐봉지에 들어 있는 걸 보고…… 전부 알았어요."

그녀는 옆 의자에 손을 내밀어 뭔가를 들어올렸다. 그녀가 불룩한 새 비닐봉지를 식탁 위에 내려놓았다. 흙속에 묻혀 있었던 게 아닌가? 고개를 갸웃거리다 바로 깨달았다. 흙속에서 나온 비닐봉지를 다른 비닐봉지에 넣은 것이다.

"……안에 있는 내용물을 봐주시겠어요?"

"네? 하지만……."

"전부 제 착각이나 지레짐작일지 몰라요. 그러니까……."

이야기를 듣기만 해도 그녀가 얼마나 불안해하는지 손에 잡힐 듯이 알 수 있었다. '기대'가 아니라 '기도' 같은 심정도 전해진다. 내가 아니라고 해주었으면, 자신의 남편은 바람을 피우지 않았다고 부정해주었으면, 그런 기도가.

그녀가 매달리는 눈길로 나를 바라보았다.

"그럴게요."

나는 나지막이 대답하고 나서 비닐봉지를 들어 올렸다. 안에는 흙이 묻은 작고 더러운 비닐봉지가 들어 있었다.

'이게 마당에 있었단 말이지?'

손가락 끝으로 입구를 열어보자 맨 먼저 하얀 봉지가 보였다. 그 밑에 있는 새까만 뭉텅이는……

나는 반사적으로 비닐봉지에서 손을 뗐다. 조금 전까지만 해도 단순한 비닐봉지였는데, 지금은 만지기도 끔찍한 물건으로 변해 있었다. 쳐다만 봐도 소름이 끼쳤다. 안에 들어 있던 걸 말로 표현하기도 망설여졌다.

"머리카락이죠?" 그녀가 차분히 말했다.

나는 고개를 한 번 주억거렸다. 그녀는 다시 옆 의자에 손을 내밀더니 이번에는 접힌 종이를 식탁 위에 내려놓았다.

편지지였다. 그녀는 편지를 두 손으로 들고 말없이 펼쳤다. 꿈틀거리는 갈색 글자가 하얀 편지지를 가득 메우고 있었다.

　　히라이와 도시아키 씨

　　이게 최후통첩입니다. 당신은 내 육체를 가지고 놀다가

결혼할 사람이 정해지자 쓰레기처럼 버렸죠. 신입사원 교육 담당자라는 지위를 이용해 회사 여직원을 가지고 놀다니, 뜨거운 불지옥 속에서 온몸이 영원히 타들어가는 벌을 받아야 마땅합니다. 2004년 8월 27일 저녁 7시 35분부터 40분 동안, 신주쿠의 히스파니올라 호텔에서 나눈 약속은 거짓이었나요? 당신이 내게 한 말, 내게 했던 행동을 모두 부인에게 털어놓을까 생각했지만 그만두기로 했습니다. 그 대신 내 살아 있는 원령을 보내겠습니다. 고맙게 생각하세요.

추신, 이 글은 내 잇몸에서 나오는 피로 썼습니다. 아는 선생님께서 이렇게 하면 저주로 사람을 죽일 수 있다고 하더군요. 『주살경전(呪殺経典)』이란 책에 쓰여 있다고 해서, 그대로 했습니다. 살(殺).

나는 편지에서 눈을 돌렸다. 그녀는 편지를 뒤집더니 의자를 뒤로 뺐다. 그리고 부엌으로 가서 난폭하게 손을 씻었다. 울 것 같은 얼굴로 몇 번이고 몇 번이고 양손을 비비며 물로 씻어내렸다. 수도꼭지를 잠그고는 두 손으로 싱크대 끝을 잡고 고개를 숙였다. 뭐라고 말해야 좋을지 몰라서 가만히 있자 아즈사가 신음하는 목소리로 물었다.

"가, 가호 씨는 이걸 보고 어떤 생각이 들어요?"

"······역시 도시의 부······." 나는 말문이 막혔지만 솔직하게 대답했다. "불륜 상대가 보낸 것 같아요."

말이 끝나기도 전에 그녀는 천천히 그 자리에 무너져내렸다.

카운터를 돌아가자 아즈사는 소리를 죽이고 울고 있었다. 나는 곁에서 몸을 숙인 후 그녀의 어깨를 감싸 안았다. 이성적으로 생각하기 전에 감정이 그렇게 하라고 했다.

배 안쪽에서 분노가 부글부글 끓어올랐다.

오후 4시 반. 도시가 집에 왔다. 아즈사와 상의해 내가 전화를 걸었다. 바로 집에 오라고 하면서 "마당에서 이런저런 물건이 나왔어"라고 말했을 뿐인데, 그는 심각한 목소리로 "알았어"라고 대답했다.

그는 거실 문을 힘차게 열고 들어오자마자 그녀 앞에서 무릎을 꿇었다.

"미안해, 내가 잘못했어."

도시가 고개를 숙이며 잘못을 빌자 그녀는 다시 울음을 터뜨렸다.

도시의 변명을 한마디로 요약하면 '아즈사의 생각이 맞았다'고 할 수 있다. 곁가지 같은 말은 듣기만 해도 지긋지긋했고, 그가 장황하게 설명할수록 중요한 일이라곤 여겨지지 않았다.

그의 불륜 상대는 시바노 마이라는 여성이었다. 헤어지자고 했지만 상대는 받아들이지 않고 몇 번이나 협박 메일을 보내왔다고 한다. 그녀는 도시가 결혼한 직후에 회사를 그만두었다.

그리고 약 6개월 전에 그 편지와 머리카락을 보낸 이후, 갑자기 협박을 그만두었다. 도시는 그걸 뒷마당에 묻어서 감추었다.

상황을 정리하면 이렇게 되는 것 같다.

어이가 없었던 건 도시가 이런 말을 했기 때문이었다.

"실은 울음소리가 들렸어. 누구 목소리인지는 금방 알았지. 미안해. 하지만 그걸 인정하면 모든 게 드러나니까……."

"그래서 부인을 내버려둔 거야?"

내가 할 말은 아니었다. 머리로는 알고 있었지만 말할 수밖에 없었다. 말을 하고 나서 바로 후회했다. 이 말은 아즈사가 해야 한다. 그녀의 권리다.

아즈사는 아무 말도 하지 않고, 울어서 퉁퉁 부은 얼굴로 도시를 내려다보았다. 기나긴 침묵 끝에 그녀는 담담한 목소리로 혼잣말처럼 중얼거렸다.

"원령이라든지 저주라든지, 그런 게 진짜로 있구나. 당신도 들었지? 그렇다면 여기 있는 사람들이 모두 들은 거네? 이제야 원인을 알았어. 내가 예민해서 그랬던 게 아니야. 계속 집에 있어서 이상해진 게 아니야. 그걸 알아서……."

다행이야, 그녀는 그렇게 말하고 입술을 일그러뜨렸다.

나는 속마음이 얼굴에 드러나지 않도록 신경 쓰며 생각했다.

그녀의 말에 동의할 수 있는 부분도 있었다. 집에 계속 혼자 있으면 이상해진다. 그건 나도 동감이다. 하지만 원인을 알아서 다행이라곤 여기지 않는다. 도시는 지금까지 그녀를 배신했다. 가장 중요한 것은 그 점이 아닌가. 원령이니 저주니 하는 이야기는 그걸 따지고 난 다음에 해도 된다.

"아, 아즈사……."

그녀는 한마디 한마디를 곱씹듯이 차분하게 입을 열었다.

"우리 둘에겐 시간이 필요해. 시간을 들여서 해결하고 싶어. 그렇게 하지 않으면 안 될 것 같아." 그러곤 식탁에 놓인 비닐 봉지와 편지를 힐끔 쳐다보더니, 불쾌한 목소리로 덧붙였다. "지금은 이것부터 어떻게 해줘."

마치 내 생각을 꿰뚫어보고 말을 바꾼 듯했다. 왠지 부끄러웠다. 그녀는 이런 아수라장에서도 침착하게 행동했다. 제대로 생각하면서 이야기하고 있다. 나하곤 완전히 다르다.

그와 동시에 그녀가 무서워졌다. 왜냐하면…….

"알았어, 미안해."

도시는 심각한 얼굴로 그녀의 이야기를 듣더니, 다시 바닥에 머리를 조아리고 조용히 일어섰다. 새빨개진 이마에는 모래 알갱이가 몇 개 달라붙어 있었다.

그녀의 말을 알아들은 모양이다. 그녀가 원하는 게 무엇인지, 앞으로 어떻게 하고 싶은지.

아즈사는 도시를 용서한 게 아니다. 문제를 뒤로 미룬 것도 아니다. 앞으로 평생에 걸쳐 갚으라고 한 것이다. 시간을 들여 해결하자는 말은 그런 뜻이다. 내가 그녀를 무섭다고 느낀 것도 바로 그 부분이었다. 남편을 시험하듯이 단어를 고른 것도…….

도시도 쓰레기통에 버릴 만큼 한심한 남자는 아니었다. 정말로 한심한 남자라면 여기서 아내가 용서해주었다고 착각하고 "고마워"라고 대답했으리라.

도시에게 한심한 남자라는 낙인을 찍지 않아도 되어서, 나는 마음 한구석으로 안도의 한숨을 내쉬었다.

도시는 불을 켜고 나서 편지와 비닐봉지를 들었다.

"버리고 올게. 아, 아니면 근처 절에 가서 태울까?"

"그렇게 해줘."

도시는 얼굴을 찡그리며 다시 변명을 입에 담았다. "미안해, 너무 겁을 먹어서 지금까지 말할 수 없었어."

"알았으니까 그만해, 그보다." 그녀가 도시를 올려다보면서 물었다. "그 사람은 지금 어디 있어?"

도시가 머리를 가로저었다. "몰라. 갑자기 그만두는 바람에 인수인계도 전혀……."

"알아봤어?"

"……아니." 도시가 거북한 얼굴로 대답했다.

그녀는 무표정한 얼굴로 단호하게 말했다. "만나서 잘못했다고 하고 와. 지금 당장! 확실히 끝내고 오라고."

"뭐……?"

"아까 나에게 한 것처럼 사죄하면 당신 마음이 전해질 거야. 원령이니 저주니, 그런 게 아니더라도 이런 일은 제대로 마무리해야 해."

"당신이 그 여자를 몰라서 그래. 그 여자는……."

그녀가 차가운 눈으로 도시를 노려보면서 내뱉듯이 말했다.

"같이 갈까? 내가 같이 가서 빌 수도 있어."

조용하지만 반박할 수 없게 만드는 말투였다.

"아니, 나 혼자 다녀올게."

도시는 누군가에게 전화를 걸더니, 편지와 비닐봉지를 들고 집을 나섰다. 창문 너머로 주차장에서 차가 나가는 것이 보였다. 나와 아즈사는 2층에 있는 할머니 방으로 향했다.

할머니는 지난번에 왔을 때와 마찬가지로 나를 "마리야, 마리야" 하고 부르면서 함박웃음을 지었다.

땀에 젖은 옷을 벗기고 기저귀를 간 뒤 몸을 닦아주고 옷을 갈아입혀도 그녀는 아래층으로 내려가자고 하지 않았다. 나도 집에 가고 싶지 않았다.

바깥은 이미 어둠이 내려앉았다. 또 울음소리가 들려올지도 모른다. 문 두들기는 소리가 들려올지도 모른다. 머리카락과 편지가…… 살아 있는 원령을 보내는 본체가 멀리 있다는 사실을 알아도, 마음은 조금도 편해지지 않았다. 그녀도 분명히 그러하리라.

도시가 마이라는 사람에게 용서를 구하면 살아 있는 원령이 없어질까? 편지와 머리카락을 버리거나 액막이를 하면 해결될까? 확실한 건 아무것도 없다. 그 사실은 아까와 똑같았다. 일단 지금 해야 할 일을 하는 것에 불과했다.

그녀와 같이 간단히 음식을 만들어 할머니 방에서 먹었다. 할머니 식사는 죽이었다. 할머니는 병아리처럼 입을 벌리고 그녀가 숟가락을 내밀길 기다리고 있었다. 어두운 입 안을 보고 있자 아무 일도 일어나지 않았는데 왠지 불안이 밀려왔다.

그리고 여기서 셋이 있는 편이 좋았다. 아래층으로 내려가기보다는. 이런 상태에서 아무도 없는 집에 혼자 있기보다는.

"제가 있어도 성가시지 않아요?"

혹시나 해서 물어보자 그녀는 희미하게 웃으면서 고개를 가로저었다.

"오히려 제가 성가시게 했잖아요. 눈물까지 보이고요."

나는 고개를 흔들며 속마음을 털어놓았다. "아니에요. 솔직히 놀라기는 했어요. 도시에게 여자가 있었다는 것도 그렇고, 원령이라든지 믿을 수 없는 일이 잇따라 일어나는 바람에……."

그녀는 멍한 얼굴로 할머니를 바라보면서 대꾸했다. "저도 마찬가지예요. 하지만 가호 씨 덕분에 냉정해질 수 있었어요. 혼자 있었다면 그렇게 못했을 거예요."

할머니가 또 어두운 입을 벌렸다. 그녀는 숟가락으로 죽을 뜨면서 나를 바라보았다.

"고마워요."

"아니에요, 고맙긴요."

그때 돌연 할머니가 흐흐흐 하고 웃더니 "천만에요"라고 말했다. 죽이 입에서 흘러내렸다.

그녀가 할머니의 입가를 닦아주는 동안 나는 쓸데없는 생각을 했다. 그녀는 나를 어떻게 생각할까? 물론 고맙다는 말은 했다. 내 덕분에 냉정해질 수 있었다고도 말했다. 하지만 본심은 어떨까?

나는 마음을 다잡고 물어보았다. "저기…… 이제 제가 오지 않는 편이 좋을까요?"

내 질문에 그녀가 고개를 갸웃거렸다.

나는 단어를 신중하게 고르며 말했다. "도시와는 어릴 때부터 친구지만, 부인 쪽에서 보면 기분이 좋지 않을 것 같아서요."

하지만 아즈사는 무슨 말을 하느냐는 얼굴로 단호하게 말했다. "걱정 마세요. 두 분 사이를 의심하지는 않으니까요. 더구나 남편은 다른 여자에게 불순한 마음을 품는 사람이 아니에요."

얼굴은 더할 수 없이 진지했다. 농담이나 비아냥거림은 아닌 모양이다. 내게 매력이 없다는 뜻일까? 한순간 그런 생각이 들었지만 그건 아닌 듯했다. '다른 여자에게'라는 말은 그녀 이외의 모든 여자를 가리킨다. 도시는 이제 바람을 피우지 않는다고 말하는 것이다.

그런 일이 있었으면서도. 지금은 불안을 씻을 수 없으면서도.

어떻게 그럴 수 있을까? 눈앞에 있는 그녀를 이해할 수 없었다. 시선을 피하려고 해도 피할 수 없어서, 나는 "그러……세요?"라고 아무런 의미도 없는 의문을 입에 담았다.

"그래요. 이제 그런 일은 없을 거예요. 우리는 가족이니까요." 아즈사는 고개를 크게 주억거리고 미소를 지었다.

할머니가 "그런 일은 없을 거야"라며 웃었다.

밤 9시가 지났을 무렵, 도시가 그녀의 휴대폰에 '지금 만나고 갈게'라고 문자 메시지를 보냈다.

그녀는 입을 꼭 다물고 나서, 진지한 눈길로 중얼거렸다. "용서해주면 좋을 텐데."

그때 깜빡깜빡 졸던 할머니가 살며시 눈을 떴다.

그녀가 할머니에게 얼굴을 가까이 대고 말했다. "죄송해요. 저 때문에 깨셨어요?"

할머니가 가냘픈 목소리로 대답했다. "괜찮아. 안 잤어. 깨어 있었단다."

오늘 이 집에 오고 나서 처음으로 할머니와 정상적인 대화가 이루어졌다. 정신이 오락가락하는 것이리라. 도시도 그런 식으로 말했다.

아즈사가 물었다. "여기에 더 있어도 돼요?"

할머니가 웃으면서 대답했다. "되고말고. 다 같이 있자꾸나."

내 입가에서도 무심코 미소가 번져나갔다.

쿵.

그때 멀리서 소리가 들렸다. 내 등 뒤의 문 밖에서 들린 걸까? 잠시 귀를 기울였지만 아무 소리도 들리지 않았다. 잘못 들었나 하고 생각한 순간.

쿵, 쿵, 쿵.

다시 소리가 이어졌다. 점점 커지고 있다.

누군가가 계단을 올라오고 있다.

순간 그녀와 눈이 마주쳤다. 그녀의 갸름한 얼굴이 딱딱하게 굳었다. 눈꺼풀이 파르르 떨리며 경련이 일었다.

쿵, 쿵, 쿵…… 쿵.

계단의 구부러진 곳을 돌았다. 귀에 들리는 소리로 판단할 때, 그렇게 생각할 수밖에 없었다. 나는 재빨리 문을 잠갔다. 달칵하는 소리가 난 직후.

……어.

숨소리 같은 소리가 들리고, 쥐어짜는 듯한 여인의 목소리가 들렸다.

……죽여버리겠어.

아즈사가 낮게 비명을 지르며 두 손으로 입을 막았다. 나는 그녀의 가냘픈 어깨를 껴안고 가까이 끌어당겼다. 순간적인 행동이었다. 생각보다 몸이 먼저 움직였다.

"누, 누구야?" 나는 뒤집어진 목소리로 물었다.

대답은 돌아오지 않았다. 다만 "죽여버리겠어, 죽여버리겠어"라는 중얼거림이 이어지고, 그와 동시에 발소리가 가까이 다가왔다.

사아아아아아아아.

문 너머에서 뭔가가 흐르는 소리가 들렸다. 그리고 바로 들은 적이 있는 울음소리가 이어졌다.

……흐, 흐으윽, 아, 흐으, 으, 훌쩍…….

울음소리는 지난번에 들었을 때보다 훨씬 컸다.

원령이다. 마이라는 사람의 원령. 도시가 바람피운 상대의 원령이 집 안으로 들어온 것이다.

아즈사의 손가락이 내 두 팔을 꽉 눌렀다. 내 가슴에 얼굴을 묻고 바들바들 떨고 있다.

……아아, 아, 아아아, 시, 시…….

쾅당! 문에서 난폭한 소리가 들렸다. 문이 흔들리는 게 똑똑히 보였다.

"으아아!"

내 입에서 괴이한 비명이 튀어나왔다. 그녀의 입에서도 괴로운 신음이 흘러나왔다.

뭔가가 흐르는 소리가 점점 커졌다.

사아아아아아아아아아아아.

문과 바닥 사이에서 갈색 연기가 모락모락 흘러 들어왔다. 처음에는 그게 무엇인지 몰랐다. 연기가 흘러 들어온 바닥에서 갈색 알갱이가 눈으로 들어왔다.

모래다. 모래 먼지가 춤을 추고 있다.

이 방으로 들어오려고 하고 있다. 사락사락하는 소리는 모래가 강물처럼 흘러가는 소리였던 것이다.

나는 황급히 몸을 뒤로 뺐다. 엉거주춤한 자세로 일어서다가 침대에 다리를 부딪혔다. 뒤를 돌아보자 할머니가 온화한 표정으로 나를 올려다보았다.

······시, 싫어, 싫어어어어어, 으, 으으으크크크······.

문 너머의 소리가 점점 더 격렬해졌다. 힘들고 괴로운지 비명에 가까운 소리로 변했다.

할머니가 빙긋 웃으면서 말했다. "괜찮아, 괜찮아. 괜찮으니까, 울지 말렴."

할머니는 떨리는 손을 살짝 들어 올려 내 얼굴을 가리켰다. 손으로 뺨을 문지르고 나서야 비로소 내가 울고 있다는 사실을 알아차렸다.

"마리야, 울지 말렴."

할머니는 어린애를 어르듯 "괜찮아, 울지 말렴" 하고 반복해서 말했다. 아즈사가 눈물에 젖은 얼굴로, 구멍이 뚫릴 만큼 할머니의 얼굴을 바라보았다.

끼릭끼릭.

그때 문을 긁는 소리가 들렸다. 모래 소리, 울음소리와 함께 끼익 하고 손톱으로 문을 긁는 소리가 이어졌다.

끼릭끼릭, 끼익, 끼릭끼릭, 끼이익.

……으크크, 아, 아아, 아아아아아아아아아아……

여인의 목소리가 크고 높아졌다. 문을 긁는 소리가 격렬해졌다. 머리를 풀어 헤친 여인의 모습이 머릿속에 떠올랐다.

끼릭끼릭.

나는 양손으로 문을 긁는 여인의 모습을 상상했다.

다음에는 유다이의 얼굴이 떠올랐다. 신정에 같이 고타쓰에 발을 넣고 TV를 보던 유다이의 옆얼굴.

"도시아키……!" 아즈사가 작게 소리쳤다.

운동장 냄새가 코를 엄습한 순간.

쾅당! 뭔가 떨어진 소리가 문 너머에서 울려 퍼졌다. 그와 동시에 여인의 목소리가 끊어졌다. 손톱으로 긁는 소리도 그쳤다. 사락사락하는 모래 소리만이 희미하게 들릴 뿐이었다.

나는 숨을 죽이고 문을 살펴보았다. 아즈사는 두 손으로 입을 틀어막은 채 바닥을 쳐다보고 있었다. 모래 알갱이는 이미 사라졌다. 냄새도 나지 않았다.

할머니가 환하게 웃으며 말했다. "고맙구나. 고마워, 정말 고맙구나."

허공을 바라보면서 몇 번이나 중얼거렸다.

복도에서는 아무 소리도 들리지 않았다. 이제 괜찮겠지, 라고 여길 만큼 한참을 기다리고 나서 나와 그녀는 살며시 몸을 뗐다. 손바닥은 땀으로 축축하게 젖어 있었다.

스치듯 걸어가 문손잡이를 잡았다. 살짝 열린 문틈으로 조심스럽게 복도를 살펴보면서 천천히 문을 열었다.

불이 켜져 있는데도 복도는 몹시 어두컴컴하게 보였다. 아무도 없었다. 귀를 기울였지만 아무 소리도 들리지 않았다. 기척도 느껴지지 않았다. 냄새도 나지 않았다. 바닥에도 아무것도 떨어지지 않았다. 거기까지 생각한 순간, 눈이 낯선 무언가를 포착했다. 계단 입구에 떨어져 있는 것을. 까맣고 기다랗고 뒤얽히고 헝클어진 몇 가닥의 머리카락을.

띠리리링. 그때 등 뒤에서 휴대폰의 착신음이 들려서 심장이 오그라들었다. 아즈사가 어색한 동작으로 휴대폰을 귀에 댔다.

휴대폰에서 남자의 목소리가 희미하게 흘러나왔다.

"뭐?" 그녀는 말을 잇지 못한 채 나를 쳐다보았다. 잠시 후 다시 입을 열었다. "……조금 전에? 그래서 어떻게 됐어?"

그녀의 목소리를 들으면서 나는 복도의 머리카락을 보지 않으려고 문을 닫았다.

그다음 주 일요일. 오후 6시.

나는 세이부신주쿠 선 열차에 흔들리며 히가시무라야마 역으로 향했다. 도시 부부가 저녁식사에 초대한 것이다.

불안하지 않다고 하면 거짓말이겠지만, 그들의 말에 따르면 이제 문제가 없다고 한다. 아즈사는 전화기 너머에서 후련한 목소리로 "이제 아무것도 없어요"라고 말했다. 도중에 전화를 넘겨받은 도시는 "추한 꼴을 보여서 미안해"라고 새삼 사과하고 나서 밝은 목소리로 덧붙였다.

"꼭 와줬으면 좋겠어. 이번엔 제대로 대접하고 싶어."

쇼핑백을 들고 차창을 바라보면서 잠시 생각에 잠겼다. 그 집에서 무슨 일이 일어났는지. 두 사람한테서 들은 이야기도 떠올렸다.

그날 도시는 회사 사람들에게 물어서 마이라는 사람을 찾아다녔다. 그녀가 짧은 시간에 이직과 퇴직을 반복한 탓에 여기저기에 연락하거나 뛰어다닐 지경이 되었다고 한다. 땀을 뻘뻘 흘리며 돌아다닌 끝에 겨우 하치오지의 종합병원에 이르렀다. 그녀는 자살 미수로 식물인간 상태가 되어, 6개월 전부터 입원해 있었다고 한다. 아즈사가 여인의 울음소리를 처음 들었던 시기와 일치했다.

우연히 병문안을 왔던 그녀의 부모님에게 솔직하게 말하고, 도시는 시바노 마이를 면회할 수 있었다. 그리고 침대 옆에 무릎을 꿇고 머리를 조아리며 수십 번이나 사과했다.

한동안 반응이 없었던 그녀가 갑자기 눈을 떴다. 그리고 작은 목소리로 중얼거리더니 한 줄기 눈물을 흘렸다. 다시 눈을 감았을 때는 호흡이 멈추고 그대로 저세상 사람이 되었다.

그녀는 도시와 부모님이 지켜보는 가운데 세상을 떠났다.

도시의 집에서 원령의 목소리가 끊어진 무렵이었다. 정확한 시각까지는 모르지만 그래도 그렇게 관련을 짓게 된다. 인과 관계를 연결시키는 것이다.

도시가 진심으로 잘못을 빌자 그녀는 그걸 받아들이고 눈을 감았다. 어쩌면 도시에 대한 원한을 풀지 못해 지금까지 살아 있었던 게 아닐까? 그리고 도시를 용서한 순간, 심장이 멈춘 게 아닐까?

그와 동시에 그녀의 원령도 사라졌다. 도시의 집에서 완전히 사라진 것이다.

원령은 머리카락을 매개로 몰래 그 집에 숨어들었다. 그렇게 생각하는 것이 가장 타당하리라. 2층에 있던 머리카락은 어느 순간에 비닐봉지에서 흘러넘친 게 아닐까? 그런데 왜 하필 2층에 있었을까? 영적인 힘으로 움직인 것이다. 아니면 나나 아즈사의 옷에 묻었다가 2층에서 떨어졌든지. 아무튼 지금은 정확히 확인할 방법이 없다.

편지와 머리카락은 근처 유명한 절을 찾아 액막이를 했다. 젊은 스님은 비닐봉지를 보자마자 "아아, 이제 그건 괜찮습니다!"라고 말했다.

"컴퓨터는 완전히 포맷되고, 배터리도 끊어졌다고 말씀드리면 이해가 될까요? 즉, 그냥 쓰레기봉투에 버리시면 됩니다."

"그래도 해주십시오. 기분 문제이니까요."

두 사람은 대수롭지 않게 말하는 스님에게 부탁해 결국 액막이를 했다.

염불을 읊조리던 스님이 도중에 한 번 어색할 정도로 길게 공백을 두었다. 돈을 치르고 돌아오려는데 스님이 기묘한 말을 했다고 한다.

"컴퓨터가 완전히 포맷되었다는 표현은 적당하지 않군요."

"무슨 말씀입니까?"

스님은 고개를 갸웃거리고 나서 말했다. "비유가 이상해도 이해해주십시오. ……이건 물리적 파손에 가깝습니다. 어쨌든 이제 문제는 없습니다."

그 말이 마음에 걸렸다. 하지만 실제로 지금은 아무 일도 일어나지 않고 있다. 이제 끝났다고 봐도 좋다. 시바노 마이의 원령은 이제 그 집에 없다. 그렇게 생각해도…….

현관문을 열자 도시가 진지한 얼굴로 맞이해주었다.

"어서 와, 이번에는 정말 고맙고 미안했어. 너한테는 면목이 없다."

마음속에서 분노와 경멸, 황당, 체념 등 여러 감정이 동시에 솟구쳤다. 더 부풀어 오르기 전에 모든 감정을 가슴의 밑바닥으로 밀어냈다. 도시는 최악의 일을 몇 가지나 저질렀다. 그래서 앞으로도 계속 만나야 하나 생각했다. 물론 마지막 순간에 일을 제대로 처리해서 우리를 구해주기는 했지만.

아즈사가 환하게 웃으며 다가오더니, 자연스러운 모습으로 도시의 팔에 매달렸다. 그는 송구스러운 표정을 지으며 그녀의 허리에 팔을 둘렀다.

"다시는 이런 일 없을 거야. 당연히 그래야겠지만. 그러니까 가호……."

"알았어." 나는 고개를 끄덕이고 쇼핑백을 내밀었다. "양갱이야. 이거라면 할머니께서도 드실 수 있을 거야."

"그래…… 고마워."

도시는 차분한 얼굴로 쥐어짜듯 말하고, 두 손으로 쇼핑백을 받아 들었다.

슬리퍼를 신고 그들의 뒤를 따라 복도를 걸어갔다. 별다른 생각 없이 마룻바닥을 쳐다본 순간, 내 눈을 의심할 수밖에 없었다. 내 눈에 보이는 걸 바로는 믿을 수 없었다.

벽 아래쪽에 모래가 잔뜩 쌓여 있었다.

아즈사가 거실 문을 열고 기다리고 있었다. 바닥엔 지난번보다 모래가 더 많이 쌓여 있었고, 발자국이 종횡무진 찍혀 있었다. 소파 앞의 초록색 카펫도 칙칙한 갈색으로 변해 있었다.

"……아!"

내 입에서 비명 같은 소리가 튀어나왔다. 나는 그녀를 뚫어지게 쳐다보았다.

"들어오세요."

그녀는 그렇게 말하면서 거실을 가리켰다. 도시는 모래를 밟고 식탁을 향해 걸어갔다.

나는 스스로도 한심하다고 여길 만큼 말을 더듬었다.

"저기…… 아, 아즈, 아즈사 씨. 모래가 아직 이, 있는데요."

"네?"

그녀는 얼굴에 웃음을 매단 채 고개를 갸웃거렸다.

나는 목소리가 뒤집어지지 않도록 신경 쓰면서 말했다. "그러니까 모, 모래 말이에요. 바닥과 카펫에 아직 모래가 남아 있잖아요? 그렇다는 건 그러니까…… 아직 원령이……."

"네?"

그녀의 얼굴에 감돌던 미소가 딱딱해졌다.

"무슨 말씀이세요?"

"왜 그래?"

부엌에서 도시의 목소리가 들렸다. 냉장고 문을 열었다 닫는 소리가 이어졌다.

그녀가 딱딱하게 말했다. "……내가 말했죠? 이제 아무것도 없다고요. 보세요, 아무것도 없잖아요?"

그녀의 얼굴에 깃든 미소는 어이없는 웃음으로 바뀌었다.

"그, 그러니까 모래 말이에요." 목소리가 커지지 않도록 조심하면서 나는 문 너머의 마룻바닥을 가리켰다. "바닥에 쌓여 있잖아요. 이런 말은 실례지만…… 안 보이세요? 저기 복도 구석에도 잔뜩 쌓여 있는⋯⋯."

"그게 어떻다는 거예요?" 그녀는 진지한 얼굴로 묻더니, 조바심 나는 표정으로 문손잡이를 다시 잡았다. "모래에 무슨 문제라도 있나요?"

나는 말문이 막혔다. 머릿속 생각이 마구 뒤섞이면서 갑자기 혼란스러워졌다.

눈에 보이지 않는 게 아니다. 그녀의 말을 믿는다면 그녀의 눈에는 모래가 똑똑히 보인다. 그런데⋯⋯.

아무렇지도 않은 것이다.

집 안에 있는 모래를 이상하다고 여기지 않는 것이다.

그렇다면⋯⋯.

이 집에서 본 것, 들은 것, 겪은 것이 머릿속에서 하나로 이어지면서 다른 의미로 나타났다. 그녀는 모래가 이상하다고 여기지 않는 것이다.

그렇다면.

도시도 똑같을 것이다. 계단과 아기 침대와 침실의 모래도, 도시에게는 당연한 게 아닐까? 그래서 아무렇지도 않게 행동했던 게 아닐까?

그렇다면.

원령과 모래는 아무 관계가 없다. 이 집은 원령이 있든 없든 처음부터 모래가 여기저기에 쌓여 있었던 것이다.

도시가 부엌에서 나와 의아한 얼굴로 물었다. "으응? 왜 그래? 무슨 일 있어?"

아즈사가 작게 한숨을 쉬었다.

"있잖아, 도시." 나는 마음을 다잡고 물었다. "이…… 모래는 뭐야?"

"어?" 도시가 얼굴에 웃음을 매달고 곤란한 표정을 지었다. "그게 무슨 말이야?"

"대답해줘. 이 모래는 어떤……."

"이 모래가 왜? 이건 평범한 모래야. 모래는 그냥 모래잖아. 평범한 모래를 뭐냐고 물으면 내가 어떻게 대답해?" 그는 머리를 긁적이면서 대답하더니 소리 내어 웃음을 터뜨렸다. "그건 신경 쓰지 말고 밥이나 먹자. 대게를 사왔어. 오늘 요리는 대게 샤부샤부야."

도시는 엄지손가락으로 어깨 너머의 식탁을 가리켰다.

아즈사가 다시 얼굴에 웃음을 매달고 말했다. "그래요, 많이 준비했으니까 마음껏 드세요."

그들에게는 이게 평범하다. 아무렇지도 않다. 나를 속이는 것 같지는 않다. 농담 같지도 않다.

두 사람에게는 이게 일상이다. 지금 이 집이. 이 상황이.

나는 상상했다. 식탁 위에 있는 냄비. 김을 뿜어내고 있는 육수. 그 밑바닥에 있는 갈색 모래.

큰 접시에 있는 채소와 대게도 모래로 뒤범벅이 되어 있다.

예전에 전골을 먹었을 때는 괜찮았다. 홍차에도 모래가 없었다. 하지만 그것까지 이상하게 여길 수밖에 없었다.

돌연 입 안이 꺼끌꺼끌했다. 발바닥과 바지 사이에서 이물질이 느껴졌다.

나는 도시와 아즈사를 보면서 생각했다. 두 사람은 이상하다. 원령이니 저주니, 그런 것과 관계없이······.

이 집은 애초에 이상하다.

제2장

폐
가
탐
험

이부자리에서 벌떡 일어나 반사적으로 몸 여기저기를 탁탁 털었다. 있지도 않은 모래 알갱이를 털어내기 위해 기를 썼다. 머리의 절반이 꿈에서 빠져나오지 못했다. 절반은 이미 나 자신의 우스꽝스러운 행동을 관찰하고 있었다.

겨우 잠에서 완전히 깨어나 깊은 한숨을 토해냈다. 이불을 덮고 누운 채 기억을 더듬는 사이에 잠들었나 보다. 그리고 모래 때문에 잠에서 깬 모양이다.

내 머릿속에 있는 모래 때문에.

지금 이 순간에도 머리에서 소리를 내고 있는 모래 때문에.

사박사박 소리를 내면서 뇌세포를 갉아먹고 뇌신경에 상처를 내는 무수한 모래 알갱이 때문에.

내 머리를 찍은 엑스레이 사진을 떠올렸다. 캄캄한 어둠을 배경으로 어렴풋이 떠오르는 해골. 두개골 안쪽의 대뇌는 이미 절반쯤 줄어들어 모래로 채워져 있다.

내 머릿속은 그날부터 모래로 가득 차 있다.

머리맡의 쌍안경을 들고 이부자리에서 일어나 창문으로 다가갔다. 창문을 열면 안 된다. 창문을 열면 어제와 똑같은 하루가 시작된다. 그제와도, 그끄제와 똑같은 하루가.

그렇게 생각하면서도 창문의 잠금쇠를 돌린 뒤, 덜컹덜컹 창문을 열었다. 그리고 쌍안경으로 보았다. 나란히 이어진 집들 너머에 있는 그 집의 지붕과 창문을. 유령저택을. 지금은 히라이와라는 사람의 집이고, 예전에는 하시구치의 집이었던 그 집을.

내 머리가 이상해졌기 때문이다. 망가졌기 때문이다. 모래가 나를 망가뜨렸기 때문이다. 벌써 20년 가까이 나는 계속 망가지고 있다.

일할 수 없을 만큼.

남들과 관계를 맺을 수 없을 만큼.

집에서 나가는 것조차 귀찮을 만큼.

쌍안경 너머로 보이는 풍경은 지금까지와 변함이 없다. 이상한 형체가 보이는 것도 아니고, 이상한 소리가 들리는 것도 아니다. 그 집의 지붕과 2층 정면의 창문이 보일 뿐이다.

나는 쌍안경을 내리고 문을 닫았다. 여느 때와 순서가 똑같다. 시계는 1시 15분을 가리켰다. 이것도 여느 때와 똑같았다.

세 평짜리 방. 다다미 위에 깔려 있는 이불. 칙칙한 갈색 벽에 붙어 있는 중학생 때 유행했던 애니메이션 포스터. 초등학생 때부터 사용했던 책상. 책상에는 컴퓨터 모니터. 발밑에는 컴퓨터 본체. 작년부터 사용하지 않는다. 지금은 스마트폰으로 충분하기 때문이다.

잠옷 대신 입는 트레이닝복을 벗고 평상복 대신 입는 트레이닝복으로 갈아입었다. 이불에 주저앉아 스마트폰으로 SNS를 몇 군데 둘러본 뒤, 포털사이트로 날아가 눈에 띄는 뉴스를 확인했다. 그다음은 아무 재미도 없는 동물 뉴스.

한 차례 대강 훑어본 뒤, 양손의 검지와 중지를 입에 넣고 문을 향해 휘익 하고 손가락 휘파람을 불었다.

통, 통, 통, 통. 계단을 올라오는 느긋한 발소리가 들렸다. 문 너머에서 거친 숨소리가 다가오고 끼릭끼릭 발톱으로 문을 긁는 소리가 나더니 손잡이가 천천히 돌아갔다. 문이 약간 열렸다.

긴이 문틈으로 코와 얼굴을 들이민 뒤, 여유롭게 방으로 들어왔다. 나는 양손으로 긴을 안고 머리와 목덜미, 몸통순으로 어루만져주었다. 옛날에 북슬북슬했을 갈색 털은 숱이 많이 줄어들고 거칠거칠해졌다. 털 안에 있는 몸도 뼈만 앙상해서, 조금만 세게 잡으면 부서질 것 같았다.

예전에 키우던 리키가 죽은 지 반년 후, 친척한테서 긴을 받은 날이 떠올랐다. 잡종이라고 들었지만 겉으로 보기에는 일본

토종개인 시바견과 다르지 않고, 작은 체구에 전체적으로 동그스름했다. 이름은 개가 주인공인 『은이빨 : 별똥별 긴』*이라는 만화에서 따왔다.

그로부터 15년이 지났다. 사람으로 치면 꼬부랑 할머니다. 젖은 눈 주위에는 눈곱이 잔뜩 꼈고, 짖는 소리도 오랫동안 듣지 못했다. 새카만 입술도 축 늘어졌다. 사실은 2층까지 올라오기도 힘들 것이다. 내가 힘들게 만들고 있다. 그런 사실을 알고 있어도 이 습관을 그만둘 수 없다.

내게 몸을 맡기는 긴을 안고 있자 열린 문틈으로 아래층에서 목소리가 들려왔다.

"일어났니? 밥 먹으렴."

나는 긴을 살며시 내려놓고 일어섰다. 기분이 무겁게 가라앉았다.

밑으로 내려가면 어머니가 있다. 식사는 차려져 있다. 내가 식사를 하는 동안 어머니는 파트타임으로 일하러 나간다. 다녀올게, 빨래 부탁해, 라는 말을 남기고.

식사를 마치면 다시 내 방으로 돌아와 스마트폰으로 인터넷 서핑을 한다. 서핑이 끝나면 긴에게 밥을 챙겨주고 산책시키려고 데리고 나간다. 돌아와서 또 인터넷 서핑을 하고, 6시가 되기 전에 다시 긴과 산책을 나간다. 돌아오면 또 2층의 이 방에

---

* 다카하시 요시히로의 동물 만화. TV 애니메이션과 뮤지컬로 만들어질 만큼 인기가 높았다.

서 시간을 보낸다.

어머니는 6시 반에 집에 와서 저녁식사를 준비한다. 그리고 지금처럼 부르면 순순히 내려가 둘이 식탁을 둘러싸고 마주 앉는다. 어머니는 파트타임으로 일하는 슈퍼마켓에서 보고 들은 이야기를 하고, 나는 그 말에 적당히 맞장구를 친다. 내가 먼저 말을 꺼내는 일도 있다.

아무 문제도 없는 것처럼. 너무나 평범하게 생활하는 것처럼.

두개골 안쪽에서 모래 소리가 들렸다.

생각을 멈추고 방을 나선 뒤, 나는 다시 긴을 껴안고 경사가 급한 계단을 내려갔다.

예상과 똑같은 하루가 지나고, 정신이 들자 밤이 되었다. 나는 이불을 덮은 채 이리저리 몸을 뒤척였다. 천장을 올려다본 순간, 교실 풍경이 떠올랐다.

"그럼 오늘 놀러 가도 돼?"

초등학생인 나는 자기 자리에 앉아 있던 하시구치 다쿠토에게 그렇게 물었다. 그 집에 갔던 기억을 처음부터 떠올렸다. 어제와 똑같이. 어제와 다른 점은 잠들지 않았다는 것, 지금도 계속 기억을 떠올리고 있다는 것이다. 그 집에는 유령이 나온다. 머리가 이상해진다. 그런 소문을 듣고 거짓말이라고 잘라내지 못한 나는…….

그해 여름방학에 다시 그 집을 찾아갔다.

여름방학. 당시의 나는 아침 일찍부터 친구와 놀고, 집에 와서 점심을 먹고 리키를 산책시킨 후 오후부터 또 친구와 노는, 그런 날들을 보내고 있었다. 너무나 건전해서 웃음이 나올 정도였다. 지금의 나와는 180도 다르다.

8월 11일. 그날도 리키의 산책을 마치자마자 바로 친구들과 약속한 곳으로 갔다.

아침부터 놀았던 친구 두 명, 요시나가 준과 소마 이사오가 먼저 와 있었다. 그리고 약속하지 않은 한 사람이 더 있었다.

히가 고토코였다.

히가는 두 사람과 조금 떨어진 곳에 오도카니 서서, 발밑으로 시선을 떨어뜨리고 있었다.

그때 내가 의아한 표정을 지었을 것이다. 히가가 왜 여기 있느냐고 묻기 전에 이사오가 귀찮다는 얼굴로 말했다. 이사오는 당시에 가장 친한 친구였다.

"선생님이 부탁했어."

여기에 오는 도중에 히가와 같이 있던 담임 선생님을 만났다고 했다. 두 사람이 왜 같이 있었는지는 모르지만 의논할 것이 있어서 만났으리라. 어쨌든 담임 선생님은 이사오에게 히가와 같이 놀아주라고 말했다.

이사오의 얼굴에는 불만스러운 표정이 역력했다. 준은 조바심이 나는지 부루퉁한 표정을 지은 채, 입술을 삐죽 내밀고 연신 모자를 벗거나 쓰거나 하고 있었다.

당시만 해도 선생님의 부탁을 무시한다는 건 생각도 할 수 없어서, 우리는 나름대로 머리를 맞대고 뭐하며 놀지 의논했다. 어른스럽다 못해 음침한 여자애와 놀려면 어떻게 하는 게 좋을까.

패미컴은 즉시 제외되었다. 준의 것은 형이 독차지하고 있고, 이사오는 매일 너무 많이 하다가 금지령이 떨어졌다. 내 패미컴은 고장 나서 수리를 보냈다.

히가의 집에 간다는 선택지는 생각도 하지 않았다. 할 수 없이 공원에 가봤지만 운동장은 중학생들이 차지하고, 놀이기구 옆에는 불량배들이 모여서 시시덕거리고 있었다.

곤란한 표정을 지은 순간, 준이 눈을 반짝이며 말했다. "유령 저택은 어때?"

어느새 모두 그 집을 '유령저택'이라고 부르고 있었다. 선생님도 농담처럼 그렇게 말했던 기억이 난다. 하시구치가 살았던 집이라고 말하는 아이는 적어도 내 주위에는 한 명도 없었다.

이사오가 지긋지긋한 얼굴로 중얼거렸다. "거기 가서 뭐해? 밖에서 보고 끝이잖아."

"그건 그래."

내가 맞장구치자 준이 대담한 미소를 지었다.

"안에 들어가보자."

이사오가 어이없는 표정을 지으며 한숨을 쉬었다. "어떻게 들어가? 문이 잠겨 있으면 말짱 꽝이잖아."

"실은 비밀 병기가 있어."

준은 익살스럽게 말하더니 반바지 주머니를 더듬었다. 주머니에서 천으로 된 작은 열쇠 케이스를 꺼냈다. 안에는 구부러진 철사가 들어 있었다.

"형 주머니에서 슬쩍했어. 가자마인지 뭔지 하는 엄청난 선배가 줬대."

"가자마 선배가?" 공포와 감탄이 뒤섞인 목소리로 이사오가 말했다.

이 동네에서 유명한 불량배 이름이었다.

"평범한 집은 식은 죽 먹기랬어."

준은 자랑스러운 얼굴로 철사를 보여주었다. 이사오가 웃으며 고개를 끄덕였다. 두 사람이 동시에 나를 바라보았다.

"난 좋아." 나는 순간적으로 대답하고 히가를 보았다. "히가, 넌 어떡할래?"

히가는 창백한 얼굴로 오도카니 서 있다가 입을 꼭 다물었다. 그리고 이내 입술을 떨더니 울상을 지으며 꺼질 듯한 목소리로 물었다.

"가, 가도 괜찮을까? 이, 이가라시, 넌 어떡할 거야?"

비뚤비뚤한 앞머리 사이에서 촉촉한 눈동자가 나를 올려다보았다.

"물론 갈 거야."

나는 순간적으로 거짓말을 했다. 준과 이사오에게 겁먹었다는 걸 눈치채이고 싶지 않았다. 아마 필사적인 표정을 짓고 있었으리라.

"확인하러 가는 것뿐이야."

준이 히죽히죽 웃으면서 히가를 보았다. 이사오는 가여워하는 눈길로 히가를 보더니, 즉시 준의 말에 맞장구쳤다.

"그래, 확인하러 가는 것뿐이야."

나는 마음속으로 히가에게 사과하면서 물었다. "너 설마 무서워서 그래?"

이 말 뒤에는 철저한 계산이 깔려 있었다. 이렇게 물으면 준과 이사오는 나를 겁쟁이라고 생각하지 않겠지. 이제 확실히 안전권에 들어갈 수 있다. 입술에는 냉소적인 미소가 매달려 있었으리라.

"넌 평소에도 유령을 보잖아?"

이렇게 덧붙이기까지 했다.

당시 히가가 영감 체질이란 건 우리 반에서 모르는 사람이 없었다. 지금 히가를 만난다면 그때 했던 철없는 행동을 사과하고 싶다. 그러고 싶을 만큼 유치한 행동이었다.

준이 말했다. "걱정할 거 하나도 없어."

이사오가 말했다. "그래, 잠깐 들어가서 보기만 할 거야. 하나도 안 무섭다고."

"그래."

나는 맞장구를 치면서 히가의 반응을 살펴보았다.

히가는 온몸을 긴장시키면서 매달리는 눈길로 물었다. "그럼 금방 나와야 돼."

우리는 일제히 고개를 끄덕였다.

히가는 잠시 입을 다물었다가 "좋아" 하고 대답했다.

유령저택이 눈에 들어온 순간, 주변이 어두워졌다. 단지 태양이 구름 뒤에 숨었을 뿐이라고 생각하면서, 서둘러 앞서가는 준과 이사오를 따라갔다. 히가는 쭈뼛거리며 내 뒤를 따라왔다.

"학교에 왜 갔었어?"

그렇게 물은 기억이 있다. 히가가 뭐라고 대답했는지는 잊어버렸다. 다만 그다음에 이런 대화를 나눈 것이 기억난다.

"여름방학 숙제는 했어?"

"……응."

"얼마나?"

"저, 전부 다 했어."

"진짜?"

나도 모르게 목소리가 커지자 앞의 두 사람이 돌아보았다. 히가의 답을 들려주자 준도 깜짝 놀라는 표정을 지었다.

"진짜? 단어 연습도? 자유 연구도?"

"응."

"자유 연구는 뭐했어?"

"……해바라기 관찰일기. 마, 마당에 있거든."

이사오가 감탄한 얼굴로 소리를 질렀다. "굉장하다! 너, 머리 좋구나!"

히가는 머리를 절레절레 가로젓더니, 모깃소리처럼 가냘프게 말했다. "아냐, 그렇지 않아."

그래도 기뻐하고 있다는 건 알 수 있었다. 입가에 쑥스러운 미소가 감돌고 있었다.

그 집 앞에 섰다. 예전에 봤을 때와 똑같았다. 화분도, 식물재배 용기도. 먼지를 뒤집어쓰고 있는 자전거도. 주차장 구석에는 호스가 똬리를 틀고 있었다.

대문 옆의 벽에는 인터폰이 붙어 있었다. 그 옆에는 예전에 문패가 있었던 공간이 움푹 들어가 있었다.

폐가다. 당시에 막 배운 그 단어가 머릿속에 떠올랐다.

준이 다짜고짜 인터폰을 누르더니, 뒤도 돌아보지 않고 뛰어갔다. 우리는 깜짝 놀라 정신없이 준을 따라서 뛰어갔다. 네 사람은 가까운 모퉁이를 돌아서 멈췄다.

"야! 갑자기 그러면 어떡해!" 이사오가 거칠게 소리쳤다.

"확인한 거야, 확인."

준은 웃으면서 말한 뒤, 모퉁이에서 살며시 고개를 내밀었다. 내 옆에서 히가가 숨을 헐떡였다.

모퉁이에서 잠시 내다보았지만 아무도 나오지 않았다. 인터폰의 스피커에서도 소리가 나지 않았다. 당연하다. 하시구치 가족은 예전에 집을 떠났으니까. 집 안에서 사람이 나오거나 인터폰에서 소리가 나는 쪽이 오히려 이상하다.

그렇게 얼마나 있었을까. 처음 걸음을 내디딘 사람은 준이었다. 준은 주변을 둘러보고 사람이 없다는 걸 확인한 뒤, 대문 손잡이를 잡았다. 손잡이를 조금 돌리자 끼익 하고 커다란 소리가 나서 뒤로 펄쩍 뛰었다. 우리는 일제히 주변을 둘러보았다. 히가까지 고개를 돌려서 주변을 두리번거렸다.

집 안에서 아무도 나오지 않는 걸 확인한 뒤, 준이 헤실헤실 웃으며 천천히 손잡이를 돌렸다. 이번에는 끼익 하고 희미한 소리가 들렸다. 살며시 대문을 열자 준은 한층 발소리를 죽이며 천천히 계단을 올라갔다. 이사오, 나, 그리고 히가순으로 준의 뒤를 따랐다.

낡은 현관문 앞에서 준은 철사를 꺼내더니, 조심스럽게 열쇠 구멍에 끼웠다. 철사를 돌리려고 한 순간, 표정이 흐려졌다. 철사가 움직이지 않는 모양이었다. 철사를 끼운 열쇠 구멍에서는 달칵달칵하는 껄끄러운 소리만 들렸다.

이사오가 나지막이 준의 이름을 불렀다. "준, 있잖아……."

"조용히 해! 잠깐 기다려."

준이 뒤를 돌아보고 치아를 드러내며 불쾌한 표정을 지었다. 그러자 이사오가 냉정하게 대꾸했다.

"순서가 달라. 일단 문이 열려 있는지 확인하자."

나도 이사오의 말이 옳다고 생각했다. 준은 멍하니 입을 벌리더니, 즉시 태연한 얼굴로 철사를 빼냈다.

"나도 그렇게 하려고 했어."

그때 누군가가 내 어깨를 톡톡 두드렸다.

무의식중에 소리를 지를 뻔해서 순간적으로 입을 틀어막았다. 식은땀이 등에서 한꺼번에 솟구쳤다. 이어서 어깨를 약하게 누르는 감촉과 방향으로 알아차렸다. 히가였다.

등 뒤에서 히가의 가냘프고도 필사적인 목소리가 들려왔다. "사람, 사람, 사람. 고개 숙여."

나는 몸을 웅크리면서 앞의 두 사람에게 똑같이 말한 뒤, 대문 옆의 벽에 몸을 감췄다. 준과 이사오가 나와 똑같이 행동했다. 몸을 웅크린 채 귀를 쫑긋 세우고 있자 우리가 온 방향에서 발소리가 다가왔다. 발소리는 우리가 있는 벽 너머에서 집 앞으로 다가왔다. 나는 숨을 죽인 채 두 손으로 입과 코를 눌렀다.

발소리는 그대로 멀어졌다. 이사오는 등을 벽에 붙인 채 하늘을 올려다보고, 준은 모자를 코까지 내린 채 웅크렸다. 히가는 보기만 해도 알 수 있을 만큼 몸을 떨고 있었다.

"지나가는 사람인가?" 준이 맨 처음 입을 열었다. 준은 무시하는 눈길로 우리를 흘겨보더니 웃으면서 말했다. "뭐야? 너희들, 쫄았냐?"

"웃기지 마! 쫄긴 누가 쫄아?"

이사오는 무표정한 얼굴로 말했고, 나와 히가는 대꾸하지 않았다.

준은 엉거주춤한 자세로 앞길을 바라보고, 현관문 손잡이를 잡으려고 하다가 손을 멈추었다. 활처럼 구부러진 손잡이는 먼지를 뒤집어쓰고 있었다. 숨을 세게 불자 먼지가 하늘하늘 허공에서 춤을 추었다. 준은 혀를 차면서 먼지를 피하기 위해 고개를 옆으로 돌린 뒤, 손잡이를 잡고 살며시 당겼다.

달칵하는 소리와 함께 천천히 문이 열렸다. 준이 손잡이를 잡은 채 뒤를 돌아보았다. 웃는 것 같기도 하고 화를 내는 것 같기도 한 복잡한 표정이었다. 이사오와 나, 히가는 몸을 웅크린 채 눈을 크게 떴다.

준이 다시 문을 당겼다. 끼익 하는 껄끄러운 소리가 들렸다. 뜨뜻미지근한 공기가 얼굴에 쏟아지고, 캄캄한 현관이 눈앞에 펼쳐졌다. 소용돌이치는 먼지 너머로 신발장이 보였다. 신발장 문은 닫혀 있었고, 여기저기에 애니메이션 스티커가 붙어 있었다.

"오오오오!"

준의 입에서 감탄사가 흘러나왔지만 바로 입을 다물더니 우리를 힐끔 보고 나서 현관 안으로 발을 집어넣었다. 이사오가 손으로 문을 잡고 안으로 들어갔다. 이어서 내가 문을 잡고 히가에게 눈짓했다. 히가는 고개를 살짝 끄덕이더니 몸을 웅크려서 문을 통과했다. 이어서 나는 손을 뒤로 해서 조심스럽게 문을 닫고 바로 후회했다.

집 안은 찜통처럼 더웠고 한밤중처럼 캄캄했다. 이럴 줄 알았으면 밖에서 알아차릴 수 없을 만큼 문을 살짝 열어둘걸. 하지만 문을 다시 열 용기는 없었다. 누군가가 밖을 지나가다 보기라도 하면……. 그렇게 생각하자 팔에 힘이 들어가지 않았다.

"야." 준이 속삭이듯 말했다.

준의 모습은 형체가 없는 캄캄한 그림자로밖에 보이지 않았다. 눈이 익숙해지자 준이 험악한 얼굴로 나를 노려보고 있었다. 왜 화가 난 걸까? 긴장하며 쳐다보자 준이 "흥" 하고 코웃음을 치며 말했다.

"네가 먼저 가."

"뭐?"

"왜? 쫄았냐?"

하지만 준의 얼굴에는 굳은 웃음이 매달려 있었다. 지금이라면 '쫄긴 누가 쫄아, 얼굴을 보니 네가 쫀 것 같은데?'라고 반박할 수 있다. 적당히 놀리거나 충동질해서, 다시 앞자리를 떠넘길 수도 있다.

하지만 그때는 그렇게 할 수 없었다. 무시당하고 싶지 않았던 것도 있지만 히가가 있었기 때문이기도 했다. 여기서 벌벌 떨고 무서워하면 히가가 한심하게 여길 것이라고 생각했다.

나는 집 안으로 시선을 돌렸다. 눈앞에는 계단이 있었다. 경사가 꽤 심하다. 계단에도 먼지가 쌓여 있었다. 그렇게 생각하면서 멍하니 얼굴을 들었다.

계단 위에서 직사각형의 어둠이 나를 내려다보았다. 어둠의 안쪽에서 거대한 눈이 물끄러미……라는 쓸데없는 망상이 떠오를 것 같아서 즉시 얼굴을 돌렸다.

"어서!"

준이 어깨를 찌르는 바람에 비틀거리다가 이사오와 부딪쳤다. 우리 네 사람은 현관에서 서로의 몸을 기대고 있었다. 나는 결심하고 발을 내디뎠다. 신발을 신고 들어가도 될까 하는 망설임은 순식간에 사라졌다.

마루가 깔려 있는 복도에도 먼지가 얄팍하게 쌓여 있었다.

나는 복도로 발을 내디뎠다. 끼익 하고 삐걱거리는 소리가 폐가에 울려 퍼졌다.

계단을 올려다보지 않으려고 하면서 복도를 걸어갔다. 세 사람이 따라오는 걸 눈 끝으로 확인했다. 준은 창백한 얼굴로 내 뒤쪽에서, 이사오와 히가는 준의 뒤쪽에서 나란히 서서 따라왔다. 히가는 입가에서 두 손을 꼭 쥐고, 거북이처럼 몸을 웅크리고 있었다. 발끝으로 걸으면 소리가 난다는 사실을 깨닫고, 즉시 발바닥 전체로 바닥을 밟았다.

지금 이 집에는 아무도 살지 않는다. 그것만으로 하시구치와 놀았을 때와는 전혀 다르게 보였다. 마치 처음 와보는 집 같았다.

좁은 복도에 접어들었다. 왼쪽 앞에 있는 미닫이문에 울퉁불퉁한 작은 유리창이 끼워져 있었다. 화장실이리라. 안에 누가 있는 게 아닐까, 라고 쓸데없는 생각을 할 것 같아서 재빨리 복도 끝을 보았다.

왼쪽 안 구석에 격자 유리창이 들어간 미닫이문이 있었다.

문은 절반쯤 열려 있었다. 그곳에서 흐릿한 빛이 들어와 복도 전체가 보였다. 오른쪽에는 소박하고 커다란 문이 있었다. 복도는 벽에 가로막혀 좌우로 갈라졌다.

누가 지시한 것도 아닌데, 나는 계속 복도를 걸어갔다. 등 뒤에서 세 사람의 발소리가 따라왔다. 숨소리도 들렸다. 열려 있는 문 앞에 도착해 발걸음을 늦춘 후, 몸을 뒤로 빼고 안쪽을 살펴보았다.

거실이었다. 창에는 두터운 꽃무늬 커튼이 걸려 있었다. 창문과 커튼 사이로 햇살이 들어와 커튼 전체가 네모나게 보였다. 그 앞쪽에는 복도와 수직 방향으로 놓인 천 소파가 거실을 절반으로 나누고 있었다. 소파 앞에는 낡은 갈색 탁자가 있고, 바닥에는 회색 카펫이 깔려 있었다. 하시구치 가족은 가구도 그대로 놔두고 야반도주한 것이다.

"들어가자."

준의 말에 고개를 끄덕인 뒤, 몸을 비틀어 거실 문을 통과했다. 문에는 손대고 싶지 않았다. 몸이 닿아도 안 된다고 생각했다. 이유는 알 수 없었지만 이 집에 있는 물건을 만지거나 손대는 것에 저항감이 있었다.

현관 쪽 벽에는 캐비닛이 있었고, 그 위에는 TV, 그 밑에는 비디오플레이어와 오디오 기기가 놓여 있었다. 허리까지 오는 옆의 선반에는 비디오테이프가 빼곡히 늘어서 있었다.

준이 갑자기 소파를 돌아가더니, TV 앞까지 성큼성큼 걸어가서 돌아보았다. 그리고 음침하게 웃으며 목소리를 높였다.

"이 겁쟁이들, 뭘 그렇게 굳어 있나?"

나와 이사오, 히가는 딱 달라붙기 직전까지 몸을 붙이고 있다가 준의 목소리를 듣고 화들짝 놀라며 재빨리 떨어졌다. 이사오가 등 뒤에 있던 의자에 부딪히면서 우당탕 하는 커다란 소리가 들렸다. 나는 순간적으로 소파 앞으로 몸을 숙였다. 준은 탁자 뒤에 숨고, 히가와 이사오는 미닫이문 뒤에 나란히 몸을 숨겼다.

약속한 것도 아닌데, 우리는 숨을 죽이고 거실 문 너머에 있는 복도 상황을 살펴보았다. 만약 이 집에 누군가가 있다면 적어도 이 거실에는 없다. 복도 안쪽이나 2층에서 내려올 것이다. 나는 그렇게 판단했고, 친구들도 나와 똑같이 생각한 모양이었다.

아무 소리도 들리지 않았다. 기척도 느껴지지 않았다. 나는 약간 허리를 들고 이사오가 부딪힌 의자 주변을 바라보았다.

작고 소박한 식탁. 식탁을 에워싸듯 의자 세 개가 놓여 있었다. 안쪽에는 부엌이 있고, 타일 벽에는 냄비와 국자, 집게 등이 걸려 있었다. 젤리를 먹은 곳이었다. 하시구치와 히가와 나와 셋이서. 부엌에 있었던 하시구치의 어머니와 이야기하면서. 목덜미로 흘러내린 땀방울을 느끼고 살며시 손등으로 닦았다.

"……너 때문에 놀랐잖아!" 준의 목소리가 들렸다.

일어서는 기척이 느껴졌다. 허세를 부리는 게 분명했다. 하지만 지금이니까 그렇게 말할 수 있다. 당시에는 그런 생각을 할 수 없었다. 이사오가 미안한 얼굴로 몸을 웅크리며 허리를 들었다. 뼈마디에서 우두둑하는 소리가 들렸다.

그 옆에서 히가가 떨고 있었다. 몸을 웅크린 채 덜덜덜 소리가 들릴 만큼 격렬하게. 두 손을 얼굴 앞에서 꼭 쥐고. 앞머리 안쪽의 두 눈은 새빨갛게 충혈되어 있었다.

"괜찮아?" 이사오가 불안한 얼굴로 물었다.

히가가 고개를 살짝 끄덕였다. 단발머리가 흔들렸다. 준이 천천히 내 옆으로 다가왔다.

"이래서 여자는……."

준의 말이 끝나기 전에 히가가 얼굴을 들더니, 꼭 다문 입술 앞에 검지를 세웠다. 무슨 뜻인지는 바로 알 수 있었다.

히가가 창백한 입술을 움직이며 속삭이듯이 말했다. "소……소리."

긴장이 온몸을 내달렸다. 그와 동시에 귀가 소리를 포착했다. 천장 위쪽, 2층에서 기묘한 소리가 희미하게 들렸다. 정확하게 말하면 소리라기보다 진동이었다. 공기의 미세한 흔들림이라고나 할까?

"……TV?" 준이 중얼거렸다.

이런 상황에서 TV는 무슨…… 하고 생각하다가 알아차렸다. 기묘한 소리는 준의 말처럼 TV 잡음과 비슷했다. 화면이 나오지 않는 채널에서 나는 소리…….

모래폭풍 같은 소리와.

사아아아아아아아아아아아아.

어느새 내 귀에도 똑똑히 소리가 들렸다. 나는 움직일 수도 말할 수도 없어서, 엉거주춤한 자세로 천장을 올려다보았다.

2층에서 무슨 일이 일어나고 있다. 2층에 뭔가가 있다.

그렇게 생각한 순간, 나는 머릿속으로 하시구치와 놀았던 날을 떠올렸다. 복도를 기어가는 소리. 한순간 문틈으로 보였던 소녀의 모습. 불단의 사진. 하시구치가 했던 말.

병에 걸려 죽은 하시구치의 여동생 아사미.

"TV가 켜져 있나?"

준이 그렇게 말한 순간, 패미컴을 가지고 놀았던 기억이 되살아났다. 하시구치 방에는 분명히 TV가 있었다. 지금도 분명히 있을 것이다. 하지만 조금 전까지는 소리가 들리지 않았다.

우리가 이 집으로 들어온 다음에 누군가가 TV를 켠 것이다. 그 누군가는 아마…….

기억과 상황이 하나로 이어지면서, 지금 눈앞에서 일어나는 일을 멋대로 해석했다. 해석하면 할수록 무릎이 떨리고 숨이 거칠어졌다.

"그게 말이 돼?"

준의 말에 대답한 사람은 이사오였다. 이사오는 나와 준을 뚫어지게 쳐다보며 목소리를 죽이고 단호하게 말했다.

"이런 집에는 전기가 들어오지 않아."

이사오는 벽의 스위치를 달칵달칵 몇 번 눌렀다. 어디에도 불이 켜지지 않았다.

"이것 봐."

"나도 알아!" 준이 발끈하면서 되받아쳤다.

남은 세 사람은 일제히 "쉬잇" 하고 손가락을 입에 댔다. 그리고 약속이라도 한 것처럼 한곳으로 모였다.

어느새 2층의 소리가 그쳤다. 들리는 건 우리의 숨소리뿐이었다.

준이 천장을 가리키며 입술을 움직였다. 갈, 래. 그리고 바로 고개를 갸웃거렸다. '갈래?' 하고 묻는 것이다. 나는 생각하기보다 먼저 고개를 비틀었다.

이사오는 떨떠름한 얼굴로 우리를 바라보았다. 그 옆에서 히가가 몸을 숙이고 있었다. 머리칼이 뺨에 달라붙은 채 걱정스러운 얼굴로 허공을 올려다보았다.

준이 살금살금 히가에게 다가가, 무릎에 두 손을 대고 작은 목소리로 물었다. "히가, 영감으로 알아낼 수 없어?"

표정은 더할 수 없이 진지했다. 히가는 멍한 얼굴로 준을 바라보더니, 이윽고 떨리는 목소리로 대답했다.

"……모르겠어."

준은 '뭐? 그게 말이 돼?'라는 표정을 지었다. 나는 조금씩 발을 움직여 세 사람 옆으로 다가갔다.

"아무것도 안 보여?"

히가는 절레절레 고개를 가로저었다. 순식간에 눈물이 새어 나와 눈이 촉촉이 젖었다.

"아까 그 소리는 들려?"

이번 질문에는 반응하지 않았다. 다만 젖은 눈으로 준을 올려다볼 따름이었다. 콧물이 새파래진 입술을 타고 흘러내렸다.

조금 지나서 히가는 다시 머리를 가로저었다. 준은 들릴락 말락 혀를 차고 몸을 일으키더니 천장을 올려다보았다. 나머지 세 사람은 말없이 준의 모습을 지켜보았다. 준의 판단을 기다리는 것이다.

준이 말했다. "올라가보자. 무서운 녀석은 돌아가도 좋아."

결정적인 말이었다. 여기서 돌아가는 녀석은 쫄보에다 겁쟁이라는 낙인을 찍겠다, 준은 그렇게 선언한 것이다.

"나도 갈게."

내가 작은 목소리로 말하자 이사오가 고개를 끄덕였다.

히가는 웅크린 채 꼼짝도 하지 않고, 눈물에 젖은 눈으로 우리 셋을 올려다보았다. 얼굴에서 점점 표정이 사라졌다. 그리고 입술을 꽉 깨물고는 어색한 동작으로 일어섰다.

준은 우리에게 눈짓하더니 열린 거실 문을 통해 복도로 나갔다. 나는 준을 따라갔다. 살며시 돌아보자 히가가 고개를 숙인 채 내 뒤를 따라오고 있었다. 이사오는 히가의 바로 뒤에서 따라오며 걱정스러운 얼굴로 단발머리를 바라보았다.

이사오의 뒤에는 아무도 없었다. 당연하지만 나는 그걸 확인했다. 다시 앞을 쳐다보고 화장실 앞을 지나 꺾어지려고 했을 때 바닥에서 삐걱거리는 소리가 났다.

계단 입구에서 준이 걸음을 멈추었다. 돌연 겁이 났는지, 멍하니 입을 벌린 채 2층을 올려다보았다. 몇 번이나 시선을 위아래로 움직이며 계단을 쳐다보는 것이다.

준에게 다가갔지만, 계단을 보고 나도 모르게 걸음을 멈추었다. 아니, 오히려 뒷걸음질 쳤다. 마룻바닥에서 삐걱거리는 소리가 남과 동시에 히가와 이사오도 멈춰 섰다.

조금 전에 왔을 때와 달라졌다.

계단에는 모래가 쌓여 있었다. 정확하게 말하면…… 흘러내리고 있었다. 밑에서 헤아려 다섯 번째 계단에서 네 번째 계단으로, 네 번째 계단에서 세 번째 계단으로, 모래가 스륵스륵 흘러내리는 것이 몇 줄기나 보였다.

준의 발밑에도 모래 알갱이가 흩어져 있었다.

나는 그제야 알아차렸다. 또다시 기억과 상황이 하나로 이어졌다. 거실 천장에서 들린 소리는 모래 소리였던 것이다. 그리고…… 누군가가 2층에서 모래를 떨어뜨리고 있다. 이렇게 많은 양의 모래를.

위에는 분명히 누군가 있다. 그렇지 않으면…… 무엇인가가.

이사오가 작은 목소리로 준을 불렀다. "준, 당장 나가자. 뭔가 이상해."

준은 대답하지 않았다. 준의 입가에 움찔움찔 경련이 일었다.

"······이상하긴 뭐가 이상해?"

잠시 후, 준은 일그러진 미소를 보이더니 계단을 올라가기 시작했다. 첫 번째 계단에 발을 올리자 사박 하는 소리가 들렸다. 이어서 두 번째 계단, 세 번째 계단. 준이 발을 올릴 때마다 사박, 사박, 사박 하고 모래에서 소리가 났다.

"모래는 모래일 뿐이야."

준이 멈춰 서서 우리를 내려다보며 말한 뒤, 다시 몸을 돌려 위를 향했다. 어둠을 올려다보며 경계 태세를 취한 것이다. 여유 있는 척하지만 2층을 두려워하는 것만은 분명했다. 그렇다고 지금 상황에서 그걸 지적하거나 놀릴 수는 없었다.

나는 마음속으로 '지금이다! 가라!'라고 스스로를 질책하면서 계단에 발을 내밀었다. 사박사박하고 모래를 밟으며 한 걸음 한 걸음 천천히 준의 뒤를 따랐다.

등 뒤에서 소곤소곤 속삭이는 소리가 들렸다. 이사오가 히가의 귓가에 무슨 말인가 하고 있었다. 히가는 고개를 한 번 끄덕인 뒤, 멈칫거리며 첫 번째 계단에 발을 올렸다. 이사오가 히가를 지켜보면서 뒤를 따랐다.

위를 보자 준이 계단을 다 올라간 참이었다. 어둠에 가려서 상반신은 거의 보이지 않았다. 준은 오른발을 들어 올린 뒤, 캄캄한 직사각형의 어둠 속으로 스윽 들어갔다.

정신을 차리자 나는 손으로 벽을 더듬고 있었다. 손을 떼려고 했지만 발밑이 불안해서 뗄 수 없었다. 모래는 아직 그렇게 많이 쌓이지 않았는데, 발을 내려놓을 때마다 푹푹 빠져서 힘을 빼앗기는 듯했다.

고작해야 10여 개밖에 안 되는 계단이 몹시 길게 느껴졌다. 아무리 시간이 지나도 바로 앞에 있는 어둠에 닿을 것 같지 않았다.

사박사박 울리는 발소리가 영원히 이어질 것 같았다.

준이 2층에 없다는 망상마저 들었다.

무의식중에 숨이 거칠어졌다.

목덜미에서 땀이 뿜어나왔다.

어둠이 눈앞으로 다가왔다.

마지막 한 계단을 올라갔다.

"뭘 그렇게 꾸물거려?"

별안간 귓가에서 준의 목소리가 들려, 나는 소스라치게 놀라며 펄쩍 뛰어올랐다.

어둠 속에서 천천히 준의 얼굴이 떠올랐다. 두 뺨이 땀에 젖어 금속 같은 빛을 내뿜었다. 나는 그의 등 뒤에 있는 2층 복도로 눈을 향했다.

1층보다 훨씬 어두웠다. 멀리 있는 창문은 너무나 작고 커튼이 쳐져 있어서 빛은 거의 들어오지 않았다. 커튼 주위가 어렴풋이 빛나고 있을 뿐이었다.

히가가 두 손으로 난간을 잡고 비틀거리면서 올라왔다. 나는 자리를 내주기 위해 옆으로 움직였다.

사박. 예상치 못한 소리가 나서 발밑을 보았다.

바닥에는 모래가 잔뜩 쌓여 있었다. 계단보다 더 높이. 모래가 바닥을 온통 메우고 있어서 마룻바닥이 거의 보이지 않았다. 고개를 돌리자 복도 전체가 모래로 뒤덮여 있다는 걸 알 수 있었다. 창문에서 들어오는 희미한 빛을 받고 어둠 속에서 불룩 솟아 있는 부분이 몇 개 보였다. 마치 한밤중의 모래밭처럼.

히가는 계단을 끝까지 올라오자마자 두 손으로 입을 막았다. 숨을 죽이고 복도를 똑바로 쳐다보았다. 이사오는 히가 옆에서 망연히 서 있었다.

준이 얼굴의 땀을 닦으면서 말했다. "그럼 일단 맨 앞에 있는 방부터……."

준의 말이 끝나기도 전에, 헉 하고 숨을 들이마시는 소리가 들렸다. 히가가 얼음 조각이 된 것처럼 꼼짝도 하지 않았다. 입가에서 움켜쥔 주먹만이 격렬하게 떨리고 있었다.

주먹 사이로 목소리가 새어나왔다. "어? 뭐, 뭐라고?"

질문이다. 아니면 되묻는 것이다.

"왜 그래?" 이사오가 물었다.

히가가 이사오를 쳐다보고, 이어서 나와 준을 돌아보았다. 어깨가 세차게 위아래로 들썩였다.

"……안 들려?" 히가가 우리를 향해 말했다.

나는 귀를 기울였다. 아무 소리도 들리지 않았다. 히가의 거친 숨소리 말고는.

"뭐야? ……너, 생각보다 겁쟁이구나?"

준이 혀를 크게 차고 비웃듯이 말하더니, 한 걸음 크게 앞으로 나아갔다. 사박사박 모래를 밟으며 가까이에 있는 문의 손잡이를 잡았다.

준은 문에 귀를 대고 천천히 손잡이를 돌렸다. 그리고 끝까지 돌리고 나서 살며시 문을 밀었다. 문틈으로 안을 들여다보면서 서서히 문을 열었다.

나는 준의 등 뒤로 조용히 다가가서 방 안을 들여다보았다. 안에는 수많은 골판지 상자와 가구가 꽉 채워져 있었다. 창고였다.

준이 창고 안으로 발을 들이밀었다. 쿵 하고 나무 바닥에서 소리가 났다. 이 방에는 모래가 쌓여 있지 않았다. 준은 손잡이에서 손을 떼고 슬로모션 같은 동작으로 안으로 들어갔다.

나는 문을 피하면서 모래 바닥에서 나무 바닥으로…….

"응."

그때 등 뒤에서 목소리가 들려와 나는 흠칫 놀라며 몸을 떨었다. 목소리 톤은 매우 평범했다.

히가가 똑바로 서서 복도 안쪽을 바라보았다.

표정이 달라졌다. 음침한 느낌이 사라지고 후련한 얼굴이었다. 입가에는 미소마저 감돌고 있었다.

"응!"

히가는 다시 대답하고 힘차게 고개를 끄덕였다. 단발머리가 찰랑찰랑 흔들렸다. 이사오가 옆에서 멍하니 입을 벌린 채 아연한 얼굴로 히가를 바라보았다.

"없어."

히가가 고개를 가로저은 뒤, 자박자박 가벼운 소리를 내며 복도를 걸어갔다. 그러더니 창 쪽을 바라보며 다시 고개를 가로저었다.

"으으응, 그건 아니야."

이상해졌다. 히가의 머리가 이상해졌다.

머릿속에서 기묘한 소문이 떠오르고, 그와 동시에 온몸에 소름이 돋았다.

"히가! 너, 왜 그래?" 준이 문 쪽으로 돌아와서 물었다.

하지만 히가는 대답하지 않고 다시 고개를 크게 끄덕였다. 다음 순간.

"으웃!"

이사오가 입을 막고 그 자리에서 무릎을 꿇었다. 그리고 "으으웃" 하고 괴로운 얼굴로 몸을 비틀더니 "꾸에엑" 소리를 내며 구역질했다. 이윽고 갈색 토사물이 모래에 주르륵 쏟아졌다.

이사오 곁으로 달려가려고 한 순간, 준이 나를 불렀다.

"데쓰!" 뒤를 돌아보자 준이 불쾌한 표정을 지으며 소리쳤다. "가지 마!"

"하, 하지만."

준이 코웃음 치더니 갑자기 정신없이 떠들었다. "괜찮다니까 그러네. 그래서 내가 관두라고 했잖아. 내일 수영장은 안 하니까 목욕하라고 몇 번이나, 몇 번이나! 제발 작작 좀 해, 작작 좀!"

준은 그렇게 말하며 난폭하게 모자를 벗었다. 부릅뜬 눈이 형형하게 빛나고 있었다. 나는 어안이 벙벙해서 멍하니 준의 얼굴을 바라보았다.

"……왜 그래? 무슨 말이야?"

"내가 크리스마스 때 슈퍼패미컴 사달라고 했잖아!"

준은 거칠게 소리치더니 발을 쿵쿵 굴렀다. 그러자 준의 등 뒤에서 골판지 상자가 줄줄줄 미끄러지면서 바닥으로 쾅 떨어졌다. 나는 깜짝 놀라 바보처럼 소리를 지르며 펄쩍 뛰어올랐다.

준도 이상해졌다. 핏발 선 눈으로 노려보는 준과 거리를 두려고, 나는 천천히 뒤로 물러섰다.

"데쓰로 삼촌."

준이 돌연 그렇게 말하더니, 창고에서 복도로 발을 내밀었다.

"엉?" 나는 무심결에 그렇게 대꾸했다.

"데쓰로. 우리 삼촌인데, 미치코 숙모의 남편이야. 유는 그 사람들의 아들이고."

"유, 유라고?"

"경마에 미친 사람의 아들이니까 어차피, 어차피, 어차피 또라이일 거야."

땀으로 빛나던 준의 얼굴이 일그러졌다. 우는지 화를 내는지는 모르겠지만 진지한 것만은 분명했다. 자기 말에 흥분하고 있는 것도 틀림없었다. 모자를 꽉 쥔 손은 새하얘져 있었다.

꾸엑, 꾸엑. 이사오의 토하는 소리가 등 뒤에서 들렸다.

"응."

바로 뒤에서 히가의 목소리가 들렸다. 재빨리 돌아보자 히가는 천진난만한 어린아이처럼 키득키득 웃고 있었다.

온몸에서 땀이 흘러내렸다. 차가운 땀이 끊임없이 솟구쳤다.

"유는 가없다고 말해줘. 그래, 그러니까 말이야."

준이 무슨 말을 하는지 알아들을 수 없었다. 발음도 점점 더 뭉뚱그려져서 어버버버, 에베베베라고밖에 들리지 않았다. 준이 나를 물끄러미 바라보며 무슨 말인가 했다. 그러다 트림 같은 소리를 내뿜고 모래 위로 쓰러졌다.

바닥에 드러누운 준이 눈을 부릅뜬 채 "아으아으"라는 소리를 반복했다. 벌어진 입에서 혀가 길게 뻗어나왔다.

이사오의 입에서는 "으으으" 하는 신음이 흘러나왔다.

히가는 내 뒤에서 우두커니 선 채 머리를 좌우로 흔들고 있었다.

이상해졌다. 준도, 히가도. 이사오는 계속 토했다. 다음은 내 차례다. 나는 직감적으로 그렇게 생각했다.

다리가 얼어붙었다. 도망치려고 하다가 한순간 망설였다. 모래에 발이 걸려 균형이 무너지면서 꼴사납게 모래 위에 처박혔다. 껄끄러운 불쾌감이 온몸을 덮쳤다. 옷 사이로 모래가 들어갔다.

나는 손으로 목덜미를 털면서 상체를 일으켰다. 바로 앞에서 히가의 가느다란 다리가 보이고, 그 너머에서 모래가 쌓인 복도가 보였다.

복도의 막다른 곳인 창문 밑에서 소리도 없이 모래가 움푹 들어갔다. 모래 먼지가 피어오르더니 산산이 흩어지며 이내 사라졌다.

쿠웅. 이번에는 소리가 나면서 조금 앞쪽의 모래가 움푹 들어갔다.

쿠웅. 이번에는 조금 더 앞쪽이. 또 조금 더 앞쪽이.

모래 먼지가 잇따라 피어오르면서 시야가 뿌예졌다.

움푹 들어간 타원형의 구덩이가 우리를 향해 가까이 다가왔다. 나는 또 직감적으로 생각했다.

이것은 발자국이다.

눈에 보이지 않는 누군가가…… 아니, 무엇인가가 모래 위를 걷고 있다. 친구들을 이상하게 만든 무엇인가가 한 걸음씩 다가오고 있다.

쿠웅. 이번에는 히가 앞에 있는 모래가 움푹 들어갔다. 히가의 시선이 천천히 위를 향했다. 머리가 뒤로 꺾일 만큼 시선을 위로 향한 것이다.

나는 히가의 시선 끝을 보고 생각했다. 지금 히가 앞에 키가 큰 무엇인가가 서 있다.

모래 먼지 너머에서 히가를 내려다보고 있다.

아그작. 모래 씹는 소리가 입 안에 울려 퍼졌다. 순간, 오한이 온몸을 뛰어다녔다. 온몸에 달라붙은 모래 감촉을 견딜 수 없었다. 목, 턱 밑, 귀 뒤, 팔, 팔꿈치, 오금, 허벅지…….

숨이 막히고 어지러웠다. 모래 냄새가 코를 덮쳤다. 모래가 콧속을 지나 몸속으로 들어가는 것이 느껴졌다. 수십, 수백 개의 모래 알갱이가 온몸으로 퍼져 나갔다.

나는 앞이 캄캄해지는 공포에 휩싸이며 확신했다.

이제 내 차례다. 나도 드디어 이상해질 것이다. 나보다 먼저 이상해진 친구들처럼.

그때 "……안 돼"라는 중얼거림이 들리고, "이러지 마"라는 소리가 이어졌다.

히가의 목소리였다. 히가가 모래 먼지를 올려다보면서 단발머리를 가로저었다. 그러고는 어깨를 떨고 몸을 움츠리면서 소리쳤다.

"하지 마!"

다음 순간, 나는 똑똑히 보았다.

모래 먼지 속에서 우뚝 서 있는 길고 가느다란 그림자. 그리고…… 천장 근처에서 빛나는 두 개의 커다란 눈동자를.

그 집의 기억은 그곳에서 끊어졌다.

어떻게 그 집에서 나왔을까? 어떻게 우리 집으로 왔을까? 기억나지 않는다. 아무리 생각하려고 해도 기억의 한 조각도 떠오르지 않았다.

기억이 나는 것은 새 학기 이후의 일뿐이었다.

2학기가 시작되어도 준은 학교에 나오지 않았다. 준의 집에 갔더니 그의 어머니가 "지금은 친구를 만날 수 있는 상태가 아니란다"라고 슬픈 얼굴로 말해서 맥없이 발길을 돌렸다. 준은 졸업할 때까지 한 번도 학교에 나오지 않았다. 6학년에 올라갈 즈음 이사 갔다는 이야기를 친구에게 언뜻 들은 것 같지만 확인한 기억은 없다. 어쨌든 그날 이후 준의 얼굴은 한 번도 보지 못했다.

이사오는 사람들과 말하지 않게 되었다. 하루 종일 책상에 앉아서 가끔 혼자 무슨 말인가 중얼거리거나, 아니면 입을 꼭 다물고 있었다. 친구가 말을 걸어도, 선생님이 물어도 제대로 대답하지 않았다. 방과 후나 일요일에 공허한 눈으로 동네를 어슬렁어슬렁 배회하는 걸 몇 번 본 적이 있었다.

중학교에 입학해도 마찬가지였다. 그러다 2학년이 되기 직전에 차에 치여서 죽었다. 한밤중에 바깥을 배회하다 느닷없이 큰길로 돌진했다고 어머니한테서 들었다. 장례식에 간 것은 기억이 난다.

그리고 나는 이렇게 되었다.

다른 사람과 제대로 말할 수 없게 되었다. 자신에게 관심이 없어졌다. 대학 입시도 취직도 실패하고, 아르바이트도 며칠 만에 그만두길 반복하다가 집에서 거의 나가지 않게 되었다.

다른 사람과 몇 마디만 해도 머릿속이 혼란스러워졌다. 머릿속에서 모래 소리가 들리면서 상대의 말이 귀에 들어오지 않았다. 가까스로 의미를 이해해서 대답하려고 하면, 이번에는 모래를 먹은 느낌이 입 안에 퍼지고 온몸이 가려웠다.

정상적으로 대할 수 있는 이는 어머니와 긴뿐이었다.

그래도 중학교를 졸업할 때까지는 그럭저럭 지낼 수 있었다. 다른 사람과도 말을 할 수 있었다. 히가와도 몇 마디를 나누었다. 그렇다. 그 이후, 히가도 완전히 달라졌다. 하지만 '이상해졌다'고 할 수는 없었다.

일단 음침한 분위기가 사라졌다. 예전에는 툭하면 고개를 숙이곤 했는데 이제 똑바로 앞을 바라보게 되었다. 겁먹은 모습은 티끌만큼도 보이지 않고, 온몸에는 당당한 풍격이 자리했다. 영혼이 보인다고 말하는 일도, 수업 도중에 울음을 터뜨리는 일도 없어졌다.

히가의 변화에는 담임 선생님도 놀라움을 감추지 못했다.

그렇다고 밝아진 건 아니었다. 오히려 그 반대였다. 어떤 감정도 밖으로 드러내지 않고, 항상 시큰둥한 표정을 지었다. 냉담하다고 해야 할까? 반 친구들은 예전과는 다른 이유로 히가와 거리를 두게 되었다. 일부 여자애들은 두려워하기도 했다.

초등학교 5학년인가 6학년 때부터 히가가 이상한 아르바이트를 하고 있다는 소문이 흘렀다. 늘 혼자 다니는 외톨이 여학생, 눈에 띄는 여학생에게 기묘한 소문이 따라다니는 건 흔한 일이다. 구체적으로 무슨 일을 하는지 아는 사람은 아무도 없었다. 하지만 히가의 경우에는 그런 소문이 날 수밖에 없었다. 걸핏하면 학교에 빠지기 일쑤였고 집이 가난했던 탓도 있었다. 그리고 학교…… 반 친구들에게도, 수업에도 관심이 없어 보이는 태도 때문이기도 했다.

먼 곳으로 가버렸다는 표현이 가장 적절할 것이다.

회상이 종반전에 접어들었다. 천장에 매달린 전등을 멍하니 바라보면서 중학교 시절을 떠올렸다.

나는 사립 중학교 입시에 실패하고 시립 미쓰카도 중학교에 들어갔다. 히가와 같은 중학교였다.

중학교 2학년 때 히가와 같은 반이 되었다. 어느 날 방과 후, 나는 마음을 굳게 먹고 히가에게 물었다. 2층에서 무엇을 보았는지, 무슨 소리를 들었는지, 지금도 그 영향이 남아 있는지.

히가는 집에 갈 채비를 하면서 차가운 눈으로 나를 보았다. 다치기라도 했는지 두 손에는 하얀 붕대가 감겨 있었다.

히가는 내 질문에 냉정하게 대답했다. "처음의 질문에는 '모른다'고 대답할 수밖에 없어."

너무 쌀쌀맞아서 나는 고개를 숙였다. 머릿속 모래에서 다시 사박사박 소리가 들렸다.

"두 번째 질문에는 대답할 수 있어. 부분적이긴 하지만."

히가의 말투가 약간 부드러워졌다. 나는 얼굴을 들었다.

히가는 가방에 교과서를 넣으면서 말했다. "2층으로 올라갔을 때 목소리가 들렸어. 남자인지 여자인지 모르는 목소리가. 그래서 더 혼란스러웠지. 그 집에 있었던 건 하시구치 여동생의 유령이었을 거야."

"그, 그래. 그랬어." 나는 연신 고개를 끄덕였다.

그 집에 뭔가가 있었다면 분명히 아사미의 유령이었을 것이다. 그런데…….

"의아하게 생각한 순간, 목소리가 말했어. 자신은……." 히가는 잠시 손길을 멈추고 목소리를 죽이며 덧붙였다. "……시시리바라고."

히가의 표정이 조금 굳어졌다. 얼굴에서 핏기가 사라진 것처럼 보였다.

"무, 무슨 말이야?"

"무슨 말인지는 나도 몰라." 히가는 잠시 심각한 얼굴로 입을 다물었다가 다시 열었다. "나중에 알면 말해줄게."

그러고는 자리에서 일어섰다.

"저, 저기……."

"마지막 질문에 대한 대답은……." 히가가 나를 올려다보면서 덧붙였다. "지금도 남아 있어. 덕분에 현실을 보게 되었지."

히가는 수수께끼 같은 말을 남기고 교실을 뒤로했다.

그 이후로 우리는 한마디의 대화도 나누지 않은 채 중학교를 졸업했다.

나는 고등학교 입시에도 실패하고 멀리 떨어진 3류 고등학교에 진학했다. 히가는 분명히 도립 고등학교에 들어갔을 것이다. 그 후 소식은 모른다. 그리고 현재에 이르렀다.

시계를 보자 새벽 1시였다. 멀리서 구급차의 사이렌 소리가 들렸다.

오늘은 잠이 오지 않았다. 인터넷 서핑이라도 할까? 아니면 처음부터 다시 기억을 떠올릴까?

사이렌 소리가 점점 커졌다. 우리 집 쪽으로 오고 있다.

창문에 빨간빛이 비추었다. 나는 머리맡의 쌍안경을 들고 일어서서 창문을 열었다. 구급차의 빨간 램프가 빙글빙글 돌면서 밤의 주택가를 비추었다.

그 집…… 히라이와 집 근처다. 붉은빛과 눈부신 헤드라이트 위치를 보고 그렇게 판단했다. 그 집 쪽에서 다급한 소리가 들렸다. 이어서 구급차의 뒷문 닫히는 소리가 났다. 다시 사이렌 소리를 시끄럽게 울리며 붉은빛과 헤드라이트가 움직이더니, 이내 주택가 밖으로 사라졌다.

히라이와 집에서 무슨 일이 있었던 걸까? 지금까지는 아무일도 없었는데.

그렇다. 지금까지 아무 일도 일어나지 않았다. 내가 조사한 바에 따르면 그러했고, 무슨 일이 있었다는 소문도 못 들었다. 이웃들과 그럭저럭 잘 지내는 어머니한테서도 아무 이야기를 듣지 못했다.

그 집이 폐가가 된 이듬해, 새로운 주인인 아오야기 가족이

이사 왔다. 그리고 작년에 다시 이사 갈 때까지 아무 일도 일어
나지 않았다. 아오야기 가족은 천박하고 불량스럽게 보이는 부
부와 아들 두 명으로, 툭하면 이웃들과 싸우곤 했다. 어머니도
그들을 좋게 말한 적이 없었다. 리키나 긴을 산책시키는 도중
에, 한 아들이 데리고 나온 맹견이 짖으며 달려드는 바람에 하
마터면 물릴 뻔했다고 한다.

하시구치 집에는 소녀 유령이 있었다. 폐가가 되고 나서는
그 괴물…… 히가가 말하는 시시리바가 살고 있다. 한편 아오
야기 가족한테서는 아무 일도 일어나지 않았다.

모든 상황이 제각각 달라서 하나로 이어지지 않는다.

나는 쌍안경으로 지붕 일부를 쳐다보면서 생각에 잠겼다. 그
렇다면 히라이와 집은 어떨까.

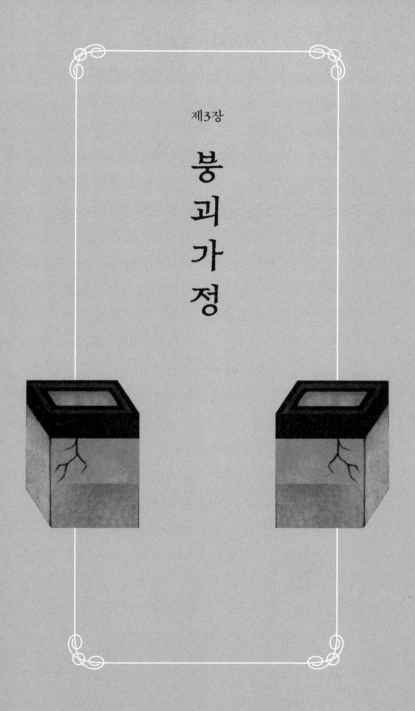

제3장

붕
괴
가
정

새벽 1시. 현관 쪽에서 기척이 느껴지고 잠금쇠 돌아가는 소리가 들렸다. 나는 즉시 입을 막고 있던 수건을 내려놓고 현관으로 나갔다. 그리고 축 늘어진 모습으로 신발을 벗는 유다이에게 말을 걸었다.

"왔어?"

그는 지친 모습으로 "으응" 하고 대답한 뒤, "아직 안 잤어?"라고 덧붙였다.

잠시 후, 욕실에서 샤워하고 트레이닝복으로 갈아입은 유다이를 보면서 말했다.

"잠깐 얘기할 수 있어?"

그는 식탁 맞은편에 앉으면서 반문했다. "뭔데?"

망설임이 생기기 전에 나는 입을 열었다. "일하고 싶어."

"뭐?"

유다이는 반쯤 웃으면서 대답했지만 눈은 웃지 않았다. 눈동자는 흐리멍덩하고 게슴츠레했다. 지치고 졸린 걸 억지로 참으면서 나와 이야기하는 것이다. 미안한 마음이 솟구쳤지만 어쩔 수 없다.

"내가 했던 영상 일이 아니라도 좋아. 이 근처에서 파트타임이나 아르바이트를 해도 상관없어. 물론 그런 일이 쉽다는 뜻은 아니지만, 일단……."

그는 등받이에 기댔던 몸을 일으키며 말했다. "왜, 내 월급만으론 모자라? 그렇다면 솔직히……."

"아니야."

나는 고개를 가로젓고는 미리 생각했던 말을 늘어놓았다.

집안일은 금방 끝난다. 달리 할 일도 없다. 그렇다면 밖에 나가 일하는 게 생산적이지 않은가? 돈은 없는 것보다 있는 게 낫다. 그것 말고도 이런저런 이점이 있다. 시간을 효율적으로 사용할 수도 있다.

유다이는 팔짱을 낀 채, 불쾌한 표정으로 나지막이 대답했다. "이론적으론 그렇지만 도저히 이해할 수 없군."

그 말을 끝으로 시선을 식탁에 고정한 채 입을 열지 않았다.

기분이 상해서 그런지 사투리를 감추지 못했지만, 사투리를 들어도 마음이 편해지지 않았다. 다시 설명하려고 하자 그는 고개를 가로저었다.

"아니, 자기를 의심하는 게 아니라 나한테 뭔가 숨기는 것 같아서 그래."

그의 똑바른 눈길에 당황해 하마터면 시선을 피할 뻔했다. 간신히 피하지는 않았지만 슬며시 고개를 숙이고 말했다. 그의 지적은 정확했다. 나는 가장 중요한 말을 하지 않았다.

그 집에 가고 싶지 않았다. 다시는 도시 부부와 인연을 맺고 싶지 않았다. 집에 초대를 받았을 때 거절할 이유가 필요했다. 일 때문에 바빠서 갈 수 없다고.

오늘, 아니 벌써 어제던가? 어제저녁 8시까지 있었던 도시의 집이 떠올랐다.

후련한 얼굴로 즐겁게 이야기하는 두 사람을 앞에 두고, 나는 계속 입을 다물고 있었다. 대게 샤부샤부에도 거의 손대지 않았다. 이상하게 생각하지 않도록 채소와 대게를 조금 먹었을 뿐이다. 두 사람이 알아차리지 못하도록 눈으로 모래를 확인하면서.

반투명한 게살을 조심스럽게 입에 넣고, 괜찮다고 생각한 순간이었다.

아그작. 어금니가 딱딱한 것을 씹었다.

얼굴에서 핏기가 사라졌다. 토할 뻔했다. 입 안에 있는 침조차 견디기 힘들 만큼 불쾌함이 밀려들었다.

가까스로 정신을 차리고 나는 두 사람이 보지 않도록 손바닥에 게살을 뱉었다. 내가 무엇을 씹었는지 확인할 마음도 들지 않았다.

집으로 돌아오는 길에 계속 후회했다. 왜 그 집에 갔을까? 왜 도시와 친하게 지내려고 했을까? 왜 아즈사의 하소연을 들어주고, 왜 그녀의 인생에 깊이 끼어들었을까? 왜 싫다고 단호하게 거절하지 못했을까?

아무리 집에 혼자 있기 싫어도, 아무리 그동안 정이 들었다고 해도 이상하면 관계를 끊어야 하지 않는가? 전화를 받지 않고 그대로 무시하면 되지 않는가?

걸음을 멈추고 가방에서 휴대폰을 꺼냈을 때, 머릿속에 할머니가 떠올랐다. 다시 휴대폰을 가방에 넣은 후 집으로 발길을 돌렸다. 그리고 텅 빈 집에 도착해 새삼 생각했다.

일하고 싶다. 도시의 가족과 관계를 끊기 위해서만이 아니라, 또 한 가지…….

"통장을 보여줘."

유다이의 말에 정신이 들었다. 그는 핏발이 선 게슴츠레한 눈으로 나를 노려보았다. 잠시 생각을 하고 나서야 그 말이 무슨 뜻인지 이해가 되었다.

"그런 거 아니야. 돈을 함부로 썼다든지…….."

"그건 확인해보면 알겠지. 보여줘."

그가 조바심을 감추지도 않고 식탁 위에 한 손을 올렸다. 나를 의심한다는 데 충격을 받았지만 이야기가 변질되는 건 피하고 싶었다.

가방에서 통장을 꺼내 식탁에 놓았다. 그는 카드놀이라도 하듯 식탁을 한 번 쾅 내려치고, 자기 쪽으로 통장을 잡아당겼다.

"……미안해." 유다이는 통장을 확인하고 나더니 말했다.

내 입에서 바닥이 꺼질 만큼 커다란 한숨이 흘러나왔다. 난방이 되고 있을 텐데, 발끝이 몹시 차가웠다.

그가 갑자기 물었다. "그럼 계획은 뒤로 미루는 거야?"

"뭐?"

무슨 뜻인지 이해할 수 없었다. 그는 의자를 끌어당겨 앉더니, 팔짱을 낀 채 나를 내려다보았다.

"일을 시작하면 금방 그만둘 수 없잖아? 아이는 당신 일이 안정되고 나서 가져야 할 거고. 그럼 몇 년 후가 되지 않겠어?"

나는 떨리는 입술을 움직이면서 물었다. "……계획이라니? 무슨 계획? 당신은 거의 집에 없잖아. 그런데 무슨 계획을 세웠다는 거야?"

그가 쓴웃음을 지었다. "그건 어쩔 수 없잖아. 일이 워낙 바쁘니까……."

"계획을 연기한 건 당신 아니야?"

그는 발끈한 얼굴로 한순간 입을 다물더니, 식탁에 올린 주먹을 꼭 쥐고 신경질적으로 말했다. "나는 결과적으로 그렇게 된 거잖아!"

억지로 짜낸 변명이라는 건 스스로도 알고 있는지, 어색한 표정을 지으며 나한테서 눈을 돌렸다. 후우욱. 그의 입에서 기다란 한숨이 흘러나왔다. 그가 자리에서 일어나며 말을 마무리 지으려고 했다.

"당신 마음대로 해."

나는 어정쩡하게 일어나며 다급히 말했다. "잠깐만! 그렇게 말하면 어떡해? 아직 얘기가 안 끝났잖아."

"그럼 다음에 집에 일찍 왔을 때 다시 이야기해."

그러고는 침실로 발길을 향했다.

"그게 언제인데?"

"되도록 빠른 시일 안에."

"그러니까 언제?"

그가 머리를 쥐어뜯으며 다시 한숨을 토해냈다. 그리고 잠시 후, 나를 곁눈으로 힐끔 쳐다보았다.

"……가호, 나한테 숨기는 거 있지? 알아. 오른쪽 눈꺼풀이 떨리고 있어. 거짓말을 하든가, 나한테 뭔가 숨길 때 버릇이야."

나는 반사적으로 눈꺼풀을 만졌다. 손끝에 희미한 진동이 전해졌다. 분명히 눈꺼풀이 떨리고 있었다.

그가 다시 의자에 앉으면서 말했다. "지금 여기서 들을 테니까 솔직하게 말해줘."

나는 할 수 없이 도시와 아즈사, 그리고 할머니에 대해서 털어놓았다. 그 집에 몇 번 놀러 갔다는 것, 그 집이 이상하다는 것…… 원령 이야기는 생략했다.

말을 마치자 그는 어이없는 표정을 지었다. "뭘 그런 걸로 고민하고 그래? 그 사람들과 연을 끊으면 되잖아. 당신이 착한 사람 콤플렉스가 있어서 그래. 하여간 너무 착해서 탈이라니까."

"그럴지도 모르지, 하지만."

"당장 끊어. 우리 집 주소는 안 가르쳐줬지? 그럼 그쪽 전화번호를 착신 거부하면 되잖아. 내키지 않으면 내가 해줄게."

그가 내민 손을 바라보며 나는 고개를 가로저었다.

"휴대폰." 유다이는 졸린 목소리로 말했다.

다시 고개를 가로젓자 그는 굳은 얼굴을 풀지 않은 채, 부드럽게 타일렀다.

"이게 올바른 해결책이야. 그러면 그 집 사람들 때문에 고민하는 일도 없어질 거고. 다시 원래대로 돌아오는 거야. 지금까지처럼 이 집을 지키는 거지."

나는 세 번째로 고개를 가로저었다.

"그것도 싫어."

"왜? 이사 오기 전에 말했잖아. 돈은 내가 벌 테니까 당신은 이 집을 지키……."

"뭘 지키는데?"

"뭐?"

비아냥거림이 입을 뚫고 나왔다.

"이 집엔 나밖에 없는데, 뭘 지키지? 통장? 실제로는 아이도 만들지 않잖아. 결과적인지 뭔지는 모르겠지만 어차피 아이는 훨씬 나중 일이야. 그런데 뭘, 어떻게 지키지?"

"그건 말이야……."

"그냥 집에 있으면 돼? 집을 지킨다는 게 그런 뜻이야?"

그는 화난 얼굴로 나를 노려보았다. 그리고 무슨 말인가 하려다 입을 다물었다.

나는 솟구치는 분노를 최대한 억누르면서 말했다. "……이제 싫어. 이 집에 혼자 있고 싶지 않아."

일하고 싶은 또 하나의 이유였다.

그는 말없이 자기 방으로 향했다. 문 닫히는 소리와 함께 불 끄는 소리가 들렸다. 털썩, 침대에 눕는 소리가 이어졌다. 온몸에서 힘이 빠졌다.

나는 천천히 식탁에 엎드렸다. 다음 순간, 폐에서 통증이 시작되더니 눈 깜짝할 사이에 목구멍으로 솟구쳤다.

"으으…… 크억."

나는 기침하면서 몸을 비틀었다. 기침이 멈추지 않는다. 유다이가 집에 오기 전에 가라앉아서 괜찮다고 생각했는데.

격렬한 기침은 시간이 지나도 멈추지 않았다. 나는 수건으로 입을 틀어막으며 내 방으로 들어왔다. 가슴이 아프다. 목구멍이 타들어간다. 숨을 쉴 수 없고 머리가 멍하다. 이불을 뒤집어쓰고 죽을힘을 다해 숨을 가다듬으면서 나는 유다이를 생각했다.

그는 오지 않았다. 문 여는 소리도 나지 않았다. 나를 부르는 소리도 들리지 않았다.

다음 날부터 머리가 송곳으로 찌르는 것처럼 쿡쿡 쑤셨다. 기침은 거의 나지 않았지만 가끔 시작되면 칼로 난도질하는 것처럼 목이 아팠다. 체온은 보통이었다. 콧물도 흐르지 않고 구토증도 나지 않았다.

일단 두통약과 만일을 위해 감기약을 같이 먹고 누워 있었다. 잠에서 깨면 두통에 시달리고, 잠을 자면 오한이 덮쳤다.

오랜만에 유다이와 같이 식사하는 꿈을 꾸었다. 큰 접시에 있는 산더미 같은 닭튀김을 보고 그는 눈을 휘둥그레 떴다. 그러곤 만화 주인공처럼 입맛을 다시더니, 거친 삼베주머니를 식탁 위에 내려놓았다.

'그럼 특제 향신료를 꺼내볼까?'

그는 삼베주머니에 두 손을 집어넣었다. 안에서 나온 건 갈색 모래였다.

'맛있겠다!' 나는 그렇게 대꾸했다.

그는 만면에 미소를 지으며 과장스러운 동작으로 닭튀김에 모래를 뿌렸다. 우리는 식탁에 마주 앉아 모래로 뒤범벅이 된 닭튀김을 들고 뜯어 먹었다.

우지직우지직. 입 안에서 기묘한 소리가 들렸다. 나는 꿈속에서 태연하게 닭튀김을 씹고 꿀꺽 삼켰다. 기름과 모래로 뒤범벅이 된 닭고기가 목을 타고 내려가 위장을 가득 채웠다.

꿈이라는 걸 알아차리고 벌떡 일어나자 입 안에 씁쓸한 맛이 퍼져나갔다. 뜨거운 침이 입 안에 달라붙어 있었다. 황급히 티슈에 토해내고 조심스레 살펴보자 무색투명한 침이 빛을 뿌리고 있을 뿐이었다.

온몸이 땀투성이라는 걸 깨닫고 옷을 갈아입은 뒤 다시 침대에 누웠다. 악몽에 시달리다가 벌떡 일어났다. 최소한의 집안일을 하고 근처 편의점에서 먹을 걸 사 허기를 달랬다. 다시 잠들고 다시 벌떡 일어났다. 그런 날이 며칠 계속되었다.

유다이는 어느새 귀가하고, 어느새 출근했다. 머리맡에서 무슨 말인가 했지만 기억나지 않았다.

기침과 두통이 완전히 나았을 무렵에는 일주일이 지났다.

침대에서 일어나 혼자 아침을 먹고 세탁기를 돌리는 동안, 집 안을 꼼꼼히 청소했다. 그러는 김에 고타쓰도 정리해 한쪽 구석에 놓았다. 세탁이 끝난 빨래를 안고 베란다로 가자 비가 내리고 있어서, 어쩔 수 없이 집 안에서 말렸다.

젖은 옷이 여기저기에 널려 있는 축축하고 어두컴컴한 거실. 그 한가운데에서 나는 홀로 우두커니 서 있었다. 일요일. 오전 11시. 유다이는 오늘도 집에 없다. 어차피 한밤중이 되어야 들어오리라. 어느새 습관이 되어서 아무렇지도 않았다. 당연하다는 생각마저 들었다. 평범한 거라고 받아들이게 되었다.

'이건 **평범한 모래**야. 모래는 그냥 모래잖아. 평범한 모래를 뭐냐고 물으면 내가 어떻게 대답해?'

도시의 말이 되살아나면서 입가에 쓴웃음이 매달렸다.

부르르부르르. 멀리서 휴대폰 진동음이 들렸다. 전화가 왔다. 내 방에서 들리고 있다. 거실에 널려 있는 빨래를 손으로 치우며 방으로 들어가 머리맡의 휴대폰을 들었다.

액정 화면에는 '히라이와 아즈사'라고 표시되어 있었다.

직사각형의 침대를 보면서 나는 잠시 망설였다.

받고 싶지 않다. 받으면 또 관계가 이어진다. 무시하는 편이 좋다. 그냥 모른 척하면 된다. 그리고 이 집에서 지내면 된다. 지금까지처럼 혼자서. 나 혼자서.

"……여보세요."

"히라이와 아즈사예요. 지난번에는 여기까지 와줘서 감사했어요."

아즈사의 목소리가 들렸다. 처음 만났을 때와는 정반대로 즐겁고 활기찬 목소리다.

"저야말로 초대해주셔서 감사했습니다."

나는 침대에 걸터앉으면서 의례적으로 대답했다. 잠시 형식적인 인사가 이어진 뒤, 그녀가 용건을 꺼냈다.

"시간 있으면 오늘 오시지 않겠어요? 남편분이랑 같이요."

"남편은 오늘도 회사에 갔어요."

"네?"

깜짝 놀라는 목소리와 함께 "그러세요……"라고 불쌍히 여기는 목소리가 이어졌다. 나는 어떻게든 한 귀로 흘려들으려고 했다. 그래도 생각하게 된다. 이 집과 그녀의 집을 비교하게 된다.

"그럼 혼자라도 오시겠어요?"

나는 또 적당히 흘려들으려고 했다. 하지만 머릿속에서는 계속 그 집에 가려는 이유를 찾고 있었다. 그리고 이윽고 그 이유를 발견했다.

"할머니도 보고 싶으신가 봐요. 계속 마리는 안 오냐고 하세요."

"……정 그러시면 저 혼자라도 갈게요."

기뻐하는 그녀에게 시간을 말하고 전화를 끊었다. 세수를 하고 나서 화장을 했다.

망설임이 없었다고 하면 거짓말이다. 그 집은 이상하다. 아무리 생각해도 이상하다. 하지만 그 집에는 할머니가 있다. 어린 시절에 나를 따뜻하게 대해주었던 할머니가 있다.

그리고 이 집에는 아무도 없다.

오후 2시. 우산을 때리는 빗소리를 들으며 주택가를 걸었다. 모퉁이 몇 개를 돌아가자 도시의 집이 보이고, 사라지던 망설임이 다시 부풀어 올랐다. 집에서 눈을 돌리자 그 앞에 낯선 사람이 서 있었다.

비닐우산을 쓴 남자가 도시의 집을 올려다보고 있었다. 낡은 감색 트레이닝복을 입은 통통한 체격의 남자였다. 탄력이 없는 하얀 얼굴은 소년처럼도, 중년처럼도 보였다. 그 옆에는 형광 그린색 레인코트를 입은 작은 시바견이 하인처럼 앉아 있었다.

남자를 찬찬히 살펴보면서 발길을 옮긴 순간, 신발에서 또각하는 소리가 났다. 집에 꽂혀 있던 남자의 시선이 천천히 내 쪽으로 옮겨졌다.

공허한 눈. 반쯤 벌린 입. 뺨은 비로 젖어 있었다.

남자는 먼저 눈길을 피하고는 고개를 숙이며 개의 목줄을 잡아당겼다. 개가 일어서는 걸 확인하고는 나에게 등을 돌리고 걸음을 내디뎠다. 개가 남자의 뒤를 아장아장 따라갔다.

남자와 개가 모퉁이를 돌아서 보이지 않았다.

망설임은 더욱 크게 팽창했다. 남자는 이 집…… 도시의 집에 대해 알고 있을까? 모래가 쌓이는 집에 대해서.

갑자기 우산 너머가 마음에 걸렸다.

머리 위에서…… 이 집의 2층 창문에서 누군가가 나를 내려다보고 있는 듯한 느낌이 들었다.

단순한 착각이다. 집의 구조로 볼 때 그곳은 할머니 방이고, 할머니는 침대에서 일어날 수 없다. 만약 일어나서 나를 내려다봤다면 오히려 아무런 문제도 없다. 웃으면서 손을 흔들 수도 있다. '또 왔어요!'라고 말할 수도 있다. 그래도 집을 올려다보고 확인할 마음은 들지 않았다.

나는 우산으로 몸을 감추며 도시 집의 인터폰을 눌렀다.

"네에!" 아즈사의 밝은 목소리가 들렸다.

도시 부부는 지난주와 조금도 달라지지 않았다. 다정하게 밀착한 채, 금실 좋은 부부처럼 웃고 있었다. 상황이 달랐다면 나도 미소를 지으며 부러워했으리라. 우리 부부도 이랬으면 좋겠다고.

……그런 생각이 들지 않는 이유는 바닥에 모래가 있기 때문이었다. 비가 내려서인지 바닥의 모래는 지난주보다 무겁고 딱딱해 보였다. 슬리퍼 너머로도 축축한 느낌이 그대로 전해지는 것 같았다.

아즈사가 내준 홍차에는 거의 입을 대지 않았다.

식탁에서 잡담이 일단락되자 나는 할머니가 보고 싶다고 솔직하게 말했다. 주무시지 않는다면 인사를 드리고 싶다, 주무신다면 얼굴이라도 보고 싶다고.

"가보실래요? 지금은 일어나셨을 거예요." 아즈사는 자리에서 일어서며 말했다.

계단 구석은 보지 않도록 했다.

환자용 침대 위. 이불에서 머리와 오른손만 내놓고 있던 할머니는 나를 보자마자 "마리야" 하고 불렀다. 불안이 조금 옅어졌다. 머리맡에 몸을 웅크리고 "안녕하세요"라고 인사를 드리자 할머니는 쭈글쭈글한 얼굴에 함박웃음을 담았다. 덩달아 미소를 지었더니 불안이 조금 사라졌다. 나는 무의식중에 할머니의 오른손을 꼭 잡았다.

"무슨 일 있으면 부르세요."

아즈사가 내 뒤에 서 있다가 그 말을 남기고 방에서 나갔다.

문이 닫혔다. 나는 그대로 말없이 할머니의 얼굴을 바라보았다. 할머니는 끔뻑끔뻑 눈을 감았다 뜨면서 의아한 얼굴로 나를 바라보았다.

어린 시절이 떠올랐다. 마침 지금처럼 비가 오는 날이었다.

"집에 가고 싶지 않아요." 나는 무심결에 할머니 방에서 그렇게 중얼거렸다.

이미 밖은 캄캄해지고 방에는 형광등이 켜져 있었다. 도시는 남자아이들과 함께 거실에서 TV 게임에 빠져 있었다. 커튼 너머에서 흐릿한 빗소리가 들렸다.

할머니가 다정한 목소리로 말했다. "그러면 안 돼. 어린애는 어두워지면 집에 가야지."

나는 머리를 옆으로 흔들었다. 엄마는 아침 일찍 집에서 나갔다. 일하러 갔는지 개인적인 볼일인지는 모른다. 아빠도 언제 집에 올지 모른다. 저녁은 냉장고에 있는 음식으로 적당히 때워야 한다. 언제 먹어도 상관없고, 안 먹어도 상관없다. 엄마는 아무 말도 하지 않았다.

그전까지만 해도 아쉬움을 뿌리치고 집에 갔지만 그날은 달랐다. 견딜 수 없을 만큼 힘든 것도 아니고, 결정적인 사건이 있었던 것도 아니다. 그래도 나는 그렇게 말했다, 집에 가고 싶지 않다고.

그래도 할머니 딸이 되고 싶다는 말은 할 수 없었다. 어린 마음에도 삼류 드라마 같다고 생각했으니까.

"집이 싫으니?"

할머니의 온화한 목소리에 나는 고개를 끄덕였다.

"엄마나 아빠가 때려?"

나는 머리를 가로저었다.

"싫은 사람이 있어?"

또 머리를 가로저었다. 할머니는 잠시 입을 다물었다가 살며시 손을 내밀어 내 머리를 쓰다듬어주었다.

"그렇다면 집에 가렴."

나는 적잖이 당황했다. 무슨 말인지 이해할 수 없었다. 한층 커진 빗소리가 귀로 파고들었다.

할머니는 다정하면서도 진지한 목소리로 천천히 말했다. "집에 가서 뭐가 싫은지 잘 살펴보렴. 자세히 관찰하는 거야. 집을 연구한다고 해도 좋아. 정말로 싫은 것과 별로 싫지 않은 걸 하나씩 생각해봐. 그러다 좋아하는 걸 찾으면 행운이지. 그걸 잘 기억해두렴. 그런 행동은 어른이 되면 도움이 될 테니까. 좋은 남편을 찾을 수도 있고."

나는 고개를 끄덕이고 인사한 뒤 집으로 돌아갔다. 부모님은 역시 아직 오지 않았다. 나는 혼자 밥을 먹으면서 하나씩 살펴보기 시작했다.

"이건 싫은 것, 이것도 싫은 것……."

거칠게 쏟아지는 비가 창문을 두들겼다.

"할머니."

나는 침대에 누워 있는 할머니를 불렀다. 그리고 조금 전까지 떠올렸던 기억을 대강 말해주었다. 할머니는 연신 고개를 끄덕였다.

나는 할머니 손에 뺨을 대고 말했다. "좋은 남편을 찾았어요. 성실하고 기본적으로 착하고. 고함도 치지 않고. 돈도 꼬박꼬박 벌어오고요. ……하지만 그것 말고는 힘들어요. 특히 도쿄에 온 다음에는요."

정신이 들자 어느새 하소연으로 변해 있었다.

"죄송해요, 괜히 쓸데없는 얘기를 해서."

미소를 지으며 사과하자 할머니가 희미하게 고개를 가로저었다. 그리고 젖은 눈으로 나를 물끄러미 바라보았다.

"왜 그러세요?"

"아, 아." 할머니는 목을 가다듬으며 말했다. "……괜찮아."

이어서 "괜찮아, 괜찮아"라고 몇 번이나 말했다.

그제야 생각이 났다. 할머니는 그때도 똑같은 말을 했었다. 계단을 올라오는 발소리와 함께 원령의 목소리가 들리고, 문 너머에서 신음 소리가 났을 때.

복도의 기척이 마음에 걸렸다. 아무런 소리도 나지 않았다. 계단 밑에서 도시와 아즈사의 웃음소리가 들렸다. 그것 말고는 빗소리뿐이다.

"뭐가 괜찮아요?"

할머니는 방 여기저기를 둘러보면서 쉰 목소리로 말했다.

"……여기. 이 집."

나는 갑자기 마음에 걸려서 할머니에게 얼굴을 가까이 가져
간 뒤, 목소리를 죽이고 물었다. "할머니."

할머니는 몽롱한 얼굴로 눈을 끔뻑거렸다. 작게 불러도 내
목소리를 알아들었다.

"이 집에, 모, 모래가 흩어져 있잖아요. 그건 뭐예요?"

할머니는 입을 우물거렸지만 대답은 하지 않았다.

"도시도 아즈사 씨도 신경 쓰지 않는 모양이던데, 할머니는
어떻게 생각하세요?"

"으응?"

"모래 말이에요. 이 집에 있는 모래요."

"응, 응."

할머니는 입을 다문 채 기묘한 소리를 냈다.

방바닥을 둘러보았다. 모래는 어디에서도 보이지 않았다. 그
렇다면 할머니는 모래를 못 봤을 수도 있다. 이 집이 어떻게 되
어 있는지 모를 수도 있다.

나는 혼잣말처럼 중얼거렸다. "이 방에는 없네요."

"있어." 할머니가 목소리에 힘주어 말했다. "있어, 마리."

무슨 말인지 생각하려다가 바로 그만뒀다.

소용없는 일이다. 지금의 할머니는 아무것도 모른다. 대화가
되는 것 같지만 되지 않는다. 내 질문도 이해하지 못하고, 내
질문에 대답한 것도 아니다. 그렇게 생각하는 편이 맞다.

나는 억지로 미소를 지으며 맞장구쳤다. "그래요, 있어요."

"있어."

그러곤 꼬물꼬물 움직이면서 이불 밑에서 왼손을 꺼내 살며시 들어올렸다. 주먹을 쥔 손가락 사이에서 모래가 스르륵 흘러넘쳤다. 모래는 이불 위로 후두둑 떨어지고, 할머니의 얼굴에도 모래 먼지가 날렸다.

나는 반사적으로 펄쩍 뛰며 뒤로 물러섰다. 쓰러질 것 같았지만 가까스로 발에 힘을 주었다. 할머니가 왼손을 펼쳤다. 손바닥과 손가락에 모래가 빽빽이 달라붙어 있었다.

"마리, 이렇게 있잖아."

할머니는 치아가 없는 입을 벌리며 미소를 지었다. 재미있다는 표정으로 몸을 비틀기도 했다. 이불과 침대가 스치는 소리에 섞여서 스르륵, 사락사락하고 껄끄러운 소리가 들렸다.

이불 밑에 모래가 있었다. 그렇다기보다…….

할머니는 이불 밑에서 모래를 뒤집어쓰고 누워 있는 것이다.

비명이 나오려고 해서 손으로 입을 틀어막았다. 소리 내지 않고 웃는 할머니를 보는 사이에 코가 기이한 냄새를 포착했다. 똥 냄새라는 걸 뒤늦게 알아차렸다.

나는 복도로 기어나와 계단 난간에 매달려 목이 터져라 소리쳤다.

"아즈사 씨!"

"네에!"

1층에서 밝은 목소리가 돌아왔다.

난간에 이마를 대고 솟구치는 눈물을 간신히 참았다.

집 안을 가득 메운 빗소리가 계단에 울려 퍼졌다.

겨우 기침이 멈췄다. 조심하면서 조금씩 숨을 내쉬었다. 다시 심해지는 일은 없는 것 같다. 하지만 방심할 수는 없었다. 숨을 크게 쉬면서 폐에 공기를 가득 보낸 뒤 조금씩 내뱉었다. 똑같이 몇 번 반복해도 기침은 나오지 않았다. 머리까지 솟구쳤던 핏기도 가라앉았다. 관자놀이를 찌르는 듯한 두통만이 계속되고 있었다.

나는 들고 있던 휴대폰을 머리맡에 두고, 내 방 침대에서 일어섰다.

세면장에서 몇 번이나 양치질을 했다. 입을 헹군 물을 확인했다. 아무것도 섞여 있지 않았지만 마음이 놓이지 않았다. 지난번과 똑같았다. 도시 집에 갔다가 집에 오면 기침을 했다. 이유는 한 가지밖에 없다. 모래다. 하지만 양치질을 하면서 확인한 바로는 목에 모래가 걸려 있는 것 같지는 않았다.

더구나 도시 부부는 아무렇지도 않다. 할머니도.

방으로 들어가 침대에 누워 휴대폰으로 시간을 확인했다. 오후 5시. 집에 몇 시에 왔는지 기억나지 않는다. 어떻게 왔는지도 기억나지 않는다. 도시 집을 나오기 전까지라면 선명하게 기억이 난다.

"할머니, 기저귀 갈아줄게요."

아즈사가 갓난아이를 달래듯 말하는 걸, 나는 할머니 방의 복도에서 듣고 있었다. 집에 갈 타이밍을 엿보면서.

"으아아!" 할머니가 별안간 소리를 질렀다.

이불을 때리는 소리가 이어졌다. 흥분한 걸까? 다음 순간, 아즈사의 비명 같은 소리가 들렸다. 잠시 후 문이 열렸다.

"죄송하지만 도와주실 수 있을까요?"

그녀는 문틈으로 고개를 내밀고 미안한 표정을 지었다. 똥 냄새가 복도로 흘러나왔다. 거절할 말이 생각나지 않았다.

기저귀 차림의 할머니가 침대에서 히히히히 웃고 있었다.

몸의 절반은 모래에 파묻혀 있었다.

아즈사가 할머니 몸에 묻은 모래와 침대에 있는 모래를 바닥에 털었다. 아무 일도 없었던 것처럼 옷장 서랍에서 투명한 비닐장갑을 꺼내 나에게 내밀었다.

"이걸 끼세요."

비닐장갑을 끼고 그녀와 둘이 할머니의 기저귀를 벗긴 뒤, 몸을 닦아주고 새 기저귀를 입혔다. 아즈사는 할머니에게 다정하게 말을 건네면서 익숙하게 손을 움직였다. 반면에 나는 허공에 모래가 떠다녀 눈을 뜨기도 힘들었다.

할머니의 옷을 갈아입히고 비닐장갑을 벗었다. 할머니의 웃음소리. 이불을 탁탁 두들기는 소리. 쨍그랑 하고 뭔가가 부딪히는 소리. 뒤처리를 마치자 그녀는 몇 번이나 고맙다고 말했다. 집에 갈 이유는 "남편이 왔을 거예요"였던가, 아니면 "급한 일이 생겼어요"였던가. 휴대폰을 손에 들고 말했던 건 기억이 난다. 남편이 급하게 찾는 문자를 보냈다고, 속이 빤히 들여다보이는 연극을 했을 수도 있다.

나는 몸을 웅크리며 눈을 감았다. 얼음송곳으로 쿡쿡 찌르는 듯한 관자놀이의 통증은 더욱 심해졌다. 목구멍이 뜨거웠다. 침대와 이불은 차가웠다. 더구나 습하다. 빗소리가 온몸을 무겁게 내리눌렀다.

손으로 침대 시트를 더듬다가 바로 멈추었다. 여기는 우리 집이고 내 방이다. 할머니 침대가 아니라 내 방 침대다. 알고 있어도 신경이 쓰였다. 나도 모르게 망상이 부풀었다.

침대를 더듬는 손에 거칠거칠한 감촉이 느껴지면.

피부에 모래 알갱이가 달라붙어 있으면.

모래가 옷 속으로 들어오면.

그렇게 생각하면 꼼짝도 할 수 없었다. 두통은 더욱 심해졌다. 숨을 크게 마시려고 한 순간, 가슴에 위화감이 느껴졌다. 다시 기침이 시작되었다. 기침이 날 때마다 머리는 깨질 것 같고, 목은 찢어질 것 같았다. 숨을 쉴 수 없었다. 끊임없이 이어지는 기침을 뚫고 가까스로 폐에 공기를 받아들였다. 그것 말고는 아무것도 할 수 없었다. 움직일 수도, 생각할 수도. 누군가에게 도움을 요청할 수도.

먼 곳에서 달칵하고 잠금쇠 돌아가는 소리가 들린 듯했다. 부스럭부스럭하고 비닐봉지 스치는 소리가 들린 것 같기도 했다.

"가호!"

누군가가 이불 너머로 어깨를 잡았다. 멍하니 눈을 뜨자 유다이의 일그러진 얼굴이 코끝에 다가와 있었다. 그의 커다란 손이 내 등을 쓰다듬었다. 괴로운 기침 사이로 나는 목소리를 짜냈다.

"어, 어떻게……."

"문자 봤어."

그는 그렇게만 대답하고, 걱정스러운 얼굴로 연신 내 등을 쓰다듬었다.

'기침이 안 멈춰. 살려줘.'

휴대폰을 얼굴 가까이 대고 내가 보낸 문자 메시지를 보았다. 보낸 시각은 오늘 오후 4시 45분. 맨 처음 기침이 가라앉기 직전이었다. 그러고 보니…… 그제야 짐작이 되었다. 나는 세면장에 가기 직전까지 휴대폰을 들고 있었다.

유다이가 침대에 걸터앉아 고개를 숙였다. "미안해. 이렇게 심한 줄은 몰랐어. 요즘 계속 누워 있었던 건 알았는데 어떠냐고 물어보면 괜찮다고 해서……. 제대로 봤어야 했는데."

그의 말투에 남아 있는 사투리에 안도하면서 침대에서 윗몸을 일으켰다. 머리는 여전히 아프지만 기침은 그쳤다.

나는 조심스럽게 목소리를 짜냈다. "……일은?"

"다른 사람한테 맡겼어. 사정을 말했더니 빨리 가보라고 하더라. 부장님도 동료들도 모두. 다들 나보다 일이 많은데 말이야." 그는 뜻밖이라는 듯이 말했다.

나는 솔직하게 대답했다. "……좋은 회사네."

빈정거림은 아니었다. 그의 주변에 좋은 사람들이 있다는 사실을 알고 안심했다.

"그렇지 뭐."

그는 그렇게 말하고 힘없이 웃었다. 웃음으로 대꾸하려고 하자 머리가 쿡쿡 쑤셔서 얼굴을 찡그렸다. 그는 다시 걱정스러운 얼굴로 이불을 가볍게 두드렸다.

"어서 누워 있어."

한숨 자고 일어나 그가 끓인 죽을 조금 먹고, 그가 사온 두통약과 기침약을 먹었다. 하지만 시간이 지나도 두통은 가라앉지 않고, 기침은 한 번 시작되면 한동안 멈추지 않았다. 그는 계속 침대 옆에서 내 등을 쓰다듬어주었다.

다음 날 아침. 유다이와 같이 택시를 타고 종합병원에 갔다. 그는 회사를 쉬고 계속 나를 따라다니며 택시비도 내주고 병원 접수도 해주었으며, 나를 대신해 문진표를 써주기도 했다.

노인들이 북적거리는 대기실. 나는 긴 의자에 기댄 채, 마스크 너머로 옆에 있는 그에게 몇 번이나 미안하다고 말했다. 그는 그때마다 괜찮다고 대답했지만 가끔 걱정스러운 얼굴로 슬쩍 휴대폰을 확인했다. 미안하다는 생각은 들었지만 이상하리

만큼 마음은 평온했다. 컨디션은 최악이었으나 불안은 거의 사라졌다.

"마이코플라스마 폐렴 같군요." 의사가 말했다.

"……같다는 건…….."

갈라진 목소리로 묻자 햇볕에 까맣게 탄 중년 의사는 빙긋이 미소를 지었다.

"확인하려면 다른 검사가 필요한데, 그건 돈이 좀 들어요. 일단은 항균제를 먹는 게 좋겠어요. 돈을 내면서까지 검사할 필요는 없거든요."

"……선생님, 원인이 마이코 뭐라는 건 확실한가요?"

의사는 미간에 주름을 잡으며 심각한 얼굴로 말했다. "그런 것 같아요. 염증이 심한 걸 보니 틀림없습니다. 목을 보고 깜짝 놀랐거든요. 거의 문드러졌더군요."

그렇게 심한가? 잠자코 있자 의사가 다시 덧붙였다.

"일단 생각할 수 있는 건 술과 담배인데, 둘 다 안 하시죠? 노래방에서 오랫동안 노래한 적도 없고요?"

"네."

"그럼 흔히 있는 마이코플라스마일 겁니다. 열이 나지 않는 게 마음에 걸리긴 하지만 예외도 있으니까요. 음, 음."

의사는 자기가 말하고 자기가 고개를 주억거렸다. 진찰이 막바지에 접어들었다. 나는 쿡쿡 쑤시는 머리로 간신히 생각을 정리했다.

"선생님."

"네?"

"이, 이렇게 되기 직전에 모래가 잔뜩 있는 곳에 갔어요. 그래서 모래를 조금 마시고……."

의사는 시큰둥한 얼굴로 고개를 갸웃거렸다. "글쎄요. 마이코플라스마는 어디에라도 있으니까요. '모래에 붙어 있었습니다, 그게 감염원입니다'란 말은 할 수 없어요. 같은 곳에서 환자분과 같은 증상이 나온 사람이 몇 명이나 있다면 원인은 모래일지도 모르겠지만요."

도시와 아즈사를 떠올렸다. 그들은 모두 건강해 보였다. 적어도 기침은 하지 않는다.

"그럼…… 모래 때문인 건……."

"네? 무슨 말씀이시죠?" 의사가 눈을 크게 뜨고 물었다.

"모래가 폐에 쌓여서……."

의사가 얼굴 앞에서 손을 가로저었다. "그런 일은 있을 수 없어요. 모래가 폐에 들어간다고 이런 증상이 나타나지는 않거든요. 애초에 하루이틀 모래를 들이마셨다면 괜찮아요. 그곳에 몇 년이나 있었다면 다르지만요. 그럼 약을 처방할게요."

의사는 웃는 얼굴로 진찰을 마무리했다.

한 뭉텅이나 되는 약을 받고 진료비를 낸 뒤, 나는 택시에 앉아 의사의 말을 생각했다. 그의 말을 믿는다면 이렇게 된다.

모래에 바이러스 같은 게 있든 폐에 모래가 쌓이든, 맨 먼저 증상이 나오는 사람은 도시 가족일 것이다. 하지만 그들은 아무렇지도 않다. 그 집에 네 번 갔을 뿐인 내가 이렇게 되는 건 이치에 맞지 않는다.

도시 집과는…… 모래와는 관계없다고 생각하는 것이 자연스럽다. 그렇다면 도시 집에 다녀온 후에 이렇게 되는 건 이상하지 않은가? 똑같은 일이 두 번이나 발생하다니. 물론 우연일 가능성이 없는 것은 아니다. 하지만…….

"일단 약 먹고 푹 쉬어." 옆에서 유다이가 말했다.

나는 고개를 끄덕였다. 그의 한마디로 혼란스러웠던 머리와 마음이 거짓말처럼 안정되었다.

죽이나 젤리 음료를 먹은 뒤 약을 먹고 자고…… 그런 생활을 계속 반복했다. 사흘이 지나자 기침과 두통이 거의 사라졌다. 역시 우연이었던가. 아니면 스트레스일지도 모르겠다. 스트레스가 쌓이면 감기와 비슷한 증상이 나타나기도 한다고 유다이가 말해주었다.

화요일. 병원에 다녀온 다음 날부터 유다이는 출근했지만 늦어도 저녁 8시에는 집에 왔다. 믿을 수 없을 만큼 일찍 퇴근한 것이다. 나는 기쁘다기보다 오히려 눈이 휘둥그레졌다.

일이 줄어든 건 아닌 듯했다. 나를 간병하는 한편, 밤에는 서재에서 계속 작업을 했다. 키보드를 두들기는 소리도 들리고, 가끔 누군가와 통화하는 소리도 들렸다.

목요일 밤. 오랜만에 식탁에서 식사를 했다. 계속 누워 있었던 탓에 처음에는 살짝 어지러웠지만, 찻물에 밥을 말아먹는 사이에 머리가 가벼워졌다. 한 그릇만으론 부족해서 한 그릇을 더 먹겠다고 했다. 유다이는 쓴웃음을 지으면서 빈 밥그릇을 받았다.

식탁에 약을 늘어놓고 있는데 유다이가 입을 열었다.

"도시 씨라고 했나? 그 사람 집에 대해 자세히 말해봐."

얼굴을 들자 그는 거북한 표정을 지었다.

"이상하게 생각하는 건 아니고…… 내가 회사에 있는 동안에 당신이 뭘 하는지 모르잖아. 그건 좋지 않은 것 같아. 아직 힘들면 다음에 말해도 되고."

"아니야, 그렇게 말해줘서 기뻐."

나는 미소를 지으며 도시 부부에 대해서 말했다. 모래 말고는 평범하다는 것, 오히려 금실이 좋은 부부라는 것, 계속 누워 있는 치매에 걸린 할머니가 있다는 것. 어렸을 때 할머니에게 신세를 졌다는 것.

할머니 침대에 모래가 있었다는 사실도 털어놓았다. 손가락 사이로 흘러넘치는 모래를 떠올리자 등골이 오싹했지만 그에게는 말하고 싶었다. 실제로 그에게 말하는 사이에 가슴 안쪽에 쌓여 있던 무거운 응어리가 사라지는 것 같았다.

그는 진지한 얼굴로 내 말에 귀를 기울였다.

이야기가 끝나자 그가 물었다. "그 집은 어디에 있어?"

어느 지역인지 대강 말해주자 그는 의외라는 표정을 지었다.

"왜 그래?"

"그 근처에 회사 동료가 살거든. 주소도 알아?"

"정확히는 모르지만 아마…….'

나는 그 집에 가는 길에 보았던 전신주의 표지판을 떠올리며 말해주었다.

"그렇다면 역시 동료의 집 근처야. 그 녀석에게 물어볼게. 그렇게 이상한 집이라면 동네에서 소문이 났을지 몰라. 밖에서 보면 잘 모르겠지만 안에 들어가면 누구라도 이상하다고 느낄 테니까. 물론 확인한다고 해서 어떻게 되는 건 아니지만."

"그야 그렇지."

그때, 개를 데리고 있던 남자가 떠올랐다. 빗속에서 공허한 얼굴로 도시 집을 올려다보던 남자였다.

유다이가 단호하게 말했다. "어쨌든 이제 그 사람들은 안 만나는 게 좋겠어. 그 집에도 가지 말고. 또 컨디션이 무너지면 안 되니까. 아니…….'' 그는 자세를 바로 하더니 정식으로 말했다. "이제 그 집에 가지 마. 난 당신이 건강했으면 좋겠으니까."

할머니 얼굴이 눈앞을 가로질렀다. 나는 머리를 가로저으며 가까스로 뿌리치고는 고개를 끄덕였다.

"그럴게."

오랜만에 욕조에 들어갔다가 일찌감치 나왔다. 세면장에서 머리를 말리며 거울을 보았다. 거울에 비친 얼굴은 야위기는 했지만 표정은 후련해 보였다.

드라이어를 멈춘 곳에서 기척이 느껴졌다. 유다이가 세면장 입구에서 심각한 얼굴로 나를 보고 있었다. 눈꺼풀에 경련이 일었다.

"왜 그래?"

"……그게 말이야." 그는 일단 시선을 피하더니, 다시 눈을 맞추고 낮은 목소리로 덧붙였다. "그 집에는 절대로 가지 마."

조금 전과 180도 달라진, 강력하고 엄격한 말투였다.

"안 갈 테니까 걱정 마. 왜 몇 번씩 말해? 나를 못 믿어서 그러는 거야?" 나는 당황스러움을 감추지 못하고 솔직히 물었다.

그는 가볍게 고개를 흔들더니 앞뒤가 안 맞는 말을 했다. "당신은 믿지만 가지 마."

나도 모르게 쓴웃음을 지은 후 다시 물었다. "그게 무슨 말이야?"

그러자 그는 얼굴을 숙이고 입을 다물었다.

"무슨 말이냐니까? 마음에 걸려서 그래."

말을 바꾸어 몇 번이나 물었지만 그는 우두커니 서 있을 뿐 대답하지 않았다. 조바심이 목구멍까지 치민 순간, 짐작 가는 부분이 있었다. 까맣게 잊고 있던 원령 이야기가 떠올랐다.

나는 그에게 다가가서 작은 목소리로 말했다. "자기야…… 나, 도시와는 아무 사이도 아니야."

그의 표정이 이상해진 건 나와 도시의 관계를 의심하기 때문이 아닐까? 내가 목욕을 하는 동안에 의혹이 솟구친 게 아닐까? 다른 이유는 생각나지 않았다.

"우리는 그냥 소꿉친구고, 도시한테는 아내가……."

"그건 믿어." 그는 살며시 미소를 지으며 덧붙였다. "물론 두 사람만 놀러 간다면 두 팔을 걷어붙이고 말리겠지만."

한편으로 기쁘게 생각하면서 다시 물었다. "그렇다면 왜?"

그가 내 머리를 어루만졌다. "일단 사과할게. 어쩌면 꺼림칙한 생각이 들지도 몰라. 이리 와봐."

그는 의미심장하게 말하더니 자기 방으로 들어갔다. 그리고 엉거주춤하게 서서 컴퓨터 앞의 마우스를 움직였다. 그 순간 모니터가 밝아지면서 웹 사이트가 몇 개 열려 있는 것이 눈에 들어왔다.

"구글의 스트리트 뷰로 조사해봤는데…… 여기가 도시 씨 집이야?"

그러곤 나를 돌아보았다. 나는 그에게 기대어 화면을 들여다보았다. 화면에 눈에 익은 집이 나타났다. 약간 올려다보는 각도에서 찍은 정면 사진이다. 틀림없다. 바로 앞길에서 찍은 도시의 집이었다.

"그래, 여기야."

"그래……."

그는 어두운 목소리로 중얼거리고 2층 창문을 가리켰다. 할머니 방이다. 나는 얼굴을 가까이 댔다.

창문이 열려 있고, 위쪽 절반이 뿌옇게 되어 있었다. 얼굴을 알아볼 수 없게 '블러 처리'한 것이다.

누군가가 찍힌 걸까? 그래서 얼굴을 블러 처리한 걸까? 스트리트 뷰에서는 흔히 볼 수 있는 광경이다.

도시나 아즈사일까? 아니면 할머니? 그렇게 생각한 순간, 유다이가 창문에 커서를 대고 달칵달칵 더블 클릭을 했다.

사진이 커지면서 2층 부분이 크게 확대되었다.

창문 밑의 창틀에서 하얀 벽을 향해, 1미터쯤 되는 검은 균열이 몇 개 보였다. 이런 게 있었던가? 기억나지 않는다. 나는 고개를 갸웃거리면서 창문으로 시선을 옮겼다.

블러 처리한 부분의 아래쪽은 온통 검은색이었다. 블러 처리한 부분이 얼굴이라면 여기에는 몸통이 찍혀 있어야 한다.

"⋯⋯뭐야? 어떻게 된 거지?"

당황해하며 물어보자 그는 커서로 창틀을 가리켰다.

창틀에는 작고 검은 그림자 두 개가 나란히 있었다. 위치로 볼 때 실내에서 창틀을 잡고 있는⋯⋯.

손 같았다.

다음 순간, 나는 숨을 들이마셨다. 생각을 계기로 뇌가 정보를 재구성해서 새로운 이미지를 만들었다.

두 개의 그림자는 손이다. 검은 손등이다. 창문 안쪽이 어두워서 보이지 않는 게 아니다. 검은 형체가 서 있는 것이다. 희미한 그림자가 보였다. 몸통이 가느다란 형체가 서서 손으로 창틀을 잡고 있다. 그리고 손가락이 창문에서 벽으로 뻗어나갔다.

균열이라고 생각했던 건 전부 손가락이었다. 철사처럼 길고 가느다란 검은 손가락이 여덟 개. 손가락이 기다란 검은 형체가 2층 창문에서 바깥을 바라보고 있다. 또는⋯⋯.

2층 창문에서 내려다보고 있다.

머릿속에서 빗소리가 울려 퍼졌다. 며칠 전에 그 집에 갔을 때의 기억이 되살아났다.

개를 데리고 있던 남자가 모퉁이를 돌아 사라진 직후였다. 나는 우선 그 남자가 마음에 걸렸고, 다음에는 우산 너머가 마음에 걸렸다. 2층 창문에서 내려다보는 시선을 느꼈다. 하지만 단순한 착각이나 망상이라고 생각했다. 단지 겁을 먹었을 뿐이라고. 그런데 아니었던가? 정말로 이 검은 형체가 내려다보고 있었던 걸까?

그 집에는 이런 게 있는 걸까?

"아니야⋯⋯." 무의식중에 입에서 말이 튀어나왔다.

나도 모르는 사이에 모니터에서, 책상에서 뒤로 물러섰다. 다리가 떨렸다. 숨쉬기가 힘들었다.

유다이가 마우스에서 손을 떼더니, 나를 끌어안으며 괴로운 얼굴로 말했다. "미안해. 역시 보여주지 않는 편이 나을 뻔했군."

나는 그에게 안긴 채 몇 번이나 머리를 가로저었다. 그에게는 아무런 잘못이 없다. 나는 그에게 개를 데리고 있던 남자에 관해 말하지 않았고, 위에서 시선을 느꼈다고도 말하지 않았다. 내가 겁을 먹은 건 유다이 탓이 아니다.

그의 목소리가 귓가에서 들렸다. "우연히 그렇게 보였을 뿐이라고 생각하고 싶은데, 당신 얘기를 들어보니……."

그도 불안한 것이리라. 태연하게 행동하고 있을 뿐, 사실은 무서울지도 모른다. 내 이야기와 연결해서 이런저런 상상을 하고 있을지도 모른다. 지금의 나처럼.

그 검은 형체는 무엇인가? 모래와 관계가 있는가? 왜 도시네 가족들은 모래를 아무렇지도 않게 여기는가?

나는 그의 가슴에 얼굴을 묻은 채 머리에 떠오른 말을 했다.

"……괜찮아. 조금 놀란 것뿐이야. 이제 괜찮아."

그는 오른손으로 내 왼손을 꼭 잡았다. 그의 따뜻한 손가락이 내 손가락 사이로 들어오면서 내 손이 차갑다는 걸 처음 알았다.

나는 차분히 말했다. "어차피 이제 안 갈 거야. 내가 먼저 연락하지도 않을 거고. 약속할게. 나도 그 집이 싫고, 당신이 걱정하는 것도 싫으니까……."

나는 거기서 말을 멈추었다. 그의 손이 내 손을 부자연스럽게 더듬었다. 손가락에서 당황하는 감정이 전해졌다. 그는 눈을 크게 뜨고 내 왼손을 천천히 들어올렸다. 그리고 자신의 얼굴 앞으로 가져가더니 의아한 얼굴로 물었다.

"반지는 어디 있어?"

결혼반지가 보이지 않았다.

"말도 안 돼!"

나는 낮게 소리치고 그에게서 황급히 몸을 뗐다. 멍하니 왼손을 바라보면서 기억을 더듬었다. 반지를 빼낸 기억은 없다. 떨어뜨린 기억도 없다. 요즘은 그가 설거지를 해주었고, 화장실 청소도 욕실 청소도 전부…….

기억이 떠오른 순간, 만화의 등장인물처럼 무릎이 꺾어졌다. 칠칠치 못한 나 자신을 마음속 깊이 저주하고, 하필 지금 생각난 것에 경악했다.

비닐장갑을 벗었을 때 들었던 쨍그랑 하는 소리. 그때다. 그때 손가락에서 빠져 어딘가에 떨어진 것이다. 아즈사와 같이 할머니의 뒤처리를 해준 다음이었다. 다시 말해…….

결혼반지는 도시 집에 있는 것이다.

실낱같은 희망을 품고 온 집 안을 뒤져보았지만 반지는 아무데서도 나오지 않았다. 근처 편의점에도, 전철역에도, 파출소에도 물어보았지만 분실물을 가져온 사람은 없었다고 한다. 이제 내가 갔던 곳 중에서 반지를 떨어뜨렸을 만한 장소는 한 군데밖에 남지 않았다. 도시의 집이다.

"신경 쓰지 마."

내 생각을 말하자 유다이는 가볍게 대꾸했다. 그러면서 그집에는 절대로 가지 말라고 단단히 못을 박았다. 하지만 슬퍼한다는 것은 그의 굳은 표정에서 알 수 있었다. 나도 슬펐다.

모처럼 그가 집에 일찍 들어오게 되었는데, 그의 슬퍼하는 모습은 보기 힘들었다. 컨디션을 되찾아도 마음은 조금도 맑아지지 않았다. 오히려 날이 갈수록 어둡게 가라앉았다.

그로부터 일주일과 사흘이 지나고 일요일이 되었다.

"미안하지만 오늘은 회사에 나가봐야 할 것 같아."

미안한 표정의 유다이를 배웅한 뒤, 나는 다시 집 안을 모두 뒤졌다. 냉장고 밑과 뒤쪽도. 침대 밑도. 나란히 있는 책장 사이도, 거의 사용하지 않는 가방 속 주머니도. 버리지 않고 갖고 있었던 백화점 쇼핑백도.

찾다가 지쳐 거실 바닥에 누워 뒹굴뒹굴했다. 시곗바늘은 오후 5시를 가리키고 있었다. 점심을 먹지 않은 것이 떠올랐지만 배는 고프지 않았다.

나는 일어나서 소파에 있던 휴대폰을 들었다.

"어머나! 오랜만이네요."

전화기 너머에서 아즈사의 밝은 목소리가 들렸다. 목소리 자체는 밝았지만 어딘지 모르게 피곤해 보이고, 억지로 짜내는 말투 같았다.

"죄송하지만 여쭤볼 게 있어서요……."

나는 그렇게 운을 떼우고 반지에 관해서 말했다. 댁에서 결혼반지를 떨어뜨린 것 같다, 어쩌면 할머니 방에 있을지도 모른다, 혹시 줍지 않았느냐, 라고.

"어머나, 큰일이네요!"

그녀는 자기 일처럼 걱정했다. 반지는 못 봤다, 생각도 못 했다, 죄송하다……라고 미안함을 가득 담았다.

나는 죄책감을 느끼면서 물었다. "죄송하지만…… 한번 찾아봐주실 수 있을까요? 제가 당분간 못 갈 것 같아서 그래요. 귀찮게 해서 죄송해요."

"귀찮긴요." 그녀는 대답은 했지만 즉시 나른한 목소리로 덧붙였다. "그런데 어떡하죠? 제가 당분간 움직일 수 없을 것 같아요. 할머니 간병도 도우미를 구할까, 남편과 의논하던 참이거든요."

"무슨 일이 있으세요? 어디 아프시다든가……."

"그게 아니라……." 그녀는 숨을 한 번 쉬고 나서 덧붙였다. "아기를 가졌어요. 3개월이에요."

전화기 너머의 모습이 머리에 떠올랐다. 휴대폰을 귀에 대고 소파에 기댄 채, 야윈 얼굴로 행복하게 웃고 있는 그녀의 모습이. 그녀는 휴대폰을 들지 않은 손으로 살며시 배를 어루만지고 있다. 배 안에는 아직 사람의 형태를 이루지 못한 작은 아기가 들어 있다. 아기가 입을 벌리자 자궁을 가득 채운 모래가 사락사락…….

"축하해요." 나는 모든 힘을 끌어내서 밝게 말했다.

그녀는 기쁜 목소리로 대답했다. "고마워요. 그런데 죄송해서 어쩌죠? 지금은 몸을 구부리기가 힘들어서요. 입덧도 심하고요. 안정기에 접어들면 괜찮을 테니까 그때 찾아봐도 될까요?"

이제 방법이 없다. 나는 마음을 정했다.

"아니에요. 제가 갈게요. 제가 가서 찾아보죠. 갑작스럽지만 지금 찾아봬도 될까요?"

단어를 선택할 여유도 없었다. 무례한 말이라고 바로 후회했지만 그녀는 불쾌해하지도 않고 대답했다.

"괜찮아요. 언제든지 오세요."

나는 통화를 마치고 망설임이 솟구치기 전에 채비를 했다. 아무 생각도 하지 않도록 머릿속을 비우고 집을 나섰다. 전철에서 내린 후 주택가로 향했다. 출산 선물을 떠올렸다가 이내 뿌리쳤다. 아직 한참 후의 일이다. 아니, 이제 이걸로 끝이다. 반지만 찾으면 곧바로 작별을 고하고, 그 후에는 영영 인연을 끊어야지. 다시는 이 집에 가지도 않고, 이쪽은 쳐다보지도 않겠다.

나는 발소리를 울리며 주택가를 걸어가서, 모퉁이를 돌아 그 집 앞에 도착했다. 문패 앞에 서서 집을 바라보았다. 거실의 커다란 창문이 보였다. 닫힌 커튼 너머에서 불빛이 새어나오고 있었다.

2층 창문의 커튼도 닫혀 있었다. 반지가 있다고 하면 저 방일까? 도시 부부와는 인사만 나누고 저곳으로 가자. 안으로 들어가서 어떻게 할지 머릿속으로 생각했다.

나도 모르는 사이에 집에서 뒷걸음질 쳤다. 무의식중에 집에서 떨어지려고 한 것이다. 이 집에 들어가고 싶지 않다, 도시

부부를 만나고 싶지 않다, 할머니도 보고 싶지 않다, 그런 생각
이 온몸을 휘감았다. 그와 동시에 반지와 유다이의 얼굴이 뇌
리를 가로질렀다. 앞으로 할 일을 머릿속으로 몇 번이나 곱씹
은 뒤, 인터폰에 손을 가까이 댔다.

그때 멀리서 헉헉하는 거친 숨소리가 들렸다. 뭔가가 가까이
다가오고 있었다. 다음 순간, 뭔가가 내 배를 향해 날아왔다. 시
선 끝에 둥글게 말린 꼬리가 보였다.

갈색과 하얀색이 뒤섞인 몸통. 뾰족한 코. 검은 입술 사이로
혀가 축 늘어져 나와 있었다. 개라는 걸 알아챘을 즈음에는 이
미 뒤로 넘어진 다음이었다.

순간적으로 턱을 당겨서 머리는 다치지 않았지만, 등을 콘크
리트 바닥에 부딪히는 바람에 숨이 막혔다. "아야야!"라는 날
카로운 소리가 입에서 튀어나왔다.

축축한 코끝과 뜨거운 숨결이 뺨에 느껴졌다. 나를 물려는
걸까? 위험하다고 생각한 순간, 남자의 목소리가 들렸다.

"이, 이 녀석!"

분노는 담겨 있지만 배에 힘이 들어가지 않은 연약한 목소리
였다. 타닥타닥 하고 종종걸음이 가까이 다가왔다. 코끝의 감
촉이 사라졌다. 우당탕탕, 서로 뒤엉키는 소리가 들렸다.

겨우 눈을 뜨자 땅거미가 지는 검푸른 하늘을 배경으로 남자
가 오도카니 있었다. 나지막하게 칭얼거리는 개를 껴안고 걱정
스러운 얼굴로 나를 내려다보았다.

지난번에 이 집을 올려다보던 남자였다. 희미한 어둠 속에서 나이를 가늠할 수 없는 펑퍼짐한 하얀 얼굴이 어렴풋이 떠올랐다.

"괘, 괘……."

남자는 손을 내밀려고 하다가 즉시 뒤로 뺐다. "괘, 괘……"라고 다시 말하고 또 어중간하게 손을 내밀었다. 그 모습을 보는 사이에 등의 통증이 사라졌다. 천천히 일어서자 그는 마른 입술에 침을 묻히면서 물었다.

"괘…… 괜찮으세요?"

숨을 헐떡이고 있었다. 나는 땅에 떨어진 가방을 주운 뒤, 등과 엉덩이를 털면서 대답했다.

"괜찮아요."

개는 남자의 발밑에서 엉뚱한 곳을 보고 있었다.

다친 곳은 없었다. 바지와 코트도 찢어지지 않았다. 옷을 확인하고 있자 남자가 고개를 숙이고 거듭 사과했다.

"죄송해요. 죄송해요. 정말 죄송해요."

당장이라도 울 것 같은 목소리였다. 진심으로 미안한지 얼굴도 일그러졌다.

"괜찮으니까 그만하세요. 다친 데도 없는 것 같고요."

개가 나를 올려다보고 끄응 하며 애교를 부렸다. 조금 전 일은 이미 잊은 걸까? 언뜻 보기에도 개는 상당히 나이 들어 보였다. 개도 치매에 걸린다고 어디선가 들은 적이 있었는데.

아픈 곳은 없었다. 화도 나지 않았다. 남자를 향해 미소 지을 여유마저 있었다. 그는 아직도 죄송하다는 말을 하고 있었다.

"신경 쓰지 마세요."

그래도 남자는 부스스한 머리를 쥐어뜯고 다시 머리를 숙였다.

"……죄송해요."

"그럼……."

도시 집의 대문을 향한 순간, 뒤에서 부르는 소리가 들렸다.

"저기요." 남자가 시선을 내리깐 채 괴로운 표정으로 말을 짜냈다. "그, 그 집…… 그 집 분이세요? 그 집에 사…… 사시나요?"

"……아니에요."

가슴 안쪽이 쿵쾅거렸다. 긴장이 머리로 솟구쳤다. 불안감도 커졌다.

"이 집 주인의 친구예요. 오늘은 잠시 볼일이 있어서 온 거예요."

나는 순간적으로 그렇게 설명했다. 무슨 의도로 묻는지는 몰랐지만 이 집에 산다는 건 부정하고 싶었다. 부정할 수밖에 없었다.

나는 이 집에 사는 사람이 아니다. 이렇게 이상한 집에 살지 않는다.

"아……."

남자가 무슨 말인가 하려고 하다가 갑자기 두 손으로 머리를 감쌌다. 괴로운 표정을 지으며 이를 악물자 치아 사이에서 신음이 새어나왔다.

말을 걸려고 하자 남자가 대뜸 뛰기 시작했고, 개가 남자의 뒤를 따라갔다. 밤길을 달리는 남자와 개가 검은 그림자로 변하더니, 어둠 속으로 들어가서 보이지 않았다.

나는 멍하니 서 있었다. 남자의 말이 귀에 박혔다. 그 집. 사시나요?

나는 생각했다. 남자는 이 집이 이상하다는 사실을 알고 있다. 그걸 알면서 내게 뭔가 전하려고 했다. 하지만 전할 수 없었다. 갑자기 머리가 아픈 것처럼 보였다. 그렇다는 건…….

다 나았다고 생각했던 목이 아파왔다. 2층 창문에 있던 검은 형체가 머리에 떠올랐다. 나는 유다이와 반지만을 생각하면서 인터폰을 눌렀다.

도시와 아즈사가 맞이해주었지만 인사를 하는 둥 마는 둥 하고 2층으로 올라갔다. 아즈사가 나를 따라 계단을 올라가려고 하자 도시가 걱정스러운 표정을 지었다.

"내가 가볼 테니까 당신은 쉬어." 도시가 계단 밑에서 나를 쳐다보면서 말했다. "아내한테 얘기를 듣고 대강 둘러봤는데, 아직 못 찾았어."

"할머니 방도 찾아봤어?"

"그래, 거실과 화장실도 찾아보고. 거기 말고는 없잖아? 욕실이나 우리 방은…… 아!" 도시가 뭔가 생각난 표정으로 덧붙였다. "쓰레기에 섞였을지도 모르겠군. 그걸 모르고 청소기로 빨아들였으면…… 그럼 청소기도 봐야 하나? 내가 가서 보고 올게. 각자 나눠서 찾아보자."

"그, 그래."

도시의 기세에 눌리면서 고개를 끄덕였다. 그는 "다녀올게"라고 말하며 계단을 뛰어 내려갔다. 발밑에서 희미하게 먼지가…… 모래 먼지가 춤을 추는 것이 보였다.

할머니는 잠들어 있었다. 눈을 감고 입을 반쯤 벌린 채 가벼운 숨소리를 내고 있었다. 이불이 위아래로 살짝 움직였다. 이불 밑을 상상하지 않으려고 애쓰면서 천천히 침대로 다가갔다.

"……할머니, 잠깐 뭐 좀 찾을게요."

그러고는 반지를 찾기 시작했다. 일단 침대 밑과 옷장 뒤를 확인했다.

유다이 말고는 아무것도 생각하지 말자. 유다이 말고는 아무것도 떠올리지 말자. 그렇게 마음먹었지만 아무리 기를 써도 이 집에서 있었던 일이 잇따라 머릿속에 떠올랐다.

도시와 아즈사는 정상이 아니다. 모래를 이상하게 여기지 않는다. 할머니 이불 밑에 모래가 있는데도 신경 쓰지 않는다. 내게 말할 필요가 없다, 적어도 그렇게 판단한 것 같다.

할머니도 이상하다. 온몸이 모래투성이인데도 태연하다. 치매 때문은 아닌 것 같다. 물론 치매 때문일 가능성은 있지만 그래도 이상하다.

나는 생각했다. 카펫의 여기저기를 들추며 생각하고 또 생각했다.

고베의 도시 집은 평범했다. 도시 방도, 할머니 방도. 기억을 아무리 헤집어도 두 사람 모두 특이한 점이 없었다. 도시의 어머니도 평범했다.

나는 생각했다. 옷장을 움직이면서 생각하고 또 생각했다.

다시 말해, 도시의 가족이 옛날부터 이상했던 건 아니다.

도시의 가족 말고 이상한 부모와 이상한 아이는 얼마든지 떠올릴 수 있다.

중학교 때 같은 반이었던 시게타의 집은 요즘으로 말하면 쓰레기 집에 가까웠다. 모든 방에 바닥이 보이지 않을 만큼 쓰레기가 쌓여 있었고, 부모님은 산더미 같은 쓰레기에 기대 TV를 보았다. 내게는 손톱만큼도 관심을 보이지 않았다. 시게타도 쓰레기에 신경 쓰는 모습은 없었다.

"밥은 어떻게 해?"

시게타의 방에서 물어보자 그 애는 쓰레기 더미에서 이미 뜯은 감자칩 봉투를 들고는 태연하게 말했다.

"오늘 저녁은 이거야."

나는 생각하고 또 생각했다.

그렇다면 할머니와 도시, 아즈사는 어딘가에서 이상해진 것이다. 세 사람이 똑같이 이상해진 타이밍은 언제일까? 가장 가능성이 높은 건⋯⋯.

이 집에서 살고 나서다.

서랍을 제자리에 넣은 순간, 나는 돌덩이처럼 굳어졌다. 머릿속에 스트리트 뷰에서 본 사진이 떠올랐다. 2층 창문을 확대한 사진. 즉, 이 방 창문의 사진이다.

갑자기 등 뒤가 마음에 걸렸다. 방에서 나는 소리가 한층 크게 들렸다.

할머니의 숨소리. 내 숨소리. 냉난방기 소리. 내 심장의 고동 소리.

띠리리링. 그때 전화벨이 울려 퍼졌다. 나는 소스라치게 놀라며 두근거리는 심장을 눌렀다. 한 박자 늦게 내 휴대폰 착신 음임을 알아차렸다. 가방에서 휴대폰을 꺼내 액정 화면을 보자 '사사쿠라 유다이'가 떠 있었다.

"……여보세요."

"그 집에 갔어?" 그가 다짜고짜 물었다.

정곡을 찔려서 숨이 막혔다.

"응."

가까스로 대답하자 그는 심각한 목소리로 말했다.

"그 집에서 당장 나와. 어서 집으로 가라고."

나는 목소리를 낮추며 대답했다. "미안해. 하지만 반지가."

"그 집은 진짜 이상해. 어쩌면 위험할지도 몰라."

그가 다음 말을 집어삼켰다. 당황한 건지 조바심이 난 건지 거친 숨소리가 들렸다.

"무슨 말이야?"

"할머니가 있다고 했지? 계속 누워만 있다고. 당신이 돌봐주기도 했다고."

"응."

"히라이와 도시에 씨야?"

"그래."

나는 할머니에게 시선을 돌렸다. 할머니는 새근새근 잠들어 있었다. 전화기 너머에서 그의 당황하는 목소리가 들렸다.

"도시에 씨는 작년에 돌아가셨대. 그 근처에 사는 동료가 그러더군. 장례식장에도 갔었다고. 도시 씨 부부와는 길에서 만나면 인사하는 정도였는데, 장례식장이 근처라서 가봤다고 하면서." 그는 한숨 돌리고 나서 말을 이었다. "도시 씨 부부도 있었대. 이상한 점은 딱히 없는 평범한 장례식이었다더군. 관도 제단도 영정 사진도 있었고."

"말도 안 돼. 어떻게 그런 일이……."

나는 무의식중에 그렇게 대꾸했다. 내 입에서 메마른 웃음소리가 흘러나왔다. 나는 침대의 할머니를 바라보면서 덧붙였다.

"할머니는 지금 내 눈앞에 계셔. 누워 계시지만."

그는 숨을 깊게 내쉬며 차분하게 대꾸했다. "가호…… 지금부터 이치적으로 생각해. 일단 그 할머니는 당신이 가호란 걸 알고 있어?"

나는 바로 대답했다. "나를 못 알아보셔. 치매라서 나를 마리라고 부르거든."

"사투리는 어때? 전에 그랬지? 전형적인 간사이 지방 할머니라고."

"……글쎄."

가슴속에서 새카만 먹구름이 퍼져나갔다. 잘 모르겠다. 그러고 보니 사투리는 많이 쓰지 않았던 것 같다.

그가 천천히 말을 이었다. "마지막으로, 예전 모습과 지금의 모습 중에 일치하는 점이 있어? 외모나 태도, 말버릇, 뭐든 좋아. 요전에 말했었지? 완전히 딴사람 같았다고."

나는 떨리는 입술을 움직여서 겨우 대답했다. "하지만 도시도 아즈사 씨도 그런 말은……."

"그 두 사람은 이상하잖아? 그걸 전제로 생각해야지." 유다이가 어이가 없다는 듯 말했다.

발밑이 무너지는 것 같았다. 몸이 돌처럼 굳어서 움직이지 않았다.

그가 가라앉은 목소리로 말했다. "전부 당신 생각일 뿐이야. 당신이 눈앞에 있는 노파를 도시에 씨라고 생각하는 건 선입견에 불과해. 도시 씨 부부가 그 사람을 할머니라고 부르면서 할머니로 대하고 있으니까. 그리고…… 문패에 그렇게 쓰여 있으니까. 아니야?"

나는 멍한 눈길로 할머니를 바라보았다. 할머니라고 불렀던, 할머니라고 생각했던 노파를.

노파의 눈꺼풀이 움찔움찔 움직였다. 벌어진 입술 사이로 "아아"라고 갈라진 목소리가 새어나왔다.

"하나에서부터 열까지 전부 이상해…… 이상……니까 당장 도망……."

유다이의 목소리가 멀게 느껴졌다. 머리가 어지러웠다. 방이 빙빙 도는 느낌이 온몸을 휘감았다. 발에 힘이 들어가지 않아서 그 자리에 주저앉았다. 귀에서 휴대폰을 떼고 멍하니 침대를 보았다. 할머니라고 여겼던 노파가 나를 바라보았다. 입을 벌려서 모르는 사람의 이름을 불렀다.

"마…… 마리."

눈앞이 아득해졌다. 눈에서 눈물이 흘러나와 뺨을 타고 떨어졌다. 이 방 바깥에는 아무것도 없다. 세계는 이 네모난 공간밖에 없다. 그런 감각이 머리에서 발끝까지 휘몰아쳤다.

"찾았어!"

멀리서 큰 소리가 들렸다. 도시다, 라고 뒤늦게 머리가 인식했다. 쿵쾅쿵쾅. 계단을 뛰어오르는 소리가 가까이 다가왔다. 뒤를 돌아본 순간, 활짝 문이 열렸다.

도시가 웃는 얼굴로 핑크골드 반지를 내밀었다. 다이아몬드가 박히지 않은 가느다란 반지. 결혼반지다. 내 결혼반지다.

그렇다. 나는 이걸 찾으러 왔다.

"쓰레기봉투에 들어 있었어. 아마 청소기로 빨아들여서 쓰레기랑 같이……."

목소리가 점점 작아졌다가 끊어졌다.

도시가 어안이 벙벙한 얼굴로 물었다. "왜 울어?"

나는 그의 얼굴을 올려다보면서 침대의 노파를 가리켰다.

"……이 사람은 누구야?"

"엉?" 도시가 황당한 얼굴로 대답했다. "할머니잖아?"

"그게 아니라." 나는 콧물을 훌쩍이고 나서 다시 물었다. "도시에 할머니, 내가 아는 도시에 할머니야?"

그러자 도시는 평범한 말투로 대꾸했다. "아아, 난 또 뭐라고. 아니야, 도시에 할머니는 작년에 돌아가셨어."

확인이 끝났다. 할머니는 이미 돌아가셨고, 여기에 있는 노파는 딴사람이다.

"그럼 누구야?"

"도시에 할머니가 여기에서 사귄 친구야. 피붙이도 없이 혼자 지내셔서 모셔왔어. 그때부터 우리 할머니가 되었어."

"뭐?"

무슨 말인지 이해할 수 없었다. 그게 무슨 말인가? 혼자 지내셔서 모셔왔다니. 그때부터 우리 할머니가 되었다니.

"뭘 그렇게 놀라고 그래? 이런 건 흔히 있는 일이잖아."

도시는 민망한 얼굴로 머리를 긁적이더니, 쓴웃음을 지으며 반지를 내밀었다.

"여기 있어."

반지가 형광등 불빛을 받고 반짝 빛을 뿌렸다.

나는 손을 내밀어 손가락 끝으로 반지를 집었다. 손가락 끝이 도시의 손에 닿지 않도록 온몸의 신경을 곤두세운 채.

반지를 찾았다. 이제 볼일은 끝났다. 유다이도 좋아하리라. 머리 한쪽으로 그렇게 생각했다. 하지만 마음은 조금도 편해지지 않았다. 오히려 소리를 지르고 싶을 만큼 불안해서 견딜 수 없었다.

이 집은 정말로 이상하다.

미쳤다. 시게타의 쓰레기 집과는 비교도 할 수 없을 만큼 모든 게 비정상이다. 모래를 태연하게 받아들이는 것만이 아니다. 모래를 아무렇지도 않게 생각하는 것만이 아니다.

결정적으로 뭔가가 이상하다. 뭔가가 망가져 있다.

"마리야." 등 뒤에서 노파가 불렀다.

소리만 들어도 등줄기에 소름이 돋았다. '도망쳐라, 도망쳐라'라고 머릿속에서 내리는 명령이 들렸다. 손으로 바닥을 짚은 뒤, 발에 힘을 주고 일어서려고 한 순간,

사아아아아아아아아아아아아.

침대 쪽에서 모래 흐르는 소리가 들렸다. 이 소리는.

나는 뒤를 돌아보지 않고 반지를 꽉 잡았다.

도시가 다정한 목소리로 말했다. "반지를 찾아서 다행이야."

노파가 기묘한 소리를 내면서 이해할 수 없는 말을 했다. 누군가에게 묻는 듯한 말투였다.

"필요 없어? 그럼 죽일 거야? 이제 마리는 필요 없다고? 그

렇구나……."

눈앞에서 갈색 연기가 피어오르더니, 눈 깜짝할 사이에 시야 전체를 뒤덮었다. 하지만 나는 고개를 돌릴 수 없었다. 일어설 수도 없었다. 꺼끌꺼끌한 감각이 코의 안쪽을 파고들었다. 다음 순간.

"으으…… 크억."

갑자기 기침이 나오고 칼로 찌르는 듯한 통증이 머리를 덮쳤다. 더는 견딜 수 없어서 그 자리에 주저앉았다.

도시는 아무 말도 하지 않았다. 내가 이렇게 괴로워하는데 아무런 반응도 없었다. 기침할 때마다 목이 찢어질 것 같고 머리가 깨질 것 같았다. 숨을 쉴 수 없었다. 일어설 수도 없었다. 생각할 수도, 소리를 지를 수도 없었다. 괴롭고 고통스러워하는 것 말고는 아무것도 할 수 없었다.

사아아아아아아아아아아아.

"고맙구나…… 시시리바."

의식을 잃기 직전에 할머니였던 노파가 그렇게 말하는 게 들렸다.

제4장

일
상
생
활

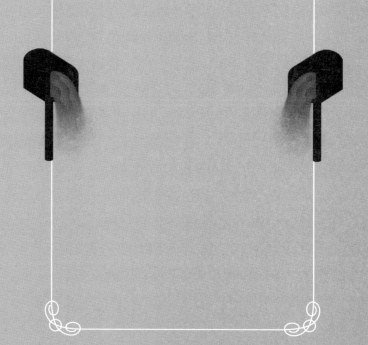

눈을 뜨자마자 머릿속에서 모래 소리가 들렸다. 사박사박 소리를 내면서 뇌세포를 깎아내고 뇌신경에 상처를 입혔다.

창문을 열고 쌍안경으로 히라이와 집의 지붕을 지켜보다 창문을 닫았다. 시계는 1시 15분을 가리키고 있었다. 옷을 갈아입고 인터넷 서핑을 한 뒤, 손가락 휘파람으로 긴을 불렀다. 긴과 잠시 장난을 치고 있자 어머니가 부르는 소리가 들렸다.

"일어났니? 밥 먹으렴."

나는 머릿속에서 생각을 쫓아내고 방을 나섰다. 긴을 안고 경사가 급한 계단을 내려가 좁은 부엌에서 어머니와 마주 앉아 식사를 했다. 어머니는 오늘 일을 쉰다고 한다.

"히라이와 씨 할머니가 돌아가셨대. 호상이야. 아흔 살이라니까 천수를 다 누린 거지. 오늘 그 집에 향이나 올리러 갈까."
어머니는 일방적으로 말을 쏟아냈다.

나는 가끔 맞장구를 치면서 고개를 끄덕였다. 그저께였던가, 한밤중에 온 구급차는 히라이와 집의 할머니를 모시러 온 것이다.

"장례식장에도 갈까? 어떻게 생각해?"

"다녀와." 나는 적당히 대꾸했다.

"하지만 딱히 아는 사이도 아니고……."

"그럼 안 가면 되겠네." 또 적당히 대꾸했다.

장례식장에 갈까 말까 하는 이야기를 마무리 짓지 않은 채, 어머니는 집 안을 청소했다. 나는 긴을 안고 내 방으로 돌아왔다. 인터넷 서핑을 한 다음, 긴과 같이 산책하러 나갔다. 여느 때와 똑같은 패턴이다.

낮의 산책에서 돌아와 현관에서 긴의 발을 털어주었다. 긴의 다리와 허리는 아직 튼튼한 편이지만 손으로 잡아보니 옛날보다 많이 야위었음을 알 수 있었다. 언젠가 걸을 수 없는 날이 올 것이다. '언젠가'가 언제 올지는 생각하지 않기로 했다. 그다음의 일 또한.

나는 계단을 올라가 방으로 들어갔다. 그리고 이불을 덮고 스마트폰을 만지작거렸다. 화제의 인터넷 뉴스와 악플이 많이 달린 뉴스, 세계의 동물 뉴스를 순서대로 확인했다.

축축한 뭔가가 뺨에 닿아서 눈을 뜨니 긴이 끄응 하며 코끝으로 내 얼굴을 찌르고 있었다. 방은 어두컴컴했다. 깜빡 잠이 든 모양이다. 드문 일이 아니다. 가끔 스마트폰을 보다가 잠들곤 한다. 나는 긴의 목을 쓰다듬으려다가 알아차렸다. 부르지도 않았는데 긴이 왜 내 방에 있지? 평소와는 다르다.

"왜 그래? 무슨 일 있어?"

긴은 다시 끄응 하고 소리를 내면서 문 쪽을 향했다. 그대로 움직이지 않고 반쯤 열린 문을 보았다. 귀를 쫑긋 세우고 목을 반듯하게 들었다.

"긴."

불러도 반응하지 않았다. 다시 이름을 부르려고 한 순간, 계단 밑에서 딩동 하고 인터폰 소리가 났다. 나는 거의 자동으로 일어나서 문을 닫았다. 누군가가 왔을 때의 버릇이자 습관이었다.

그때 끼잉 하는 슬픈 소리가 들렸다. 뒤를 돌아보자 긴이 일어나 있었다. 천천히 내 옆을 지나가 앞발로 문을 긁어 댔다. 문을 살짝 열어주어도 나갈 기색은 보이지 않았다. 나를 올려다보고 다시 작게 울었다. 왜 이러는 걸까? 나는 고개를 갸웃거리며 방의 불을 켰다. 평소와 다른 일이 일어나고 있었다.

밑에서 어머니의 목소리가 들렸다.

"어머나! 세상에!" 몹시 놀란 목소리다. "세상에! 이게 얼마 만이야? 이렇게 예뻐지다니."

손님은 여자인 듯했다. 어머니와 아는 사람으로, 오랜만에 만난 모양이다. 몇 마디 말을 근거로 추리하면서 나는 문틈으로 계단 아래를 내다보았다. 난간 너머의 현관에서 어머니의 뒷모습이 보였다. 손님의 모습은 보이지 않았다.

"이가라시 데쓰야 씨 있습니까?"

여자의 또박또박한 목소리가 계단을 가로질러 내 머리를 관통했다. 나는 서둘러 문을 닫았다. 긴이 다시 작게 소리를 냈지만 신경 쓸 여유가 없었다. 나는 방 안에서 빙글빙글 맴돌다가 마지막으로 이불 속으로 파고들었다.

누구일까? 왜 나를 찾는 거지? 소용없다는 걸 알면서 어머니에게 텔레파시를 보냈다. 들여보내지 마, 쫓아내. 아무도 만나고 싶지 않아. 만날 수 없다고.

이불을 뒤집어쓰고 덜덜 떨고 있자 멀리서 현관문 닫히는 소리가 들렸다. 숨을 죽이고 있자 끼익 하고 계단 밟는 소리가 났다. 온몸이 오그라들었다. 발소리가 규칙적으로 다가왔다. 무시하자. 문을 노크해도, 이름을 불러도 대답하지 말자. 그러면 안으로 들어올 일은 없다. 분명히 아까 문을 잠갔을…….

깜빡하고 문을 잠그지 않았다는 사실을 깨닫고 이불을 밀어 젖혔다. 그와 동시에 문에서 노크 소리가 두 번 들리고, 또박또박한 여자의 목소리가 이어졌다.

"히가예요. 히가 고토코. 초등학교, 중학교 때 같은 학교에 다녔던 히가 고토코입니다."

나는 멍하니 입을 벌린 채 문을 바라보았다. 긴이 걱정스러운 얼굴로 나를 바라보았다.

히가 고토코. 설마, 그 히가란 말인가.

준이, 이사오가 머리에 떠올랐다. 사박사박 모래 소리가 들렸다. 식은땀이 온몸에서 뿜어나왔다.

"이가라시 씨?"

내 성이다. 그렇다. 히가는 나를 성으로 불렀다. 당연하다. 이름으로 부를 만큼 친하지는 않았다. 그날 이전에도. 그날 이후에는 더욱 멀어졌다. 그런 히가가 왜 지금 여기에…….

긴이 발톱을 세워 문을 긁어 댔다. 다시 애절하게 울면서 나를 바라보았다. 혼란이 가라앉지 않는다. 이상하다. 평소와 다른 일이 너무 많이 일어나고 있다.

나는 떨리는 목소리로 물었다. "뭐…… 뭐하러…… 뭐하러 온 거야?"

믿을 수 없을 만큼 말을 더듬었다. 히가의 귀에 들렸는지 알 수 없을 만큼 목소리는 작았다. 잠시 침묵이 흐르고 히가의 목소리가 들렸다.

"옛 우정을 나누러."

무슨 뜻인지 이해하는 데 시간이 걸렸다.

"옛 우정…….."

"그래, 하고 싶은 말도 있고."

가만히 있자 느닷없이 문이 열렸다. 꽉 끼는 검은색 바지에 하얀색 긴 소매 셔츠. 목에는 보라색 스카프를 감고 있었다. 손에는 햇볕 방지용 검은 장갑을 끼고, 커다란 검은색 토트백을 들고 있었다. 옅게 화장한 얼굴에서는 아무런 표정도 보이지 않았다.

히가다. 짙은 눈썹과 눈가에 당시 모습이 남아 있었다.

"오랜만이야, 들어가도 돼?" 히가는 치아를 살짝 보이면서 말했다.

화살처럼 곧은 시선이 나의 온몸을 꿰뚫었다. 그것만으로 완전히 압도되어 고개를 끄덕일 수밖에 없었다.

일단 이불을 벽장에 쑤셔 넣고 그 대신 방석을 꺼내다 즉시 집어넣었다. 꺼내자마자 먼지가 춤을 추어서였다.

그러는 동안 히가는 한쪽 구석에 서 있었다. 긴은 경계하는 모습을 보이지 않고 히가의 다리에 달라붙어 있었다. 어떻게 해야 좋을지 몰라서 우두커니 서 있자 어머니가 쟁반을 들고 문 앞에 나타났다. 나는 흥미진진하게 쳐다보는 어머니한테서 쟁반을 받아들고 발로 문을 닫았다. 페트병 차와 머그잔, 전병과 초콜릿이 담긴 쟁반을 든 채 어떻게 해야 할지 생각하는 순간, 그녀와 눈이 마주쳤다.

그녀가 가볍게 물었다. "13년 만인가?"

"그럴 거야."

나는 어정쩡하게 대답하고 방 한가운데에 쟁반을 놓았다.

계단을 내려가는 어머니의 발소리를 듣고 있자 그녀가 소리도 없이 맞은편에 앉았다. 긴이 그 옆에 엎드려 그녀의 허벅지에 뺨을 문질렀다. 처음 만났는데도 놀라울 만큼 잘 따랐다. 나와 똑같이 따르든지, 그 이상이다.

그녀가 불쑥 말을 꺼냈다. "단도직입적으로 물어볼게."

"뭐……뭐를?"

"지금 이 상황은 저 집 때문이야?"

나도 모르게 그녀의 얼굴을 뚫어지게 쳐다보았다.

"저 집에서 그런 일이 있었다, 그 결과 이렇게 되었다……. 넌 그렇게 생각해?"

그녀는 표정을 바꾸지 않고 연이어 물었다. 진지한 눈으로 나를 똑바로 쳐다보면서.

나는 어쩔 수 없이 대답했다. "그래."

그녀는 잠시 입을 다물고 있다 다시 나지막이 말했다. "여기 오기 전에 무덤에 다녀왔어. 소마와 요시나가의 무덤에."

"헉!" 내 입에서 기묘한 소리가 튀어나왔다.

소마…… 이사오는 금방 알았다.

그런데 요시나가 준은…… 요시나가의 무덤이라니.

그녀는 담담하게 말했다. "요시나가는 스물다섯 살, 즉 3년 전까지 살아 있었대. 계속 잠든 채로."

나는 멍한 눈길로 그녀의 무표정한 얼굴을 바라보았다. 그녀는 나한테서 시선을 떼지 않고 긴의 머리를 쓰다듬었다. 긴은 눈을 가늘게 뜨고 코를 킁킁거렸다.

사박사박. 두개골 안쪽에서 모래 소리가 들렸다.

이사오뿐만 아니라 준까지 죽었다. 그 집에 간 뒤에 이상해지고, 그 결과 사망했다. 그렇게 생각할 수밖에 없었다. 저주, 재앙, 원념, 악령. 그런 단어들이 머리에 잇따라 떠올랐다.

사박, 사박.

"난 그 집 때문이라고 생각해. 두 사람이 죽은 것도, 네가 이렇게 된 것도."

그녀는 내 생각과 똑같은 말을 하며 내 방을 둘러보았다. 나의 지금 상황을 관찰하는 것이다.

사박, 사박, 사박…….

"한 가지 물어봐도 돼?" 그녀가 얼굴을 조금 가까이 대고 덧붙였다. "구체적으로 말해줄 수 있어? 네가 지금 어떤 상황인지. 내가 보기에 네 머릿속에는 뭔가가 들어 있어. 적어도 그런 느낌이 들어. 아니야?"

그녀의 시선이 내 눈에서 머리로 이동했다.

나는 오른손으로 옆머리를 누르고 있는 자신을 발견했다.

그녀를 바라보면서 숨을 크게 토해냈다. 긴장은 풀리지 않았지만 모래 소리는 조금 멀어졌다.

히라이와 집의 할머니가 돌아가셨다. 작은 변화다. 히가가 왔다. 여기부터는 큰 변화다. 그녀는 준의 죽음을 알리면서 내게 '말하라'고 한다. 갑자기 변화가 너무 많이 일어나고 있다. 하지만 말할 수 없다. 어머니한테도 말하지 않았는데. 하물며 생판 남에게.

"아…… 안 돼."

나는 시선을 피했다. 그리고 전병이 놓인 쟁반을 바라보면서 애초의 의문을 입에 담았다.

"갑자기 왜……."

그렇다. 이상하다. 이 상황은 아무리 생각해도 이상하다. 나는 지금 이상한 사태에 빠져 있다. 평온했던 일상이 갑자기 뒤틀리고 있다. 돌아가줘, 라는 말이 목구멍까지 나왔을 때 그녀의 목소리가 들렸다.

"미안해. 하긴 불쑥 찾아와서 이렇게 말하면 난처하겠지."

아주 조금이기는 하지만 그녀의 말에 감정이 담겼다.

그녀가 한숨을 토해냈다. 긴이 슬픈 얼굴로 나지막하게 소리를 내고, 나는 천천히 얼굴을 들었다.

긴이 그녀에게 온몸을 기댄 채 날름날름 그녀의 허벅지를 핥았다. 그녀의 입가에 코끝을 대기도 했다. 그녀는 긴이 하는 대로 가만히 있었다. 표정을 바꾸지 않고 긴을 안아주기도 했다. 즐거운 것처럼도, 싫어하는 것처럼도 보이지 않았지만 나는 일단 긴에게 명령했다.

"……긴, 앉아."

긴이 뒤를 돌아보더니 이빨을 드러내며 으르렁거렸다. 긴이 나를 그렇게 쳐다본 건 오랜만이었다. 나는 한순간 멈칫거리며 숨을 들이마셨다. 그러고는 아무 일도 없었던 것처럼 다시 그녀 옆에 앉았다. 하나에서부터 열까지 이상한 일들뿐이다. 긴까지 평소와 달랐다.

"고마워."

나도 모르게 "뭐가?"라고 물어보자 그녀는 고개를 살짝 갸웃거렸다.

"어떻게 해야 좋을지 몰랐거든. 개는 한 번도 키워본 적이 없어서."

"……그, 그런 것 같지 않았어."

그녀가 자기 얼굴을 만지면서 말했다. "내가 원래 표정이 없으니까. 아니, 그 집에 들어간 다음부터 이렇게 됐어. 정확히 말하면 집에서 보름을 앓아누웠다 나은 다음부터. 그 이전과는 사고방식도 인생관도 모든 게 달라졌지. 어린아이처럼 겁먹지 않게 됐어. 어린아이였지만."

매일 밤 생각하는 기억의 마지막 부분을 떠올렸다. 차갑고 쌀쌀맞아서 가까이 다가가기 힘든 그녀의 모습을. 지금의 그녀와 다르지 않은 모습을. 그 이전과는 완전히 달라진 모습을.

"그 집 때문에 나도 달라졌어."

그 말을 듣고 나는 무의식중에 고개를 끄덕였다.

"그러니까 말해줘. 너의 현재 상황에 대해서."

아까와 똑같은 말이지만, 아까보다 훨씬 부드러운 말투였다. 그리고 아까보다 훨씬 순순히 내 머리에 와닿았다.

"……응."

나는 머릿속 모래에 관해 솔직하게 말해주었다. 그 결과 내가 여태껏 어떻게 살았고 지금 어떻게 지내고 있는지. 아침에 일어나 그 집을 관찰하고, 이불에 누워서 자기만 하는 날들도 전부 털어놓았다. 막상 말로 표현하자 비참한 기분이 들어 몇 번이나 입을 다물었지만 그때마다 히가가 질문을 했다. 결코 재촉하는 말투는 아니었지만 말할 수밖에 없는 박력이 있었다.

"……그래서 지금에 이르렀다고 할까……."

말을 마치자 기운이 빠져서 기진맥진했다.

"말해줘서 고마워."

그녀의 말에 대답할 기운조차 없었다. 덥지도 않은데 온몸은 땀투성이가 되었다. 2리터짜리 페트병은 텅 비어 있었다. 그녀가 쓰다듬어주어서 그런지 긴은 어느새 잠들었다.

히가는 가지런히 붙인 무릎에 시선을 고정하며 잠시 생각에 잠겼다가 물었다. "이번에는 내가 말해도 돼?"

나는 힘없이 고개를 끄덕였다. 그녀는 옆의 토트백에 손을 넣고 그대로 움직임을 멈추었다. 뭔가를 알아차리고 주저하는 것처럼 보였다.

"이가라시……." 히가가 이마에 주름을 잡으며 물었다. "담배 피워도 돼?"

절반쯤 열린 창문 앞에서 담배 연기를 내뿜는 히가를 보고 나는 다시 혼란에 빠졌다. 그녀가 담배를 피우리라곤 상상도 못 했다. 그날 이전의 그녀를 알고 있기에 더욱더.

어두운 바깥 허공을 향해 보라색 연기를 내뿜고, 그녀는 휴대용 재떨이에 담배꽁초를 집어넣었다. 최소한의 동작으로 비벼 끄더니 재떨이 뚜껑을 덮고 창문을 닫았다.

"미안해."

히가는 그렇게 말하고 다시 내 앞에 앉았다. 담배 냄새가 희미하게 코를 찔렀다. 긴이 살며시 눈을 떴지만 졸린 얼굴로 다시 감았다.

"아니, 괜찮아. 조금 놀랐지만." 나는 머리를 긁적이면서 솔직하게 대답했다.

그녀에게 지금까지 있었던 일을 설명해야 한다는 스트레스는 상당히 희미해졌다.

"사실은 끊고 싶지만 일 때문에 피우는 사이에 어느새 끊을 수 없게 됐어."

그녀는 쟁반을 옆으로 치우고는 토트백에서 커다란 책을 꺼내 내 앞에 내려놓았다. 칙칙한 갈색으로 변한 너덜너덜한 책이었다. 표지에 뭐라고 쓰여 있었지만 희미해서 읽을 수 없었다. 중간 부분에 파란색 포스트잇이 몇 개 붙어 있었다. 그녀는 책 표지에 손을 대고 나를 바라보았다.

"중학교 때 말했는데, 나는 그날 그 집에서 무슨 소리를 들었어. 아니, 목소리가 내게 말을 걸었다고 하는 게 더 정확할 거

야. 처음에는 멀리서. 그리고 점차 목소리가 커지더니…… 그
다음은 뭐가 뭔지 모르겠어."

그때다. 나는 내 기억과 맞춰보았다. 초등학생인 그녀가 혼잣
말을 하면서 살포시 미소 짓는 모습이 떠올랐다.

"목소리가 여러 가지를 물었어. 너는 이 집 사람인가? 거기
있는 건 네 아이인가? 형제인가? 나는 의아한 생각이 들었지.
이 목소리는 뭘까 하고. 당신은 누구냐고 물었더니 목소리가
대답했어. 자신은 시시리바, 라고."

나는 고개를 끄덕였다.

그녀가 다시 입을 열었다. "그날부터 그 집에는 가까이 가지
않았어. 마음에 걸리긴 했지만 되도록 생각하지 않기로 했지.
일 때문에 여기저기를 돌아다니고 나서는 특히. 이쪽으로 올
일도 없었고."

그때까지 아무런 표정도 없었던 얼굴이 약간 흐려졌다.

"그런데 얼마 전에 사이타마에 있는 옛집에 들러 물건을 찾
는 사이에……." 그녀가 책을 들추며 포스트잇이 붙은 페이지
를 펼쳤다. "이런 게 나왔어. 그래서 생각할 수밖에 없게 되었
지. 그 집은 어떻게 되었을까, 요시나가와 이가라시는 어떻게
지내고 있을까, 하고."

나는 책으로 시선을 떨어뜨렸다.

누리끼리해진 페이지에 흑백 사진이 크게 실려 있었다. 인쇄
가 거칠어서 멀리서도 사진 입자가 보였다. 커다란 다다미방에

긴 판자 같은 것이 세워져 있었다. 판자에는 무늬, 아니 그림이 그려져 있었다. 그제야 겨우 이해가 되었다.

병풍이다. 이건 병풍을 찍은 사진이다.

그녀가 페이지를 넘겼다. 커다란 병풍 사진이 실려 있었다. 나는 책에 얼굴을 가까이 댄 뒤 눈을 가늘게 뜨고 보았다. 병풍에는 저택 그림이 그려져 있었다. 대각선 위에서 쳐다보는 각도로, 지붕과 천장은 보이지 않았다. 흔히 볼 수 있는 구도다.

'안쪽'이나 '너머'라고 표현하는 게 좋을까? 그림의 오른쪽 위에 작은 문이 있고, 문기둥 앞에 고마이누* 조각상이 놓여 있었다. 한쪽 고마이누는 입을 벌리고 다른 쪽 고마이누는 입을 다문 채 앞을 노려보았다. 그렇다면 이곳은 절이나 신사인가?

저택을 둘러보았지만 불상이나 승려, 신관의 모습은 보이지 않았다. 저택 한가운데의 큰 방에는 일본 전통 옷을 입은 사람들이 열 명쯤 앉아 있었다. 술잔을 든 사람. 젓가락을 든 사람. 부채를 부치는 사람. 일어서서 두 손을 올리고 있는 여자는 춤을 추는 걸까? 그들은 모두 웃고 있는 것처럼 보였다.

바닥에는 검은색 타원형이 잔뜩 그려져 있었다. 바닥은 다다미도 아니고 나무도 아니었다. 흑백 그림에서는 하얀색으로밖에 보이지 않았는데, 사람들의 발이 바닥에 파묻힌 것처럼도

---

* 절이나 신사 앞에 돌로 조각해놓은 한 쌍의 조각상. '고마이누'에서 '고마'는 '고려에서 전래된 물건'이란 뜻이고 '이누'는 개를 가리킨다.

보였다.

그제야 알아차렸다.

이건 바닥이 아니다. 모래다. 바닥에는 모래가 잔뜩 쌓여 있었다. 검은색 타원형은 발자국이었다. 모래가 쌓인 커다란 방에서 사람들이 흥겹게 잔치를 벌이고 있었다. 툇마루에서 정원으로 떨어지는 모래가 자그마한 산을 몇 개 만들었다.

"이건……."

"언제, 어디서 만든 책인지는 몰라. 인쇄된 글자가 거의 안보여. 주석도 보이지 않고. 하지만……."

그녀는 다시 페이지를 넘겼다. 병풍 구석에 인쇄된 것이 보였다. 낙관이라고 할까, 크고 작은 네모난 도장이 몇 개 찍혀있었다. 그 위에는 흐르는 듯한 필체로 글자가 쓰여 있었는데, 눈을 가늘게 뜨고 보아야 간신히 읽을 수 있었다. 맨 앞에 세로선으로밖에 보이지 않는 것은 '시' 자이고, 그다음에도 '시' 자이고…….

나는 흠칫 놀라며 그녀를 쳐다보았다. 그녀는 보일락 말락고개를 끄덕이고 낮은 목소리로 말했다.

"시시리하노무로, 라고 쓰여 있는 것 같아. 무로는 실(室), 집을 가리키지. 다시 말해 '시시리하의 집'이란 뜻이야. 병풍에 그림을 그린 건 에도시대*였을 거야. 사람들이 이 지방에 모이기 시

---

* 1603년~1867년, 도쿠가와 이에야스가 권력을 장악하여 에도 막부를 세워 다스린 시기.

작한 건 에도시대에 접어들고 나서니까. 옷도 그 시대 것이고."

"……그런데 이, 이건 뭐야?"

의식이 이끄는 대로 물어보자 히가가 되물었다.

"무슨 말이지?"

나는 솔직하게 물었다. "이건 무슨 그림이야?"

이 그림의 상황이 그 집, 즉 유령저택과 비슷하다는 건 알겠
다. 쓰여 있는 글자가 그녀가 들렸다는 '시시리바'와 비슷하다
는 것도 알겠다. 다시 말해, 이 그림과 그 집이 관계가 있다는
점까지는 알 수 있었다. 그런데 이 그림이 무엇을 뜻하는지 알
수 없었다. 그런 기묘한 집이 있었다는 기록일까? 당시 풍습일
까? 아니면 어떤 사건을 그린 걸까?

우리의 경험과도 이어지지 않는다. 그림 속 사람들은 즐거워
보이지만, 우리가 겪은 일은 너무도 무섭고 끔찍했다. 그뿐만
아니라 준과 이사오는.

"못 봤어?" 내가 대답하기 전에 그녀가 조금 전의 페이지로
넘겼다. "하긴 워낙 흐릿해서 알아보기 힘들긴 하지만……."

그녀는 그렇게 중얼거리며 병풍 그림을 가리켰다.

방 안쪽의 장식기둥 옆에 무엇인가가 흐릿하게 그려져 있었
다. 사람 그림자로밖에 보이지 않았다. 몹시 길고 가느다란 그
림자. 손발이 그려져 있다는 걸 간신히 알아보았다. 몸통보다
훨씬 가늘어서 꼭 실 같았다. 둥근 머리는 존재하지 않는 천장
보다 위쪽에 그려져 있었다.

다시 말해, 이 그림자의 주인은 굉장히 키가 크다. 마치……. 당시 그녀 앞에 서 있었던 형체처럼.

"이건 『무사시노쿠니* 기괴집』이란 책이야. 맨 뒤쪽의 판권에 쓰여 있어. 1935년에 간행됐지. 다른 페이지에는 족자나 두루마리, 에도시대 기와판** 등의 사진이 실려 있어. 모두 요괴나 도깨비, 정체를 알 수 없는 괴물 그림의 사진이지. 시간과 노력은 둘째치고 내용면에서 보면 지금의 오컬트 책과 큰 차이가 없어. 편의점 등에서 흔히 볼 수 있는, 인터넷 사진들을 모아놓은 책과 말이야. 다시 말해……." 그녀는 굳은 목소리로 말한 뒤, 장식기둥의 긴 그림자를 손가락으로 탁탁 두드리며 덧붙였다. "이 그림은 이 녀석을 그린 거야. 이 녀석은 요괴나 기괴한 형체이고. 저자인지 편찬자인지는 모르겠지만 책을 만든 사람은 적어도 그렇게 생각하고 이 책에 수록했어."

나는 가까스로 그녀의 말을 정리해서 고개를 끄덕였다. 사실을 확인할 방법은 없다고 해도 이 책을 만든 사람은 알고 있었다. 이 병풍 그림에는 요괴나 괴물이 그려져 있다는 사실을.

나는 병풍 그림의 사진을 말없이 바라보았다. 장식기둥 옆에 서 있는 길고 가느다란 그림자를. 모래 위에서 희희낙락하는 사람들을 내려다보는 그림자를.

---

* 武藏國, 현재의 도쿄를 포함한 주변 지역의 옛 명칭.
** 목판 대신 마른 진흙 판에 글자나 그림을 새겨 구워서 인쇄하던 판.

그녀가 다시 입을 열었다. "이건 내 기억과도 일치해. 모래도 그렇고 이 그림자도 그렇고."

고개를 들자 히가는 입을 굳게 다물고 있었다. 자그마한 몸에 힘이 들어갔음을 알 수 있었다. 눈은 구멍이라도 뚫을 듯이 병풍 그림을 응시하고 있었다. 그림자를 가리키는 손가락이 가늘게 떨렸다. 두려워하고 있다. 내 눈에는 그렇게 보였다.

히가는 책에서 시선을 돌리고 발밑의 담뱃갑을 들었다. 그리고 한 개비를 빼내 입으로 가져가면서 창가로 향했다.

"미안하지만 한 대만 더 피울게."

그녀가 덜컹덜컹 창문을 열자 밤바람이 방 안으로 흘러 들어왔다.

내 입에서 감탄사가 흘러나왔다. "……굉장해! 그동안 열심히 조사했구나."

그녀는 나에게 등을 돌린 채 담배에 불을 붙이며 대답했다. "그래, 조사한다고 해서 어떻게 되는 건 아니지만 약속을 지키고 싶었어."

히가는 담배를 입에 물고 깊숙이 빨아들인 뒤, 새하얀 연기를 힘차게 토해냈다.

고맙다고 말해야 할까? 비록 13년이나 지났지만 약속을 지켜줘서 고맙다고. 기쁜 마음이 없는 건 아니었다. 하지만 그보다 당황스러운 마음이 더 컸다. 이러면 점점 더 그 집을 머리에서 떼어낼 수 없지 않은가?

사박사박. 머릿속에서 모래 소리가 들렸다.

히가가 돌아보며 입을 열었다. "하지만 너를 만나고 목적이 생겼어."

"목적?"

그녀는 담배를 만지작거리며 대답했다. "그래. 너의…… 머릿속에 있는 모래를 없앨 거야."

"……뭐?"

무슨 말인지 이해는 되지만 너무도 뜻밖이었다. 한순간 의문이 부풀어올랐다. 그녀가 무엇을, 어떻게 하면 내 머릿속 모래를 없앨 수 있단 말인가?

"겉으로는 아무것도 느껴지지 않아. 흔히 말하는 악령이나 저주와는 다른 것 같아. 어쩌면 내가 모르는 타입일지도 모르지. 그래서 방법도 몰라. 액막이하는 방법도, 부정을 없애는 방법도." 히가는 거침없이 술술 말했다.

내 마음이 술렁거리며 불안하게 흔들렸다. 모르는 단어는 아니지만 직접 들어본 적이 없는 단어가 마음을 마구 휘저어서 어지럽게 만들었다.

"그 집에 직접 가보는 게 지름길일지도 모르겠지만 그건 다음에 해야 할 것 같아. 네 말에 따르면 아무 일도 일어나지 않았다고 하는데 그게 오히려 마음에 걸리고, 그 집에 사는 사람들에게 어떻게 설명해야 할지도 생각해봐야 하고. 평소에는 상대방이 '우리 집에 이상한 게 있는데, 그걸 내쫓아줘'라고 말하

니까 편하지만…….'

그녀의 말이 점점 더 이해되지 않았다. 이상한 생각까지 들었다. 얼굴이 찌푸려질 정도로 수상쩍고 의심스러웠다.

"저기…… 그게 무슨 말이야?"

그녀의 오른쪽 눈썹이 꿈틀거렸다. 그러곤 담배를 입에 문 채 나를 물끄러미 바라보더니, 이윽고 한숨과 함께 연기를 토해냈다.

"미안해. 알고 있는 줄 알았어. 초등학교 5학년 때 이미 일을 시작했으니까." 몸을 나에게 돌리고는 사무적인 말투로 덧붙였다. "난 그런 일을 하고 있어, 액막이나 악령을 없애는 일을. 호칭은 영매사든 무녀든 퇴마사든 뭐든 상관없지만 어쨌든 그런 일을 하고 있지."

나를 바라보는 눈길은 더할 수 없이 진지했다.

등골이 오싹해졌다. 창문에서 흘러 들어오는 밤바람 탓은 아니었다. 머릿속과 마음속이 차갑게 식었다. 정확하게 말하면 열기가 사라졌다. 창가에 선 그녀가 몹시 멀게 느껴지며 조금 전까지 나눈 대화가 전부 다른 의미로 다가왔다. 당시의 기억과 지금의 상황…… 모든 것이 앞뒤가 맞았다.

히가는 이상해진 것이다.

그날 그 집에 가서. 나와 똑같은 이유로, 나와는 다른 방식으로. 원래 이상하기는 했지만 한층 더 위험한 방향으로.

TV에 자주 나오는 금발의 뚱뚱한 영능력자가 떠올랐다. 이상한 식품을 만병통치약이라고 비싸게 팔아 문제가 되었던 회사도. 결혼 시기부터 임신 유무까지 정확하게 맞힌다고 큰소리치는 점쟁이도. 내 눈앞에 있는 예전 친구도 그들과 똑같은 인종일까? 그렇다. 틀림없다. 그래서 여기에 온 것이다. 내 현재 상태를 알고 내게서 돈을 뜯어내기 위해.

정신을 차리자 어느새 바닥에 손을 짚고 문 옆으로 물러나 있었다. 그녀한테서 멀리 떨어진 것이다.

그녀는 담배를 입에 문 채 나를 뚫어지게 쳐다보았다.

"난 아무것도 팔지 않고 아무것도 권하지 않아. 가짜 액막이를 해서 돈을 뜯어내지도 않고. 나를 믿어줬으면 좋겠는데 지금은 무리인 것 같군."

히가의 말투에서 포기하는 듯한 느낌이 전해졌다.

그녀는 이윽고 담배를 끄더니 조용히 창문을 닫았다. 그리고 몇 걸음 내디딘 후 몸을 숙이고는 책을 덮고 토트백에 넣었다.

"휴대폰 번호를 가르쳐주겠어?"

그녀는 휴대폰을 꺼내면서 나를 바라보았다. 나는 대답하지 않았다. 휴대폰 번호를 가르쳐주고 싶지 않았지만 고개를 가로저을 용기도 없었다.

잠자코 있자 그녀는 쓸쓸한 얼굴로 한숨을 쉬었다. 그리고 입꼬리를 살짝 올리더니 휴대폰을 토트백에 넣었다.

"연락도 없이 불쑥 찾아와서 미안해."

끄르르르륵. 긴이 갑자기 으르렁거렸다. 벌떡 일어서서 콧등으로 내 소매를 찌르고 다시 으르렁거렸다. 긴이 또 이런 소리를 내다니. 당황해서 허둥지둥하고 있자 긴이 입을 크게 벌리고 내 팔을 물려고 했다. 나는 재빨리 손을 뒤로 빼고 벌떡 일어섰다. 긴이 나를 올려다보고 슬프게 울면서 꼬리를 약하게 흔들었다. 그제야 겨우 하루 일과인 산책이 떠올랐다. 평소라면 이미 집에서 나갔을 시간이었다.

"괜찮아?" 그녀가 토트백을 들고 물었다.

긴이 다시 나지막하게 으르렁거렸다. 화가 난 것처럼 이빨을 드러내면서.

"……산책 때문에 그래. 지금 나가면 돼."

긴이 즐거운 얼굴로 혀를 내밀었다. 그리고 빙글 돌더니 히가의 다리에 몸을 붙이고 그녀의 주변을 빙글빙글 돌았다.

그녀는 시큰둥한 얼굴로 그 모습을 바라보았다.

나와 긴, 히가는 집에서 나와 어두운 주택가를 걸었다. 긴은 히가의 앞쪽을 걸어가며 가끔 멈춰 서서 그녀를 올려다보았다. 그녀는 그때마다 발걸음을 늦춰서 나는 몇 번이나 "긴, 가자"라고 명령해야 했다.

집에서 나오기 전에 어머니가 저녁을 먹고 가라고 권했지만 그녀는 완곡하게 거절했다.

"가볼 데가 있어서요."

어머니는 유감스러워했지만 즉시 입가에 미소를 띄웠다.

"동생한테도 안부 전해주렴."

검은색 펌프스를 신으려던 그녀가 움직임을 멈추고, 냉정한 얼굴로 어머니를 쳐다보았다.

"동생요……?"

어머니가 웃음을 머금으며 대답했다. "키 크고 기운 넘치는 여자애 말이야. 너하고 사이좋게 지냈던 것 같은데."

긴의 목걸이에 목줄을 채우면서 나는 고개를 갸웃거렸다. 히가가 여동생과 같이 다니는 모습은 본 적이 있었다. 하지만 여동생과 말을 나눈 적은 없었다. 그런데 어머니는 말을 나눈 적이 있는 걸까?

"그 동생은 잘 있니?"

"잘 있어요. 실례가 많았습니다."

그녀는 기계처럼 대답하고 현관문을 열었다. 긴이 그녀를 따라갔고, 나는 긴에게 이끌려서 집을 나섰다.

"이가라시."

나를 부르는 소리에 정신을 차렸다.

그녀가 앞을 똑바로 쳐다보며 말했다. "아까 그 얘기 말인데, 난 거짓말로 돈을 갈취하지는 않아."

"으응."

그녀는 앞쪽에서 걸어가는 긴을 바라보며 말을 이었다.

"난 사기꾼이 아니야. 물론 액막이가 끝나면 정당한 보수는 받아. 자선 사업으로 하는 게 아니니까. 하지만 이번엔 달라. 돈은 필요 없어. 이상한 모임에 나오라고 권하지도 않아. 순수하게 무료로 그 모래를 제거할 거야." 그러곤 나를 올려다보며 덧붙였다. "그러니까 휴대폰 번호를 가르쳐줘."

나는 어떻게 대답해야 좋을지 몰라서 난감한 표정을 지었다. 그 집에는 사람이 아닌 무엇인가가 있다. 그리고 우리는 이 상해졌다. 그것까지는 사실이다. 남들이 들으면 비웃겠지만 나는 그렇게 확신했다. 하지만 히가가 영능력자임을 내세워 먹고살고 있다면 이야기가 다르다. 이야기의 차원이 달라진다. 이건 사기나 오컬트 범주에 속한다. 그녀가 제정신이 아닐 가능성도 높다.

"내가 원래 그런 사람이었다는 건 알고 있지? 지금과는 다르지만 영혼이 보인다는 말도 자주 했잖아."

그건 사실이다.

"응."

"하시구치 여동생의 유령도 봤어. 그때 너도 봤잖아. 그건 믿을 수 있어?"

나는 또 "응" 하고 대답했다. 계속 생각했던 것이 머릿속에서 단숨에 부풀었다.

"……나, 나도 하시구치 여동생의 유령이 있다고 생각했어. 그, 그 집 소문을 처음 들었을 때는 그 유령의 짓이라고 생각했지. 그런데 막상 가봤더니 달랐다고 할까, 이어지지 않는다고 할까…… 뭐가 뭔지 잘 모르겠어."

"그래. 그게 뭔지는 나도 잘 몰라. 유령이라면 금방 끝나는데. 살아 있는 영혼이든 죽은 영혼이든, 퇴치하는 방법은 알아. 지금의 나라면 그렇게 어려운 일은 아니야. 너의 머릿속도 이자리에서 즉시……."

히가는 거기서 입을 다물었다. 긴이 전봇대 앞에 멈춰 서서 오른쪽 뒷다리를 들었다. 나와 히가는 잠시 걸음을 멈추었다.

"……이런 말을 하니까 자꾸 수상쩍게 생각하는데."

"아니야."

나는 그렇게 대답했지만 다음에 할 말이 생각나지 않았다. 긴이 볼일을 마치자 우리는 다시 걸음을 내디뎠다.

주택가를 지나 큰길로 나간 순간, 갑자기 사람들이 많아졌다. 자동차 헤드라이트와 반짝반짝 빛나는 간판이 밤길을 비추었다. 우리는 말없이 걸었다. 렌터카 영업소 앞을 지났다. 이어서 주유소, 편의점, 빈터, 장례식장…….

"아!"

내 입에서 작은 탄식이 흘러나왔다. 장례식장 주차장 너머에 있는 출입구에서 '히라이와 가(家) 장례식'이라고 쓰여 있는 알림판을 발견한 것이다.

"아아!"

옆에서 걸어가던 히가가 발걸음을 늦추지 않고 나를 돌아보았다.

"왜?"

"······아니." 나는 알림판을 가리키면서 덧붙였다. "저기, 그 집 사람들이야."

그녀가 고개를 갸웃거렸다. 나는 필사적으로 머릿속을 정리하며 설명했다.

"저 히라이와 가족들, 지금 그 집에 살고 있어. 하시구치 집에. 아니, 유령저택에."

히가가 장례식장 입구로 시선을 돌렸다.

"그, 그 집에 젊은 부부와 할머니가 살았는데, 할머니가 돌아가셨대. 어, 엄청 오래 사셨나 봐······."

그녀가 걸음을 멈추자 펌프스가 바닥을 치는 소리가 났다. 나도 긴의 목줄을 잡아당기면서 걸음을 멈추었다. 긴이 내 발밑으로 다가왔다.

히가가 우두커니 서서 장례식장을 바라보았다. 왜 그러는 걸까? 물어볼까 말까 망설이고 있자 그녀가 장례식장을 바라보며 물었다.

"정말이야? 히라이와라는 사람이 정말로 그 집에 살아?"

"응."

그녀는 아무 말 없이 장례식장을 물끄러미 바라보았다.

텅 빈 주차장 너머에 있는 네모난 단층 건물. 간판이나 알림판이 없으면 장례식장이란 사실은 아무도 모르리라. 도서관이라고 하면 믿으려나? 딱히 마음에 걸리는 것도, 특별할 것도 없는 건물이었다. 커다란 유리창에서 새하얀 빛이 새어나와 건물

주변을 어렴풋이 비추고 있다.

그녀가 별안간 나를 향해 몸을 돌렸다. 얼굴은 딱딱하고 눈에는 불안의 빛이 깃들었다. 조금 전과 표정이 달라졌다. 적어도 우리 집에 오고 나서 지금까지와는. 오히려…….

"이가라시, 다시 한 번 확인할게. 지금까지 그 집에선 아무 일도 일어나지 않았다, 이게 사실이야?" 그녀가 빠른 말투로 물었다.

나는 당황하며 고개를 끄덕였다. "아오야기 씨란 사람이 거기서 오래 살았어. 히라이와 씨가 이사 온 건 최근이고……."

"지금까지 아무 일도 없었어?"

"내, 내가 보기에는. 이웃과 옥신각신하기는 했지만 그냥 평범했어. 히라이와 씨도 아무 일 없었고."

그녀는 믿을 수 없다는 얼굴로 나를 쳐다보았다. 큰길에서 달리는 차의 헤드라이트가 그녀의 창백한 얼굴을 비추었다. 긴이 그녀의 다리에 코끝을 문질렀다.

"왜 그래?" 나는 과감하게 질문을 바꾸었다. "뭐…… 뭐가 보였어?"

그녀는 대답하지 않고, 한 손으로 목에 두른 스카프를 꽉 움켜쥐더니 말없이 나를 응시했다.

히가의 예전 모습이 뇌리를 가로질렀다. 그날 이전의 초라하고 음침했던 그녀의 모습이. 패미컴을 해본 적도 없고 친구들과 어울리지도 못했던 그녀의 모습이. 그 집에서 겁먹고 계속 눈물을 흘렸던 그녀의 모습이.

"……괜찮아? 힘들면 잠시 쉴까? 여, 역 앞의 커피숍에서."

"괜찮아."

그녀는 다시 장례식장을 바라보더니, 스카프 잡았던 손을 천천히 내렸다. 다시 나를 향한 그녀의 얼굴에는 무표정이 돌아왔다.

"이가라시, 휴대폰 번호를 가르쳐줘. 시간이 걸릴지도 모르겠지만 반드시 어떻게 해볼게. 너의 머릿속도. 그리고……." 곁눈으로 장례식장을 슬쩍 보고 나서 덧붙였다. "그 집에 사는 사람들도."

그녀는 강한 의지가 담긴 눈으로 나를 보았다. 나는 히가의 기백에 압도되어 주머니에서 스마트폰을 꺼냈다. 전화번호를 주고받고 나서 그녀는 다시 토트백을 들고 단숨에 말했다.

"이제 됐어. 배웅해줘서 고마워. 도움이 됐어."

오토바이의 굉음이 내 등 뒤를 지나갔다.

"그럼 갈게."

나는 조금 전과 똑같은 질문을 했다. "뭐가 보였어? 미안해, 마음에 걸려서……."

그녀는 대답 대신 잠시 도로를 바라보다가 천천히 입을 열었다. "보였다기보다 느꼈어. 지금도 느끼고 있고. 실은 안에 들어가 히라이와 씨 부부를 만나야 해. 그러면 뭐가 어떻게 되었는지 알 수도 있고. 하지만." 그녀는 입술을 약간 일그러뜨리며 덧붙였다. "다가갈 수 없어. 그 집이 아닌데도. 그 집에 사는 사람이 우연히 있는 곳일 뿐인데도."

나는 말문이 막혀서 그녀의 차가운 얼굴을 보았다. 그래서 조금 전에 그런 모습을 보였던 건가? 이해는 되었지만 그것 말고는 아무것도 알 수 없다.

히가는 어둡고 낮은 목소리로 말했다. "그 집엔 지금도 뭔가가 있어. 그 집에 사는 사람들에게 무슨 짓을 하고 있어. 그게 뭔지 알아내면 연락할게. 그리고…… 내가 맞설 수 있게 되면."

긴이 걱정스러운 얼굴로 그녀를 올려다보며 꼬리를 살랑살랑 흔들었다.

히가와 헤어지고 집으로 발길을 돌린 순간, 지금 있는 곳이 평소의 산책 코스와 멀리 떨어져 있다는 사실을 알아차렸다. 장례식장 앞에서 그 일이 없었으면 전철역까지 갔을지도 모르겠다.

나는 히가를 평범하게 배웅했다. 어머니와 긴 이외의 누군가와 이렇게 오래 만나고 오래 말한 건 오랜만이었다. 수상쩍고 의심스럽긴 하지만 나는 히가와 정상적인 관계를 맺은 것이다.

집으로 돌아오자 어머니가 저녁식사 준비를 마치고 기다리고 있었다.

나는 평범하게 말했다. "다녀왔습니다."

"늦었구나. 얘기 많이 했니?"

"응." 나는 신발을 벗으면서 적당히 대꾸했다.

"쌓인 이야기가 많았나 보구나."

복도에는 미림과 간장 냄새가 떠다니고 있었다.

평소의 일상이다. 나는 일상으로 돌아왔다. 그렇게 생각하면서 긴의 발을 털어주었다.

저녁식사를 하면서 전철역 앞에 새로 생긴 패밀리레스토랑 이야기를 하던 와중에, 어머니가 화제를 바꾸었다.

"히가가 많이 달라졌더구나."

"으응." 나는 햄버그스테이크를 젓가락으로 자르면서 대답했다.

"어릴 때는 굉장히 어른스러워 보였는데. 너희 반에서도 전혀 눈에 띄지 않았지?"

"응."

"말도 거의 안 했는데, 아까 불쑥 찾아와서 얼마나 놀랐는지 몰라. 이름을 들어도 처음엔 누군지 몰랐다니까."

"아아……."

나는 그제야 알아차리고, 입에 넣으려던 고기 조각을 접시에 내려놓았다.

"엄마가 어떻게 알아? 실제로 우리 반에서 눈에 띄지도 않았고, 친구도 거의 없었는데?"

어머니가 눈을 크게 뜨고는 대답했다. "우리 집에 한 번 왔었잖니?"

나는 황당한 표정을 지었다. 히가는 물론이고 여학생을 집에 데려온 적은 한 번도 없었다.

"그런 적 없었거든."

"있었어. 똑똑히 기억해. 4학년 때였을 거야."

"뭐?"

어머니가 눈을 반짝이며 확신에 차서 말했다. "그래, 생각났어. 여름방학이었다, 4학년 여름방학."

고막의 아득한 안쪽에서 스르륵 모래 소리가 들렸다.

그날인가? 그날 그 집에서 나온 다음인가? 그렇게 생각할 수밖에 없었다. 하지만 기억나지 않았다. 그 집을 나오기 직전부터 히가는 물론이고 내 기억은 어둠에 싸여 있다.

음식이 목에 걸려 컥컥거리면서 물었다. "내, 내가 데, 데려왔다는 거야?"

어머니는 음식을 우물거리면서 먼 곳을 바라보았다.

"글쎄……. 아마 그랬을 거야. 부엌에 있었는데 현관문 열리는 소리가 들리더니, 인사도 없이 너와 히가가 우당탕탕 들어왔어. 그래그래, 그런데 말이야." 어머니가 된장국을 한술 뜨고 나서 덧붙였다. "히가의 두 무릎이 까져 있었지 뭐니? 네가 '구급상자 어디 있어?'라고 물었어."

나는 멍하니 어머니의 입을 바라보았다. 하나도 기억나지 않는다.

"그래서?"

"내가 서둘러 치료해줬어. 소독하고 반창고를 붙이고. 그랬더니 고맙다고 하기에 여기서 잠시 이야기했지. 물론 내가 말을 걸고 그 애는 '네'라든지 '아니요'만으로 대답했을 거야. 그 후에 잠시 있다가 갔던가? 그렇게 오래 있지는 않았을 거야. 그래, 분명히 그랬어."

어머니는 당신 말에 혼자 고개를 주억거렸다. 나는 경악했다. 그 집에서 있었던 일은 선명하게 기억이 나는데, 히가가 우리집에 왔었던 기억은 전혀 나지 않는다. 그 후에도 어머니가 무슨 말인가 했지만 내 귀에는 닿지 않았다.

목욕을 하고 내 방으로 올라갔다. TV를 켜고 멍하니 바라보았다. 몸은 평소처럼 움직였지만 머리는 너무나 혼란스러웠다. 방을 둘러보았다. 평소와 변함이 없다. 컴퓨터와 책 말고는 어린 시절부터 똑같은 방이다.

평소의 평온한 생활이다.

그렇게 생각한 순간, 별안간 숨이 막히고 답답해졌다. 가슴 안쪽에서 기묘한 감정이 모락모락 솟구쳤다. 머릿속이 격렬하게 움직이기 시작했다. 이것은 평온한 일상도, 평범한 생활도 아니다. 나는, 어머니는, 이 집은⋯⋯.

지금까지 생각하지 않았던 걸 생각하자 머릿속에서 다시 사박사박 모래 소리가 들렸다.

나는 "으으으" 하고 신음을 내며 머리를 감쌌다.

다음 날, 긴의 산책 코스를 조금 바꾸었다. 다음 날 또 바꾸고, 그다음 날 또 바꾸었다. 그 외에는 지금까지와 똑같은 생활이 이어졌다.

"오늘도 말이야, 기타가와 팀장이랑 점장이랑 티격태격하는 바람에……."

저녁식사를 하면서 어머니는 파트타임 하는 슈퍼마켓 사람들에 대해 불평을 했다. 그것 말고는 동네 사람들에 관한 이야기를 잠깐 했다.

"큰일이네."

나는 적당히 맞장구를 치고 때로는 화제를 바꾸었다.

이야기가 끝나자 목욕을 하고 계단을 올라갔다.

내 방에서 인터넷 서핑을 하고 회상에 잠겼다. 그리고 취침.

히가한테서는 아무런 연락이 없었다. 내가 먼저 연락해볼까 하는 생각도 들었지만 실행으로 옮기지는 않았다. 연락해서 오지 말라고 말하고 싶은 마음도 있었다. 하지만 내가 먼저 연락할 권리도, 그녀의 연락을 받을 권리도 나에겐 없다는 생각이 들었다. 나는 아직 그 단계에 도달하지 못했다.

"편의점 옆의 전병 가게 말이야, 결국 망했나 보더라."

"그렇구나."

똑같은 날들이 이어졌다. 산책 코스가 바뀌고 긴이 조금씩 늙어가는 것 말고는. 모래 소리와 함께 잠에서 깨고, 쌍안경으로 그 집을 확인하고, 인터넷 서핑을 하고, 긴과 장난치고, 어머니가 부르면 아래층으로 내려갔다.

점심식사를 마쳤다. 다시 인터넷 서핑을 하고 긴과 산책하러 갔다가 집으로 돌아왔다. 내 방으로 올라와 TV를 보거나 인터넷을 보는 사이에 주위가 어둑어둑해졌다. 6시가 되기 전에 다시 긴과 산책하러 갔다가 집으로 돌아왔다. 방에 있는데 어머니가 불러서 계단을 내려갔다.

"이번에 새로 들어온 아이다 씨라는 아르바이트 직원이 있거든. 스물한 살인데 아이가 둘이나 있다지 뭐니?"

"흐음."

저녁식사를 마치고 목욕을 했다.

다시 2층으로 올라왔다.

내 방에서 인터넷 서핑을 하다가 옛날 일을 떠올리고 잠들었는데, 머릿속에서 울려 퍼지는 모래 소리를 듣고 잠에서 깼다. 쌍안경을 들고 창문을 열었다.

비가 내렸다. 추적추적 빗소리가 귀를 파고들었다. 잠시 밖을 내다보다가 살며시 창문을 닫았다. 쌍안경을 바닥에 내려놓은 후, 이불 위에서 양반다리를 하고 앉았다. 스마트폰을 들기 전에 손가락 휘파람을 불었다.

문틈으로 뛰어오는 긴의 모습이 보였다. 나는 두 팔을 활짝 벌려 긴을 꼭 껴안고는 머리를 쓰다듬으면서 말했다.

"오늘부터 새로운 코스로 갈까?"

긴에게 말하는 척을 하며 스스로에게 다짐했다.

조금씩 산책 코스를 바꾸어 조금씩 익숙해지자……

바뀌지 않는 날들 속에서 그것만 바꾸었다. 사소한 일이다. 어리석다는 건 알고 있지만 그래도 계속하고 있었다.

그 집 앞을 지나기 위해서다. 그날 이후 계속 가지 않았던 옛 하시구치의 집, 현 히라이와의 집 앞을.

그렇게 하기로 정한 이유는 더 사소하고 더 어리석은 일이었다. 긴은 말없이 나를 올려다보았다. 계단 밑에서 나를 부르는 어머니의 목소리가 들렸다.

긴에게 애견용 비옷을 입힌 뒤, 비닐우산을 들고 집을 나섰다. 히라이와 집과는 반대 방향으로 발길을 돌리고 주택가를 빠져나왔다. 큰길을 따라 걷다가 적당한 곳에서 옆길로 들어가 다시 주택가로 접어들었다. 집을 나온 지 30분 가까이 지났다.

집으로 돌아가려면 히라이와 집 앞을 지나는 게 가장 빠르다. 일부러 그런 코스를 선택했다.

추적추적 내리는 비를 뚫고, 나는 앞에서 걸어가는 긴을 바라보며 주택가를 걸었다. 물웅덩이를 피하고, 긴이 전봇대에서 소변보는 걸 지켜보았다. 똥을 누었을 때는 뒤처리를 했다. 그리고 조금씩 히라이와 집에 가까이 다가갔다. 집은 아직 시야에 들어오지 않았다. 시야에 들어왔다고 해도 얼굴을 들 수 없었다. 나는 긴과 아스팔트만을 보면서 걸음을 옮겼다.

발이 점점 무거워졌다. 긴이 몇 번이나 멈춰서 답답한 얼굴로 나를 올려다보았다. 그때마다 긴을 향해 고개를 주억거렸다.

빗소리를 들으면서 머릿속 지도로 현재 있는 곳을 확인했다. 히라이와 집의 위치도. 그렇게 하지 않아도 고개만 들면 금방 알 수 있었다. 그만큼 가까이 있는 것이다. 그런 사실을 알고 있어도 얼굴을 들 수 없었다. 히라이와 집을 볼 수도 없었다.

이대로 단숨에 지나갈까, 아니면⋯⋯.

나는 목줄을 당기면서 걸음을 멈추었다. 긴도 걸음을 멈추고 걱정스러운 얼굴로 나를 올려다보았다. 그러더니 코를 킁킁거리며 내 발밑으로 다가왔다.

빗방울이 우산을 때렸다. 조금 앞에 있는 물웅덩이에 무수한 파문이 생겼다가 사라졌다. 긴의 형광 그린색 비옷이 눈부시게 느껴졌다.

나는 멈칫멈칫 고개를 들어 오른쪽에 있는 히라이와 집을 보았다. 외관은 하시구치 집이었던 시절과 거의 달라지지 않았다. 2층짜리 단독주택. 주차장에는 파란색 경차가 있고, 문기둥에는 금속 문패가 있었다.

히라이와 도시아키, 아즈사, 도시에.

세상을 떠난 할머니 이름은 아즈사일까, 도시에일까. 아마 도시에이리라. 나는 천천히 집을 올려다보았다. 현관문. 하얀 벽. 2층 창문에는 커튼이 걸려 있었다.

외관은 너무나 평범했다. 오히려 기억 속 '유령저택'이 훨씬 음침하고 소름 끼쳤다. 하시구치 가족이 사라진 이후, 아무도 살지 않고 손질도 하지 않았던 시절의 집이 훨씬 음침했던 것이다. 그렇게 생각한 순간, 온몸이 얼음처럼 차가워졌다. 심장이 쿵쾅쿵쾅 방망이질 쳐서 시끄러울 정도였다.

나도 모르는 사이에 우산을 내리고 있음을 깨닫고 황급히 다시 썼다. 차가운 빗물이 흘러내리는 뺨과 마비된 것처럼 굳어버린 손가락. 동상이라도 걸린 것처럼 꽁꽁 얼어버린 차가운 발가락. 비 때문일까? 아니면 마음의 문제일까? 정답을 모르는 채 나는 그 집을 계속 쳐다보았다.

그때 또각 하는 소리가 귀에 닿았다.

발소리다. 하이힐 소리 같은데. 그렇다면 여자가 지나가는 것이리라.

한 템포 늦게 머리에 떠오른 생각을 따라 소리가 난 쪽으로 얼굴을 돌렸다.

여자가 조금 떨어진 곳에서 나를 보고 있었다.

감색 우산 밑에서 불안한 눈길로 나를 바라보는 여자. 우산에 가려서 얼굴은 자세히 보이지 않았지만 뺨과 입술이 창백하다는 건 알 수 있었다. 나이는 나와 비슷할까? 나는 여자를 보면서 멍한 머리로 그렇게 생각했다. 우산 손잡이를 움켜쥔 여자의 손에서 반지가 빛을 뿌리고 있었다.

왜 나를 보고 있을까? 왜 일부러 멈춰 서서 나를 바라볼까?

수상한 사람이라고 생각했기 때문이다. 그 사실을 깨달은 순간, 머릿속에서 모래 소리가 울려 퍼졌다.

목줄을 잡아당겨 긴이 일어선 걸 확인하고 나서 왔던 길로 돌아갔다. 사실은 너무나 뛰고 싶었지만 다리가 굳어서 걷는 것이 고작이었다.

주택가 여기저기를 돌아다니다 집에 도착했을 무렵에는 온몸이 땀으로 흥건히 젖어 있었다. 숨도 헐떡였다. 나는 축 늘어져서 현관 입구에 걸터앉은 채 한동안 고개를 들 수 없었다.

긴이 코끝을 내 뺨에 문지르면서 끄응끄응 연약하게 몇 번이나 울었다. 나는 현관에 가지런히 놓여 있는 어머니의 신발을 보면서 말했다.

"……오래 걷게 해서 미안해."

긴은 뜨거운 혀로 내 턱을 핥아주었다. 겨우 호흡이 안정되고 나서야 긴의 비옷을 벗겨주었다. 손을 움직이는 게 고작일 만큼 몸도 마음도 지쳐 있었다. 머리도 허공을 둥둥 떠다니는 것 같아서 아무 생각도 할 수 없었다. 이 자리에서 쓰러져서 그대로 잠들면 얼마나 좋을까?

한편으로 이런 생각도 들었다. 아니…… 결심했다.

밤에 산책할 때도 반드시 그 집 앞까지 가겠다고.

제5장

가족회의

눈이 뜨였다. 그것만큼은 간신히 알 수 있었다.

조금 전까지 잃었던 의식을 지금 되찾았다. 조금 전까지 감았던 눈꺼풀을 지금 뜨고 있다. 다시 말해 나는 지금 잠에서 깨어났다. 그것까지는 알 수 있었다. 하지만 그것 말고는 아무것도 알 수 없었다. 사방이 온통 캄캄했기 때문이었다.

멀리 있는 기억을 잡아당겨 내가 사사쿠라 가호라는 사실을 떠올렸다. 지금은 도쿄에 살고, 오늘은 도시 집에 갔던 걸 떠올렸다. 인사도 하는 둥 마는 둥 하고 2층으로 올라가 침대에 누워 있는 할머니에게 인사를 하고…….

그 사람은 할머니가 아니었다.

모든 것을 떠올리고는 몸을 일으켰다. 눈앞은 계속 캄캄했다. 바닥에 카펫이 깔려 있다는 걸 손의 감촉으로 알 수 있었다. 실내라는 것도 알 수 있었다.

발끝이 단단한 것에 부딪혔다. 내 옆에 커다랗고 네모난 물건이 놓여 있었다. 시야 구석에 커튼이 보였다. 바깥의 빛을 받고 커튼의 윤곽이 어렴풋하게 떠올랐다. 그 위쪽에서 조그만 초록색 빛이 보였다. 냉난방기란 사실을 알아차린 순간, 그곳에서 흘러나온 따뜻한 바람이 뺨에 닿았다.

시야가 조금씩 어둠에 익숙해지면서 네모난 물건이 아기 침대라는 사실을 알아차렸다. 이곳은 아기 방이다. 도시 집 2층에 있는 방이다. 아직 태어나지 않은 아기를 위한 방이다.

나는 아직 도시 집에 있었다.

숨이 막혔다. 몸이 움직여지지 않았다. 머리만 엄청난 속도로 회전했다. 상황을 파악하기 위해 죽을힘을 다해 생각했다. 내가 왜 지금 여기에 있는지, 나에게 무슨 일이 일어났는지.

선반 위에서 몇 개의 그림자가 보였다. 커다란 머리가 나란히 놓여 있었다. 귀가 둥근 것도 있고, 목이 긴 것도 있었다. 귀가 긴 것도 있고, 머리를 땋은 것도 있었다.

인형이다. 봉제 인형이다. 시각이 기억과 이어지면서 괜찮다, 문제없다고 스스로에게 말해주었다.

호흡이 조금씩 안정되면서 머릿속에 의문이 떠올랐다.

지금은 몇 시일까? 의식을 잃어버린 지 얼마나 되었을까?

손목시계는 원래 차지 않았다. 주변에 가방이 보이지 않아서 휴대폰으로 확인할 수도 없었다. 방을 둘러보았지만 벽시계도, 탁상시계도 보이지 않았다. 밤 같다는 건 어디까지나 느낌일 뿐이고, 실제 시각은 알 수 없었다.

나는 겨우 몸을 일으켜 발바닥으로 카펫을 밟고 일어섰다. 온몸이 아프다. 근육도, 뼈마디도 굳어 있었다. 일어섰을 때 현기증이 나면서 구토증이 치밀었다. 아기 침대의 난간을 잡고 머리에 피가 돌기를 기다렸다. 구토증이 가라앉자 천천히 침대를 돌아서 커튼 사이로 바깥을 내다보았다. 어두운 주택가가 보였다. 모든 집의 창문에서 불빛이 새어나왔다.

밤이다. 틀림없다. 하지만 한밤중은 아닌 듯하다.

도시 부부는 잠들었을까? 나를 여기로 데려와 바닥에 눕히고 나서…… 그런 일이 있을 수 있을까?

있을 수 없다고 단정할 수는 없다. 이 집은 이상하니까.

이 집에서 본 것, 겪은 일을 떠올리려고 하다가 의식을 다른 곳으로 돌렸다. 유다이가 생각났다. 결혼반지가 생각났다. 왼손의 약지를 만지자 반지가 느껴지지 않았다. 도시한테서 받았는데, 그러고 바로 끼우지 않았던 것도 생각났다.

버림받은 기분이 들었다. 아무도 없는 외딴섬에 버려져서 다시는 집으로 갈 수 없다는 생각도 들었다. 이제 아무도 만날 수 없고 얼굴을 볼 수도 없으며 말할 수도 없다. 창문을 열고 소리쳐도 누구의 귀에도 들리지 않는다. 불이 켜진 창문 안쪽에 있는 사람들은 내가 여기 있다는 사실을 모른다. 나는 여기서 혼자 쓸쓸히 죽어간다.

잇따라 솟구치는 망상을 뿌리치고 살며시 돌아보았다. 천장에 매달린 아기용 모빌 너머로 문이 보였다.

문에는 포스터가 붙어 있었다. 단순하고 부드러운 동물 그림이 눈에 들어왔다. 동물들 옆에는 기린, 코끼리, 하마, 백곰이라는 글자가 쓰여 있었다.

아기 침대 안으로 시선을 향하다가 재빨리 눈길을 돌렸다. 불안한 발걸음으로 방을 가로질러 문 옆의 스위치를 눌렀다.

형광등 불빛이 아기 방을 차갑게 비추었다. 시선만으로 방을 확인했다. 처음에 도시가 구경시켜주었을 때와 똑같다. 아기용 모빌도 봉제 인형도. 침대 안은 보지 않았다.

문손잡이를 살며시 잡아당겼다. 창밖의 불빛이 복도로 스며들었다. 불빛 속에서 떠오른 걸 보고 나도 모르게 걸음을 멈추었다.

복도에는 모래가 쌓여 있었다. 가느다란 모래가 바닥이 보이지 않을 만큼 복도를 뒤덮고 있었다. 커다란 발자국이 계단으로 이어져 있었다.

그때 문손잡이에서 덜컥덜컥 소리가 나서 황급히 손을 뗐다. 손이 믿을 수 없을 만큼 떨리고 있었다. 두 손으로 손잡이를 움켜쥐고 가까스로 문을 열었다. 손이 떨리지 않는 걸 확인하고 다시 복도로 눈을 향했다.

어두운 복도에서는 아무 소리도 들리지 않았다. 대각선 맞은편에 있는 할머니 방…… 아니, 할머니였던 사람의 방도 불이 켜져 있지 않은 것 같았다. 문과 벽 사이에서 빛이 새어나오지 않아서였다.

떨림은 가라앉았지만 시간이 지나도 복도로 나갈 용기는 생기지 않았다. 이건 어디에서나 볼 수 있는 평범한 모래다. 아니면 무엇이겠는가? 머릿속으로 그렇게 말해도, 발을 내디뎠을 때의 감촉을 상상하면 온몸이 오그라들었다.

도시를 부르자.

나는 가장 가까운 해결책을 선택하기로 했다. 그가 온다고 해서 모래가 어떻게 되는 건 아니지만 그가 오면 혼자 있지 않아도 된다. 더구나 그에게 물어보면 나와 이 집이 어떤 상황에 있는지도 알 수 있다. 적어도 여기서 꼼짝 못하는 것보다는 낫다. 침실에 있는지 거실에 있는지는 알 수 없다. 일단…….

입에 손을 대고 숨을 들이마신 뒤, 도시를 부르려고 한 순간.

"으아악!"

아래층에서 비명이 울려 퍼졌다.

쾅당 하는 둔탁한 소리와 털썩 하고 뭔가가 쓰러지는 소리가 뒤를 이었다.

온몸이 오그라들었다. 서둘러 문을 닫고 숨을 죽였다.

지금의 비명은 분명히 남자였다. 도시일까? 도시에게 무슨 일이 일어난 걸까?

정적이 돌아왔다. 고막을 떨게 만드는 것은 내 심장 소리와 거친 숨소리뿐이었다. 문틈으로 살며시 복도를 내다보자 누군가의 말소리가 희미하게 들렸다. 내용은 들리지 않았다. 하지만 남자와 여자의 말소리임은 알 수 있었다.

"그럼…… 할 거야?"

"……그러면…… 곤란하잖아……."

아즈사와 도시의 말소리 같았다. 그렇다면 조금 전에 비명을 지른 사람은 누구일까? 고개를 갸웃거림과 동시에 두 사람의 목소리가 어딘지 모르게 날카롭다고 느꼈다.

"……해서 안 된다니까……."

"발뺌……할 수 없어."

말다툼이다. 둘이 말다툼을 하고 있다. 심상치 않은 일이 일어나고 있다.

나는 다시 귀를 기울였다. 옥신각신하는 소리는 계속 이어졌지만 내용까지는 알아들을 수 없었다. 문틈으로 얼굴을 내밀자 즉시 덜컥, 끼익 하고 문 열리는 소리가 났다.

"할 수밖에 없잖아."

도시의 말투에는 조바심이 잔뜩 묻어 있었다. 그리고 아즈사의 목소리가 이어졌다.

"……알았어."

마지못해 받아들이는 말투였다.

질질질 하고 뭔가를 끄는 소리가 들리고, 콰당, 덜컥덜컥 하고 뭔가가 문에 부딪히는 소리가 이어졌다.

쭈욱, 쭈욱, 쭈욱.

"으아, 생각보다 엄청 무겁네!" 도시가 쓴웃음을 지으며 말했다.

"들어줄까?"

"괜찮아. 당신은 무거운 걸 들면 안 되잖아. 몸을 숙여도 안되고."

"미안해."

"괜찮아. 이영차."

쭈욱, 쭈욱, 쭈욱, 쭈욱.

질질 끄는 소리가 멀어졌다. 복도 안쪽으로 가고 있다. 도시가 뭔가를 끌고 가는 것이다.

나는 문틈으로 상체를 내밀고 귀를 기울였다.

"여보." 아즈사가 도시를 불렀다.

"응?"

도시가 대꾸했다. 목소리가 조금 멀어졌다.

"가호 씨는 어떻게 할 거야?"

내 이름을 듣고 반사적으로 숨을 멈추었다.

"······아아."

후욱 하고 숨을 내쉬는 소리가 들렸다. 숨을 죽이고 듣고 있자 도시의 목소리가 뒤를 이었다.

"죽일 수밖에 없지 않을까?"

아무런 감정도 없는, 일상의 대화 같은 말투였다. 나도 모르게 입을 틀어막는데 아즈사의 목소리가 들렸다.

"이해는 하지만 어떻게 안 될까? 우리가 하지 않아도……."

도시가 목소리에 힘을 주어 그녀를 설득했다. "내가 몇 번이나 말했잖아. 잘 안 된다니까. 이유는 모르겠지만."

"그건 그래. 어쩔 수 없지 뭐."

침묵이 몇 초 이어진 후, 다시 뭔가를 질질 끄는 소리가 들렸다. 그 소리에 섞여서 달칵하는 쇳소리가 들렸다. 거실 문이 닫힌 모양이다.

질질 끄는 소리가 들리지 않는 대신에 멀리서 희미한 소리가 들렸다. 나는 머릿속으로 두 사람이 어디 있는지 예상했다.

도시는 복도 안쪽의 탈의장에 있을 것이다. 큼지막하고 무거운 걸 옮겨 탈의장에서 무슨 짓인가를 하고 있다. 아니면, 그 안쪽 욕실에서. 아즈사는 아마 거실이나 식탁, 아니면 부엌에 있을 것이다. 1층 복도에서는 기척이 나지 않았다.

무슨 일이 일어나고 있는지는 아직 모른다. 하지만 하나는 확실했다. 도시와 아즈사는 나를 죽일 생각이다.

지금 당장 여기서 도망쳐야 한다.

*

창문에서 불빛이 새어나오고 있는 히라이와 집 앞. 나는 긴을 데리고 그 앞을 지나쳤다. 걸음걸이는 변함이 없다. 숨을 헐떡이지도 않았다. 나는 어두운 주택가의 콘크리트 길을 걸어 우리 집에 도착했다.

긴의 발을 털어주면서 작은 목소리로 몇 번이나 말했다. "긴, 고마워."

긴은 천연덕스러운 얼굴로 좁은 현관을 둘러보았다.

계단을 올라가면서 내일은 어디를 산책할지 생각했다.

내 방의 이불 위에 앉아서도 생각했다. 내일도 오늘처럼 태연하게 그 집 앞을 지나가자. 그리고 그렇게 하는 내 모습을 떠올렸다.

처음에 시도했던 비 오는 날로부터 벌써 일주일이 지났다. 상상했던 것보다 훨씬 빨리 익숙해질 수 있었다. 그끄저께는 집을 올려다보았다. 그저께는 멈추어 설 뻔했다. 어제는 종종걸음이었다. 오늘 낮에는 고개를 푹 숙이고 땅을 보면서 지나갔다. 그리고 드디어 조금 전에는.

들떠서는 안 된다고 스스로 경계했다. 내일도 오늘과 똑같이 하자. 그저 산책하듯 그 집 앞을 지나가는 것이다.

어머니가 부르는 소리를 듣고 계단을 내려갔다.

"기타가와 팀장이 그만둔다고 하지 뭐니? 점장이 말리고 있긴 하지만……."

"그렇구나."

나는 적당히 맞장구를 치면서 어머니 얼굴을 바라보았다. 어

머니 얼굴이 이랬던가? 주름이 늘고 안색도 좋지 않다. 옛날보
다 훨씬 야위었고 눈도 움푹 들어갔다. 부석부석한 검은 머리
칼은 염색을 한 걸까?

"왜 그러니?" 어머니가 의아한 표정을 지었다.

"아무것도 아니야."

나는 얼른 시선을 돌렸다.

식사를 마치고 목욕을 했다. 계단을 올라가면서 내일 할 일
을 생각했다. 모레 할 일도.

*

어두운 복도에 살며시 오른발을 내밀었다. 모래는 희미한 소
리를 내면서 내 발을 집어삼켰다. 얇은 양말 너머로 차가운 감
촉이 전해져서 온몸이 부르르 떨렸다. 간신히 견디고 중심을
옮기며 이번에는 왼발로 모래를 밟았다.

생각보다 소리는 나지 않았다. 중심도 안정되었다. 다음에는
어떻게 해야 할까? 어떻게 걸어야 할까? 성큼성큼 걸어야 할
까? 한 걸음씩 조심조심 걸어야 할까? 그런 것조차 망설이게
되었다. 위험이 코앞으로 다가왔는데. 빨리 도망치지 않으면
도시 부부가 날 죽일 텐데.

농담이라고 웃어넘기는 것이 정상적인 반응이라는 사실은
알고 있다. 도시는 농담했거나 비유적으로 말했을 뿐이다. 따

라서 큰 소리로 두 사람을 불러서 어떻게 된 거냐고 확인하면 된다. 하지만 지금 이곳의 상황은 정상이 아니다.

이 모래도. 두 사람의 대화도. 뭔가를 끌고 가는 소리도. 남자의 비명도.

도시가 끌고 간 무언가에 대해 생각할 뻔해서, 나는 재빨리 발밑에 의식을 집중했다. 소리를 내지 않고 천천히 모래 위를 걸었다. 사박사박하는 모래 소리가 귀에 울려 퍼졌다. 절대로 밑에는 들리지 않는다. 그런 사실을 알고 있어도 무의식중에 살금살금 걷게 되었다.

계단 앞에 도착한 순간, 현기증에 휩싸였다. 예상은 했지만 눈으로 직접 보자 발이 움츠러드는 걸 막을 수 없었다.

어둠 속에서 모래가 쌓인 계단이 떠올랐다.

나는 난간을 잡고 숨을 가다듬었다. 머릿속으로 스스로에게 말했다. 지금 상황에서 선택지는 하나밖에 없다. 계단을 내려가는 것이다. 밖으로 나가는 길은 여기밖에 없으니까.

잠시 귀를 기울였다. 탈의장에서 기묘한 잡음이 들렸다. 거실에서는 아무 소리도…… 아니, 희미한 소리가 들렸다. 웅얼거리는 듯한, 그러면서도 뇌에 직접 울리는 듯한.

TV다. TV 소리다.

탁자에서 홍차를 마시며 TV를 보는 아즈사의 모습이 떠올랐다. 난간에서 멈칫멈칫 몸을 내밀고 계단 밑을 살펴보았다. 1층 복도도 역시 모래투성이였다. 거실 문의 작은 창문에서 새어나온 불빛이 모래를 비추고 있었다. 거실 문 앞에서 무슨 일이 있었는지, 문 앞의 모래가 어지러이 흩어져 있었다. 조금 전에 들은 소리와 대화가 머릿속에서 되살아났다.

쾅! 그때 멀리서 날카로운 소리가 들려와 순간적으로 몸을 웅크렸다. 나는 즉시 알아차렸다. 문이…… 욕실 문이 열리는 소리다.

몸을 웅크린 채 숨을 죽이고 있자 덜컹덜컹, 콰당 하고 힘차게 문이 닫히는 소리가 들렸다. 그러자 조금 전까지 들렸던 탈의장의 잠음은 들리지 않았다. 달그락 하고 귀에 익은 소리가 고막에 닿았다. 나무통이 욕조에 부딪힌 소리다. 도시는 욕실에 있다. 그렇게 생각해도 좋으리라.

난간을 잡고 조심스럽게 일어섰다. 아래층의 기척에 모든 신경을 집중하면서 계단을 내려갔다. 한 계단씩 천천히, 천천히. 아까보다 발소리가 크게 들렸다. 사박, 사박, 사박…… 아무리 소리를 내지 않으려고 해도 모래에서 소리가 났다. 모든 공간에 울려 퍼졌다. 1층과 2층이 뚫려 있는 탓에 소리가 길게 꼬리를 끌었다.

그런 사실을 알아도 소리를 막을 수 없었다. 발을 멈추고 싶었지만 지금 멈추면 다시는 걸을 수 없을 것 같았다.

구부러진 층계참에 도착해, 다시 난간 위에서 아래층을 살펴보았다. 조금 전보다 거실 문이 가까이에서 보였다. 거실 문이 약간 열려 있었다. 제대로 닫지 않은 걸까?

소리를 듣고 상상했던 장면은 현실과 달랐다. 약간만 달라도 서 있을 수 없을 만큼 불안이 밀려들었다. 다음 순간에는 거실 문이 열리는 게 아닐까? 아즈사가 나오는 게 아닐까? 그런 생각이 머리를 가득 메웠다.

시야 한쪽이 조금 뿌예진 것 같아서 시선을 고정했다. 순간 내 생각이 틀렸다는 걸 깨달았다. 그와 동시에 등줄기가 얼어붙었다. 거실 문 사이로 모래 먼지가 새어나오고 있었다. 거실에서 새어나오는 빛을 받고, 모래 알갱이 하나하나의 움직임과 공중에 떠다니는 궤적이 선명하게 보였다. 모래 먼지가 복도를 자욱하게 만들었다. 소리도 없이 거실 문이 살짝 열렸다. 반쯤 열린 거실 문 앞의 모래가 쿠웅 하는 소리와 함께 움푹 들어갔다. 움푹 들어간 구덩이 주변에서 모래 먼지가 피어올랐다.

내 눈에 보인 것이 무엇을 의미하는지 알 수 없었다. 어떻게 반응해야 할지도 알 수 없었다.

다시 쿠웅 하는 소리가 들렸다. 움푹 들어간 구덩이 옆에 다시 움푹 들어간 구덩이가 생겼다. 모래 위에 타원형 구덩이가 두 개가 나란히 생겼다. 마치…….

발자국처럼.

나는 반사적으로 몸을 뒤로 젖혔다. 난간에서 손을 떼고 움직임을 멈추었다. 모든 의식을 귀에 집중해 계단 밑의 상황을 살폈다. 눈에 보이지 않는 무엇인가가 모래 먼지와 함께 거실에서 나와 복도에 서 있다. 그렇게 생각할 수밖에 없었다. 눈에 보이는 걸 하나로 연결하면 그렇게 된다. 어떻게 그런 일이…… 하는 당연한 의문은 즉시 사라졌다.

스트리트 뷰의 검은 그림자가 떠올랐다.

쿠웅, 쿠웅 하는 소리가 들렸다. 쿠웅, 쿠웅 하는 소리가 다시 이어졌다.

걷고 있다. 복도를 돌아다니고 있다. 그렇게 생각한 순간.

사박.

소리가 달라졌다. 다시 사박 하는 소리가 들리고 끼익 하며 삐걱거리는 소리가 이어졌을 때, 그제야 겨우 사태를 알아차렸다. 무엇인가가 계단을 올라오고 있다. 나에게 가까이 다가오고 있다. 배 안쪽이 허공으로 떠오르는 듯한 감각이 온몸을 휘감았다.

사박, 끼익, 사박, 끼익.

바닥에서 모래 먼지가 피어오르는 것이 보였다.

나는 몸을 돌려 계단 위쪽을 향했다. 뛰어오르려고 해도 모래에서 발을 빼낼 수 없었다. 조바심이 날수록 계단을 올라갈 수 없었다.

사박, 끼익, 사박, 끼익.

발소리가 가까이 다가왔다. 등 뒤에서 시선을 느꼈지만 어금니를 악물고 돌아보지 않았다. 오직 계단을 올라가기 위해 허벅지와 무릎을 움직였다. 오로지 2층만을 떠올리며 한 계단 오르고, 또 한 계단 오르고, 또 한 계단을 올랐다.

2층에 도착해 어떻게 할까 생각하기 전에 왼쪽 문을 열었다. 할머니였던 사람의 방으로 뛰어들어 소리가 나지 않도록 문을 닫은 뒤, 자물쇠를 채우고 숨을 죽였다. 그리고 문 너머에 있는 기척을 살폈다.

사박, 끼익, 사박, 끼익.

발소리가 계단을 올라왔다.

살아 있는 원령이 머리에 떠올랐다. 그때와 똑같다. 다른 점은 방이 어둡다는 것, 아즈사가 없다는 것. 노파가 할머니가 아니라는 것. 그리고 바닥에 모래가 흩어져 있다는 것.

이 방에도 모래가 쌓여 있었다.

어두워서 보이지 않지만 발의 감각으로 그렇게 느꼈다. 아까부터 계속 모래 위를 걸은 탓에 지금까지 알아차리지 못했다. 어느새 모래가 있는 것이 아무렇지 않게 된 것이다.

이상한 집을 이상하다고 여기지 않게 되었다. 머리보다 감각이 먼저 이 집을…… 이 집의 모래를 받아들였다. 나도 모르는 사이에 조금씩 모래에 빨려 들어가고 있었다.

나는 당황했다. 혼란스러웠다.

사박, 끼익. 사박.

발소리가 멈추었다. 녀석은 지금 문 너머에 있다. 소리도 기척도 나지 않지만 그런 느낌이 들었다. 보이지 않는 뭔가가 내 모습을 살피고 있다. 생각하고 싶지 않아도 그런 생각이 들었다.

코가 모래 냄새를 포착했다. 지금까지는 냄새를 느끼지 못

했는데. 분명히 무슨 일이 일어나고 있다. 무심코 발밑으로 시선을 향했다. 눈에 들어오는 건 아무것도 없었다. 아까보다 눈이 어둠에 익숙해졌지만 이상한 건 보이지 않았다. 모래가 쌓여 있는 것 말고는. 모래 냄새가 점점 더 강해졌다. 그제야 겨우 알아차렸다. 문틈으로 모래 먼지가 흘러 들어와서 코를 통해 내 몸속으로 들어갔다.

목에 위화감이 느껴졌다. 입을 누르고 문에서 떨어져 뒤를 돌아보았다. 어둠 속에서 크고 새카만 그림자가 보였다. 환자용 침대 위다. 침대 위에서 사람의 그림자도 보였다. 할머니가 아닌 노파가 누워 있었다. 움직이지도, 말도 하지 않는 노파가.

위화감은 어느새 통증으로 바뀌었다. 기침이 나올 것 같아서 숨을 멈추고, 침대에 닿을락 말락 할 때까지 문에서 멀어졌다.

발이 뭔가를 밟았다. 비틀거리며 넘어질 것 같아서 손으로 침대를 짚었다. 노파의 몸에 손이 닿았지만 감촉은 느껴지지 않았다. 노파가 너무나 야위었기 때문일까? 목에 위화감은 있지만 기침이 나지 않는다.

시선을 고정하자 모래에 절반쯤 파묻힌 네모난 물건이 보였다. 검은색이 아니라는 것만은 알 수 있었다. 거기에 끈이 달려 있다는 것도.

내 가방이다. 몸을 숙이고 모래에서 가방을 잡아당겼다. 휴대폰을 꺼내려고 하다가 생각이 났다. 휴대폰은 가방 안에 없다. 유다이와 통화하던 중에 할머니 이야기를 듣고, 충격으로 휴대폰 든 손을 아래로 떨어뜨렸다. 그때 모래 소리가 들리고 기침이 나고, 그래서……

휴대폰이 이 방에 있다고 해도 이미 모래에 파묻혔으리라.

사아아아아아아아.

문 너머에서 모래 소리가 들렸다. 문 앞에서 모래 연기가 피어오르는 것이 어렴풋이 보였다. 나는 모래에 손을 넣고 닥치는 대로 더듬었다. 눈과 손가락 끝에 정신을 집중해 휴대폰을 찾았다. 경찰을 부르자. 119라도 좋다. 당장 와줄 수 있는 사람에게 연락하자. 이유는 그럴 듯하게 꾸며대자. 가장 듣고 싶은 건 유다이의 목소리지만 지금은 뒤로 미룰 수밖에 없다. 그런 식으로 이 상황을 해결할 수 있을지 모르겠지만 아무것도 하지 않는 것보다는 낫다.

모래 냄새가 더 강해지면서 모래가 눈에 들어간 순간, 손가락 끝에 단단하면서 매끄러운 뭔가가 닿았다. 두 손으로 잡고 들어올렸다. 휴대폰이다. 모래가 묻은 손가락으로 액정 화면을 열었다.

유다이한테서 전화가 몇 번이나 걸려왔었다. 음성 메시지도 몇 건이나 있었고, 문자 메시지도 수없이 들어와 있었다. 나중에 확인하자고 마음먹은 순간, 등 뒤의 침대에서 이불 스치는 소리가 들렸다.

"……들어올 수 없니?"

노파의 갈라진 목소리였다.

다음 날 점심때에도 평범하게 히라이와 집 앞을 지나갈 수
있었다. 저녁때에도 별 문제없이 산책할 수 있었다. 다음 날에
도, 또 다음 날에도. 하루에 두 번, 똑같은 시간대에. 그런 일이
며칠 계속되었다.

기쁘기도 했다. 성취감도 있었다. 하지만 펄쩍 뛰어오르거나
소리치고 싶은 기분은 들지 않았다. 나에겐 커다란 변화지만
이것으로 끝이 아니다. 오히려 지금까지가 예행연습으로, 실전
은 지금부터 시작이다.

긴의 밥을 챙겨주면서 나는 내일 할 일을 생각했다.

"그래서 말이야, 사람을 새로 구할 때까지 기다려달라고 점
장이 어찌나 사정하던지. 기타가와 팀장도 할 수 없이 양보해
서 일단은 유야무야되었지만 앞으로 어떻게 될지……."

"큰일이네요." 나는 적당히 맞장구를 쳤다.

어머니는 고민스러운 얼굴로 장아찌에 젓가락을 내밀었다.
젓가락을 쥔 손등이 쪼글쪼글했다. 어머니가 올해 몇이더라?
마음에 걸려 머릿속으로 계산해보았다. 나보다 서른 살이 많으
니까 쉰여덟이다. 그런 것치고는 너무 늙었다.

식사를 마치고 목욕한 뒤 계단을 올라갔다. 그러면서 다음에
할 일을 생각했다.

과거를 회상하고 잠들고, 모래 소리와 함께 눈을 떴다. 쌍안

경을 손에 들고 창문을 열었다. 쌍안경을 들여다보려고 하다가
멈추었다. 이제 여기서 확인할 필요는 없다. 길에 나가서 직접
보면 되지 않는가. 나는 쌍안경을 책상 서랍의 깊숙한 곳에 집
어넣었다.

낮 산책도 문제없이 할 수 있었다. 걸으면서 아무렇지 않게
히라이와 집을 올려다볼 수도 있었다. 100퍼센트 아무렇지 않
았다고 하면 거짓말이다. 그날 일을 떠올리지 않는다고 하면
거짓말이다. 머릿속에서 모래 소리가 들렸다. 하지만 고개를
돌리지 않고 집을 바라볼 수 있었다. 내가 원할 때 시선을 돌리
고 집까지 갈 수 있었다.

나를 돌아보는 긴에게도 미소를 지을 수 있었다.

저녁 무렵에 긴을 데리고 집을 나섰다. 히라이와 집의 반대
방향으로 가서 크게 돌아 주택가로 들어갔다. 그리고 히라이와
집 앞으로 향했다. 주변에는 이미 땅거미가 짙게 깔려 있었다.

히라이와 집 앞에 한 여자가 서 있었다. 여자는 불안한 얼굴
로 집을 올려다보면서 대문으로 다가갔다가 뒤로 물러섰다. 안
으로 들어가려다 주저하는 것처럼 보였다.

목줄을 잡은 손이 느슨해졌던 모양이다. 갑자기 긴이 뛰기
시작했다. 나는 당황해서 허둥지둥 긴을 따라갔다.

발소리를 들었는지 여자가 내 쪽으로 고개를 돌렸다. 그때
긴이 앞발을 치켜들고 여자에게 달려들었다. 뒷발로 서서 여자
에게 체중을 맡긴 것이다. 여자가 균형을 잃고 엉덩방아를 찧

었다. 긴이 여자의 얼굴에 코끝을 대고 옷에 몸을 문질렀다.

"이, 이 녀석!"

나는 고함을 지르며 뒤에서 긴을 떼어냈다. 긴은 으르렁거렸지만 저항하지는 않았다. 여자는 얼굴을 찡그리면서 "아야야!"라고 소리를 질렀다.

괜찮으세요, 라고 물으려고 해도 말이 나오지 않았다. 긴을 옆에 내려놓을 수 있었지만 어쩐지 아무것도 할 수 없었다. 머릿속이 새하얘졌다.

"괘, 괘……."

내 입에서 우스꽝스러운 목소리가 튀어나왔다. 나는 내밀려고 했던 손을 뒤로 뺐다. 아무것도 달라지지 않았다, 라고 머리의 한쪽 구석으로 냉정한 내가 관찰했다. 나는 지금까지와 똑같다고, 그렇게 분석했다.

여자가 상체를 일으키고 나를 바라보았다. 멍한 표정이다. 야윈 얼굴이 어둠 속에서 창백하게 보였다.

"괘…… 괜찮으세요?" 나는 가까스로 말했다.

그녀는 몇 번 눈을 깜빡이더니 "괜찮아요"라고 대답했다. 떨어진 가방을 줍고 태연하게 일어나서 몸을 탁탁 털었다.

미안함으로 가슴이 터질 것 같아서 몇 번이나 사과했다.

"죄송해요. 죄송해요. 정말 죄송해요."

그것 말고 다른 말은 떠오르지 않았다. 그러자 여자가 가볍게 미소를 지었다.

"괜찮으니까 그만하세요. 다친 데도 없는 것 같고요. 신경 쓰지 마세요."

여자의 말투는 간사이 지방 사투리였다.

"……죄송해요."

나는 다시 고개를 숙이며 사과했다. 머리칼을 쥐어뜯고 있는 자신을 뒤늦게 알아차렸다.

"그럼……."

여자는 어딘지 모르게 후련한 얼굴로 히라이와 집의 대문을 향했다. 나는 머리보다 먼저 입이 움직였다.

"저기요."

"네?"

여자가 뒤를 돌아보았다.

좋은 기회다. 여자에게 미안함을 느끼면서, 그와 동시에 그런 생각이 들었다. 이 집 앞까지 올 수 있었던 게 1단계라면 다음 단계는……. 나는 머릿속에서 사박사박 울려 퍼지는 모래 소리를 무시하고 입을 열었다.

"그, 그 집…… 그 집 분이세요? 그 집에 사…… 사시나요?"

여자가 고개를 갸웃거렸다.

이 여자가 히라이와 아즈사라면 나는 한 걸음 앞으로 나아간 것이다. 히라이와 가족, 다시 말해 이 집에 사는 사람과 말할 수 있다면.

여자는 머리를 가로저으며 모호한 표정으로 대답했다. "아니에요. ……이 집 주인의 친구예요. 오늘은 잠시 볼일이 있어서 온 거예요."

불안한 표정으로도, 슬픈 표정으로도 보였다.

"아……."

나는 아무 말도 할 수 없었다. 수치심과 비참함, 자기혐오가 동시에 머리끝까지 솟구쳤다. 모래가 격렬하게 뇌를 잠식하면서 뇌신경을 찔렀다.

한 손으로 긴의 목줄을 잡아당기고 다른 한 손으로 내 머리를 누른 채, 재빨리 뛰어서 그 자리를 뒤로했다.

집에 도착했을 무렵에는 시든 배추처럼 축 늘어졌다. 나는 녹초가 되어 현관 입구에 털썩 주저앉았다. 돌덩이처럼 무거운 피로감이 온몸을 내리눌렀다.

긴이 헉헉거리며 혀를 내밀더니, 아무 일도 없었던 것처럼 나를 올려다보았다.

*

"안으로 들어오고 싶니?" 노파가 다시 물었다.

나는 그 목소리를 듣고도 뒤를 돌아볼 수 없었다.

노파는 우물우물 입을 움직이더니 졸린 목소리로 말했다. "……좁아서 그래?"

잠꼬대다. 그렇게 생각하고 바로 다른 가능성을 떠올렸다. 아까부터 하는 말은 모두 질문이다. 누군가에게 묻고 있다. 그리고 그 말은…….

문 너머에 있는 누군가에게 하는 말이다. 내가 아니라.

목의 위화감은 조금 전보다 심해졌지만 기침이 나올 정도는 아니었다. 나는 한 손으로 입을 막고 다른 한 손으로 휴대폰을 든 채 다음 행동을 생각했다. 조금이긴 하지만 모래 냄새가 희미해진 듯했다. 뒤쪽에서 부스럭부스럭 움직이는 소리가 들렸다. 이불 밑에서 노파의 다리가 움직이고 있었다.

문 너머에서는 아무런 소리도 들리지 않았다. 모래 먼지도 조금밖에 보이지 않았다.

"아, 아아, 아…….", 어두운 방에 노파의 목소리가 울려 퍼졌다. "……그래, 알았어."

부스럭부스럭. 다시 이불과 침대 매트가 스치는 소리가 들렸다. 그 사이를 뚫고 스륵스륵 모래가 흐르는 소리도.

나는 몸을 웅크린 채 등 뒤의 기척에 모든 신경을 집중했다.

부스럭부스럭. 다시 소리가 들렸다. 우두둑우두둑. 뼈마디 움직이는 소리가 이어졌다. 이어서 신음 소리. 펑 하는 소리는 뭘까? 손으로 베개를 치는 소리일까?

살며시 돌아본 순간, 나는 소스라치게 놀라서 눈을 크게 떴다. 노파가 일어나려고 하는 게 아닌가. 노파는 지금 두 손을 침대에 대고 상체를 일으키고 있었다. 신음을 내면서 조금씩, 조금씩. 온몸에서 삐걱거리는 소리가 들릴 것처럼 힘든 얼굴로.

노파의 얼굴이 문 쪽을 향했다. 표정까지는 알 수 없었다. 다만 부스스하게 흐트러진 짧은 머리칼과 쪼그라든 얼굴, 야윈 목덜미의 실루엣이 보일 뿐이었다.

"아아…… 잠깐만 기다리렴, 내가 금방."

노파가 고개를 숙였다. 팔에 힘을 주고 있다는 걸 알 수 있었다. 침대에서 나오려고 하고 있었다. 우두둑하고 또 뼈마디에서 소리가 났다. 으으으, 라고 또 신음 소리가 났다.

움직일 수 없는데 움직이려고 한다. 일어날 수 없는데 일어나려고 한다. 노파의 힘으로 움직인다는 건 불가능하다. 그래도 자기 힘으로 침대에서 나오려고 하고 있었다.

"안 돼……." 나는 나지막하게 중얼거렸다.

크게 말하려고 해도 목소리가 나오지 않았다.

침대 끝을 잡은 노파가 한층 크게 "으으으아아!" 하고 소리쳤다. 그러자 몸이 앞으로 스윽 움직였다. 부스스한 머리칼이 크게 흔들렸다. 목이 꺾이는 소리가 날 만큼 격렬하게.

떨어진다. 그렇게 생각했을 때는 나도 모르게 몸이 움직였다. 나는 모래 위로 몸을 던져 노파를 받았다. 딱딱한 나무 같은 감촉과 함께 예상 밖의 무게가 내 몸을 내리눌렀다.

숨이 막혔다. 코에 머리칼이 닿아서 근질거렸다. 노파가 내 팔 안에서 꿈틀꿈틀 움직이며 몸을 비틀었다.

"……할머니."

후욱후욱 하는 노파의 거친 숨소리가 가슴에 쏟아졌다.

"괜찮으세요?"

대답이 없었다. 일어나야 하나 말아야 하나 망설이고 있는데 노파가 얼굴을 들었다.

쪼그라든 얼굴이 눈앞으로 다가왔다. 아무리 어두워도 이렇게 가까우면 얼굴이 안 보일 수 없다. 이마며 뺨이며 윗입술이며, 얼굴을 가득 메우고 있는 무수한 주름들. 치아가 하나도 없는 입.

노파와 눈이 마주쳤다. 그러자 노파의 늘어진 눈꺼풀이 단숨에 치켜 올라갔다. 노파는 찢어질 만큼 눈을 부릅뜨고, 얼굴을 바들바들 떨면서 가냘픈 목소리로 말했다.

"누…… 누구지?"

나, 가호, 마리. 어떻게 대답해야 할까? 어느 게 맞을까? 뇌가 바쁘게 움직였지만 결론을 내릴 수 없었다. 입 안이 꺼끌꺼끌했다.

"아…….."

노파가 몸을 뒤로 젖혔다. 얼굴이 심하게 일그러지고 야윈 목이 길게 늘어났다. 노파가 자기 손으로 가슴을 눌렀다. 괴로운 얼굴로 크윽 하고 숨을 내쉬었다. 내가 있다는 사실을 몰랐던 걸까? 지금 알아차리고 충격을 받은 나머지 심장이…….

"큿, 크윽."

노파의 입술 사이에서 침이 튀어나와 내 뺨으로 쏟아졌다.

"하, 할머…….."

사아아아악.

그때 복도에서 큰 소리가 나더니, 사아악 사아악 하고 잇따라 소리가 들렸다. 그 소리 사이로 사박사박하는 소리도 들렸다.

눈에 보이지 않는 무엇인가가 모래를 뿌렸다. 문을 향해 모래를 던지는 것이다.

사아악, 사아악.

소리가 점점 더 커졌다. 노파가 내 위에서 괴로운 표정으로 몸을 비틀었다. 뼈만 앙상한 팔꿈치가 내 가슴에 닿고, 침이 내 얼굴로 날아왔다.

"할머니!"

나는 노파 밑에서 기어 나왔다. 노파를 모래 위에 눕히고 일어나, 두 걸음에 방을 가로질러 문 옆의 스위치를 눌렀다. 천장의 형광등이 모래투성이의 방을 비추었다.

노파가 술에 취한 사람처럼 시뻘건 얼굴로 가슴을 쥐어뜯었다. 악다문 입가에서는 하얀 거품이 흘러넘쳤다.

사아악, 사아악.

등 뒤에서 다시 모래가 문을 때렸다. 나는 노파 옆에 무릎을 꿇은 채 어떻게 하는 게 좋을지 생각했다. 심장 마사지? 아니다. 인공호흡? 그것도 아니다. 구급차다. 그전에 이 집 사람들에게 알려야 한다. 도시와 아즈사에게 알려야 한다.

하지만 두 사람은 나를 죽이려 하고 있다.

사아악, 사아악.

마른 나뭇가지 같은 노파의 손이 내 허벅지에 닿았다. 노파는 머리를 좌우로 흔들며 입에서 뿜어나온 거품을 모래에 흩뿌렸다.

사아아아아악.

"……도시!"

나는 문을 향해 소리쳤다. 그리고 손으로 노파의 머리를 받치면서 목청껏 고함을 질렀다.

"아즈사 씨! 할머니가!"

사아아아악.

두 사람의 목소리는 들리지 않았다. 기척도 나지 않았다. 계단을 올라오는 발소리도 울리지 않았다. 내 목소리가 들리지 않는 걸까? 문을 열고 아래를 향해 소리치지 않으면 들리지 않는 걸까?

사아아아아아아악.

"*끄*……*끄*윽."

노파의 얼굴이 거무칙칙한 보라색으로 변했다. 나는 되도록 천천히 노파의 머리를 모래에 내려놓고 일어섰다.

사아아악.

모래에 푹푹 빠지는 발에 힘주고 단숨에 방을 가로질렀다.

사아아아악.

휴대폰으로 부르면 되지 않는가 하는, 새로운 선택지를 뿌리친 뒤.

사아아아아아아아악.

손잡이를 잡고 옆으로 비틀어 단숨에 문을 열었다.

"도시! 아즈사 씨!"

방 불빛이 모래 연기를 비추었다.

"빨리 와봐! 할머⋯⋯."

얼굴에 무수한 입자가 닿는 느낌이 들었다. 옷깃을 통해 옷 안으로 모래가 들어왔다. 코에도, 입에도 들어왔다.

불쾌감이 온몸을 덮침과 동시에 높은 곳에서 내려다보는 시선을 느끼고, 무의식중에 천장을 올려다보았다. 피어오르는 모래 연기. 그 너머에⋯⋯.

두 개의 커다란 눈이 빛나고 있었다.

*

너무 들떴다. 말을 걸지 말았어야 했다. 나는 속으로 후회했다. 식사 중에도 그 생각이 계속 머리를 지배했다.

"애야, 왜 그러니?"

어머니 말에 정신이 들었다. 음식은 거의 줄지 않았다.

어머니가 의아한 얼굴로 물었다. "무슨 일 있어? 아까부터 계속 건성으로 대답하고."

"아무것도 아니야."

나는 고개를 가로저었다. 생각보다 너무 크게 가로저어서 다시 후회의 마음이 솟구쳤다.

어머니가 고개를 갸웃거리며 말했다. "데쓰야, 요즘 좀 이상해진 것 같아."

"……그럴지도 모르지."

그렇게만 말하고 장아찌를 입에 넣었다.

그 이후, 어머니는 나에게 몇 번이나 미안하다고 사과했다. 나를 화나게 했다, 내 기분을 상하게 했다고 오해한 것이리라. 나는 몇 번이고 "괜찮아, 아무렇지도 않아"라고 대답했다. 억지로 미소를 짓고 밝게 행동하기도 했다.

욕실에서 나왔다. 계단을 올라가면서 내일 할 일을 생각했다. 이제 그 집 앞을 지나가는 건 그만두자. 원래 코스로 돌아가자. 그런 생각이 스며드는 걸 억지로 밀어냈다. 사아아악 모래 흐르는 소리를 말없이 들었다. 오히려 정신을 바짝 차리고 들었다.

모래 소리는 머릿속에서 격렬하게 울려 퍼지더니, 조금씩 멀어지다가 이윽고 사라졌다. 후우욱. 숨을 크게 토해내고 내 방에 들어왔다.

다음 날, 나는 무사히 히라이와 집 앞을 지나갈 수 있었다. 그다음 날도. 또 그다음 날도. 하루에 두 번, 긴과 같이 지나갔다. 어느새 그것이 당연한 일이 되었다.

"부팀장이었던 쇼지 씨가 승진을 해서 파트타임 팀장이 되었어."

"그, 그랬구나."

한편으로 어머니 말에 맞장구치기가 힘들어졌다. 어머니에 대한 혐오감 때문이 아니다. 이유는 알고 있다. 너무도 잘 알고 있다. 이제 와서 겨우 알아차렸다고 할 수 있다. 아니, 현실에 눈을 향하게 되었다고 말하는 편이 옳다.

"표정이 왜 그렇게 심각해?"

"……아무것도 아니야."

목욕을 마치고 계단을 올라갔다. 이불 위에 앉아 스마트폰을 손에 들었다. 어머니 돈으로 산 스마트폰이다.

"일어났니? 밥 먹으렴."

어머니가 부르면 계단을 내려가 어머니와 같이 식사를 했다. 어머니가 차려준 식사를. 식사가 끝나면 긴의 밥을 챙겨주고 같이 산책을 해서 히라이와 집 앞을 지나갔다.

집에 와서 계단을 올라와 내 방에서 TV를 봤다. 아버지 월급으로 산 TV다. 저녁때가 되면 긴을 산책시키면서 히라이와 집 앞을 지나갔다.

매일 똑같은 일상이 반복되었다. 아무 일도 없는 평온한 날들이 이어졌다. 어느새 그런 일상에 조바심을 느끼게 되었다. 당황하고 겁먹게 되었다. 지금까지 매일 그렇게 했으면서 이제 와서.

그런 감정이 한계에 도달하기 직전 히가한테서 전화가 걸려왔다.

간단한 인사를 마치고 그녀가 물었다. "상태는 어때?"

나는 방에서 우두커니 선 채 말을 더듬으면서 대답했다. "자, 자, 잘 지내."

저녁 무렵, 산책에서 돌아온 직후였다. 창밖에는 어둠이 내려 앉아 있었다. 침묵이 몇 초 흐르고 나서 그녀가 다시 물었다.

"머리의 모래는 어때?"

그제야 내가 착각했음을 깨달았다. 그녀는 처음부터 모래에 대해 물었다. 그녀의 전화가 너무나 반가운 나머지 쓸데없는 말을 한 것이다.

"아, 아직 소리가 들려." 나는 최대한 냉정하게 대답했다.

실제로 그러했다. 아침에 눈을 떴을 때, 꿈에서 가위에 눌렸을 때. 산책 도중에 낯선 사람과 지나쳤을 때. 내 머릿속에서는 아직 모래 소리가 들렸다.

그녀가 선언하듯 말했다. "이제 곧 끝나니까 조금만 기다려."

"뭐?"

"이제 곧 모래 소리가 들리지 않게 될 거야. 모래 소리에 시달리는 일도, 괴로워하는 일도 없어질 거고."

"그러면……."

"그 집에 가보기로 했어. 지금 하는 일이 정리되면 바로. 빠르면 다음 주. 늦어도 다다음 주에는 반드시." 그녀가 담담하게 말했다.

히가가 말하는 '일'이 무엇인지 생각났다. 그녀가 수상한 사람이라는 것도. 그녀의 말을 진실로 받아들이지 말아야 한다는 것도.

"······가서 뭐할 건데?"

"쓰러뜨릴 수 있으면 쓰러뜨릴 거야. 그게 힘들다면······ 봉인해야겠지."

일상에서는 들을 수 없는 말에 가벼운 현기증을 느끼면서 다다미가 깔린 내 방을 바라보았다. 어머니가 파트타임 일을 가지 않을 때 청소하는 방이다.

그녀가 별안간 사과했다. "늦어져서 미안해."

"아니야. 넌 잘못이 없어. 조금도, 털끝만큼도."

"아니야. 내 잘못이야."

"······왜?"

전화기 너머에서 가느다란 한숨 소리가 들렸다. 구깃구깃한 이불을 바라보고 있는데 그녀의 목소리가 이어졌다.

"내가 좀 더 일찍 그 집에 맞섰다면 네가 괴로워하지 않아도 됐을 테니까. 내가 좀 더 일찍 손을 썼다면 요시나가도 죽지 않았을 거고······." 그녀는 막힘없이 말했다.

마치 기계처럼 술술, 아무런 감정 없이. 아니······.

감정이 드러나지 않도록.

조바심이 나서 대꾸할 말을 찾고 있는데, 히가가 단숨에 말을 쏟아냈다.

"내가 이렇게 되고 즉시 대처했다면 소마도 죽지 않았을 수 있고. 실은 지금 당장 처리하는 편이 좋은데, 현재 하는 일이 워낙 큰 건이라서."

"저기……."

"하지만 곧 갈 테니까 걱정 마. 다음 주에는, 늦어도 다다음 주에는……."

나는 재빨리 그녀의 말을 가로막았다. "히가."

생각보다 훨씬 큰 소리가 나왔다. 몸을 움직이지도 않았는데 맥박이 빨라졌다.

나는 심호흡을 크게 하고 과감하게 말했다. "가…… 같이 갈게."

목덜미에서 땀이 솟구쳤다.

그녀는 대답하지 않았다. 나는 침묵에 두려움을 느끼고 다급히 덧붙였다.

"내, 내 일이니까."

하지만 그녀는 차가운 목소리로 단호하게 말했다. "안 돼! 네가 간다고 해결할 수 있는 일도 아니고, 널 위험하게 만들 수는 없어."

"위험해? 그렇다면 너 혼자는 더……."

그녀는 일부러 단호하게 말했다. "난 괜찮아. 여기부터는 전문가한테 맡겨. 더구나…… 너에겐 어머니가 계시잖아. 너한테 무슨 일이 생기면 어머니께서 슬퍼하실 거야."

"그건 너도 마찬가지잖아. 부모님도 계시고, 밑에 동생도 있잖아. 네, 넷이나."

나는 어느 사이에 방을 돌아다니고 있었다. 방바닥을 쿵쿵 밟으면서.

"사실은 여섯이야. 나까지 일곱 남매거든."

"……그렇다면 더욱."

"그중 다섯 명은 죽었어. 부모님도."

나는 말문이 막혔다. 대꾸할 말이 생각나지 않아서 기계처럼 방바닥을 걸어다녔다.

"미하루…… '키 크고 기운 넘치는 여동생'도. 중3 때."

그렇게 일찍 죽다니. 뒤늦게 알아차리고 고개를 갸웃거렸다. 그럼 우리 어머니에게 거짓말을 했던 건가? 왜? 왜 그렇게 일찍 죽은 거지? 이유를 물으려고 한 순간.

"하나 남은 여동생과도 오랫동안 만나지 않았어. 앞으로 평생 안 만날 거야. 그러니까……." 히가는 조금 전과 똑같이 단호하게 말했다. "난 괜찮아."

다시 침묵이 이어졌다. 나는 간신히 말을 짜냈다.

"왜? 뭐, 뭐가 뭔지 모르겠어. 이, 이해할 수 없다고 할까……."

정신을 차렸을 때는 어느새 걸음을 멈추었다. 나는 창가에 우두커니 서서 어두운 유리창을 바라보았다.

"그렇다고 잘 부탁해, 잘 다녀와…… 이런 식으로 마, 마, 말할 순 없어."

겨우 거기까지 말하고 그녀의 대답을 기다렸다.

스마트폰 너머에서 달칵 소리가 났다. 잠시 시간이 흐르고,

후욱 하는 기나긴 한숨 소리가 들렸다. 담배다. 담배를 피우고 있다. 담배 연기를 바라보는 히가의 모습이 떠올랐다.

그녀의 낮고 어두운 목소리가 귀에 스며들었다.

"그 집에서 나온 후로 현실을 보게 됐다고 말한 거, 기억해?"

"응."

나는 매일 밤마다 하는 회상의 마지막 부분을 떠올렸다. 다시 담배 연기를 내뿜는 소리가 들렸다.

"그 이후, 힘을 제대로 사용해야 한다고 생각하게 됐어. 겁먹거나 두려워하지 말고 적극적으로 활용해야 한다고. 그래서 이 일을 시작하게 됐지. 집안 살림에 보탬이 되기 위해서. 우리 집은 가난했으니까."

그랬지, 라는 말이 목구멍 밖으로 나가지 않도록 억눌렀다.

"처음에는 괜찮았어. 이 일을 하고 나서는 배를 곯을 일도, 너덜너덜한 옷을 입을 일도 없어졌으니까. 일 자체도 궤도에 올랐고. 교실에서 너와 말했을 때는 한창 그러던 와중이었어. 그런데……"

그녀는 거기서 입을 다물었다. 담배 연기를 내뱉는 소리가 몇 번 이어진 뒤, 감정 없는 목소리로 말을 이었다.

"그러는 사이에 모두 이상해졌어. 여동생도 남동생도, 부모님도 나를 따라하게 됐지. 부모님은 돈 때문이고, 다른 남매들은…… 그래, 내가 지긋지긋했을 거야. 그래서 내게 대들거나 반항하거나…… 그만두라고 귀에 딱지가 앉도록 말했는데 내 말을 듣지 않았어. 그러다 결국……." 그녀는 잠시 말을 끊고 숨을 깊이 들이마시더니 단숨에 덧붙였다. "잇따라 위험한 요괴나 악령을 만나서 죽었어. 하나 남은 여동생도 몸이 망가졌고. 나 같은 힘을 손에 넣으려고 무리하다가. 이제 낫지 않아. 원래대로 돌아오지 않는다고."

치익 하는 소리가 들렸다. 담배꽁초를 재떨이에 비비는 소리일 것이다. 나는 메마른 입술에 침을 묻혔다. 아까부터 계속 입을 다물고 있었는데, 타들어가는 것처럼 입과 목이 말랐다.

"그 애는 분명히 나를 원망할 거야. 그래서 이제 만나지 않아. 내겐 만날 자격이 없어. 그 애를…… 가족 모두를 이상하게 만들었으니까." 목소리에서 아련한 고통이 느껴졌다. "그래서 난 괜찮아. 난 혼자니까. 이제 설명은 끝."

세 번째로 똑같은 말을 하더니 말을 마무리했다.

다시 달칵하고 라이터 소리가 났다. 히가의 담배 피우는 소리를 들으며 나는 멍하니 창가에 서 있었다. 그녀의 한마디 한마디가 날카로운 칼날이 되어 가슴을 찔렀다. 내가 대답하기 전에 그녀가 말을 이었다.

"이가라시. 그러니까 너는 일이 끝날 때까지 기다려줘."

"아, 아무리 그래도……."

"끝나면 얘기해줄 테니까 그때 만나자." 그녀는 이야기가 끝났다는 식으로 말했다.

나는 필사적으로 머리를 굴렸다. 이럴 때는 어떻게 말해야 하지? 뭐라고 말하면 되지?

"또 연락할게."

나는 순간적으로 물었다. "그, 그럼, 왜, 왜 전화했어? 이런 식으로 전화가 오면 누구나 같이 가겠다고 할 거야. 내가 아니더라도. 그, 그런 걸 알면서 왜 전화했어?"

이번에는 그녀가 침묵했다.

달칵달칵하는 작은 소리가 전화기 너머에서 계속 들렸다. 라이터를 켜는 소리이리라. 나는 다음 말을 생각하면서 멍하니 이미지를 떠올렸다. 어느 방의 창가에서 휴대폰에 귀를 대고 라이터를 켜는 그녀의 모습을.

스르륵하고 머릿속에서 울리는 모래 소리를 들으면서, 나는 심호흡을 고르며 천천히 말했다.

"……나 혼자 가라고 하면 도저히 갈 수 없어. 지금은 그 집 앞을 지나는 게 고작이니까. 왜냐면…… 무서워. 나는 그 집이 정말 무서워. 지금도."

착각일지도 모른다. 하지만 나는 거의 확신했다. 조금 전까지 들은 그녀의 말을 통해. 그녀의 말투를 통해. 내게 전화를 걸어온 이유를 생각하면서.

히가는 그 집을 두려워하고 있다. 지금의 나처럼.

그래도 그 집에 가려고 하고 있다. 모든 걸 혼자 껴안고.

그냥 구경만 할 수는 없다. 잘 부탁한다고 하면서 통째로 맡길 수는 없다.

"같이 가자."

잠시 침묵이 이어졌다. 다시 말하려고 했을 때, 그녀의 목소리가 들렸다.

"고마워."

속삭임과도 같은 작은 목소리였다.

*

하얗고 둥근 형체가 어렴풋이 눈에 들어왔다. 서서히 초점이 맞았다. 둥근 형체가 빛을 뿌리고 있었다. 빛이 점점 또렷해지면서 낯익은 모양이 눈에 들어왔다. 둥근 형체는 천장 등으로, 나는 지금 천장을 올려다보고 있었다. 아니…….

노파의 방에서 천장을 향해 똑바로 누워 있는 것이다.

이상하다. 살아 있다. 목구멍에 희미한 위화감이 느껴지는 것 말고는 아무렇지도 않았다.

도시와 아즈사를 불렀는데. 그들에게 살해되지 않았던가. 그리고 빛나는 두 눈.

귀를 기울여도 아무 소리도 들리지 않았다. 바닥에 놓인 손을 움직이자 차갑고 꺼끌꺼끌한 감촉이 손등에 전해졌다. 모래다. 나는 지금 모래 위에 누워 있다.

살아 있기는 하지만 아직 도시 집에 있다.

천천히 몸을 일으켰다. 목덜미에 붙어 있던 모래가 옷깃을 통해 등줄기를 타고 밑으로 떨어졌다. 온몸에 소름이 끼쳐서 얼굴을 찡그렸다. 눈앞의 문은 열려 있었다. 어두운 복도에는 30센티미터쯤 되는 모래 산이 몇 개나 만들어져 있었다.

정신을 잃기 전의 기억과 이어졌다. 꿈이 아니다. 이 집에는 실제로 눈에 보이지 않는 뭔가가 있다. 그 무엇인가가 계단을 올라와 문에 모래를 뿌리자 노파가 일어나려고 하다가 고통스러워하면서……

기억이 떠오름과 동시에 뒤를 돌아보았다.

노파가 가슴에 손을 올린 채 모래 위에 누워 있었다. 꼼짝도 하지 않았다. 반쯤 뜬 눈은 어디도 보지 않았다. 입은 떡하니 벌리고 있었다. 주름투성이의 얼굴과 손은 납 인형처럼 새하앴다. 육체는 납작해진 것처럼 보였다. 영혼이 빠져나가면 사람은 이렇게 얇아지는 걸까? 그렇게 생각할 정도로.

옆으로 기어가서 코 앞에 손을 댔다. 조심스럽게 노파의 팔을 들었다. 확인할 필요가 없다는 건 스스로도 알고 있었다. 숨을 쉬지 않고 맥박이 뛰지 않는 걸 확인하는 사이에 코 안쪽이 찡하고 눈시울이 뜨거워지면서 시야가 뿌예졌다.

노파는 죽었다. 할머니라고 생각했던 이름도 모르는 노파는 이미 모래 위에서 차가워져 있었다. 내 탓이다. 내가 놀라게 만든 탓이다.

노파의 차갑고 메마른 손을 움켜쥐고 나는 솟구치는 오열을 집어삼켰다. 울고 있을 때가 아니라고 머리 안쪽에서 경계경보가 울렸다. 지금은 느긋하게 울고 있을 상황이 아니라고. 여기는 도시의 집이라고.

눈물을 훔치고 살며시 돌아보았다. 복도에서도, 계단 밑에서도 소리가 들리지 않았다. 기척도 나지 않았다. 아무도 없는 것처럼 숨소리 하나 들리지 않은 것이다.

나는 죽지 않았다. 눈에 보이지 않은 뭔가가 앞에 있었음에도 무사했다. 그래도 역시 이 상황은 이상하다.

노파의 머리 쪽에 휴대폰이 떨어져 있었다.

잡고 있었던 손을 노파의 가슴 위에 올려놓은 뒤, 휴대폰을 들고 천천히 일어났다. 마음속으로 연신 노파에게 사죄했다. 노파의 시신 앞에서 합장하려다가 멈췄다. 그것이 옳은 방법인지 알 수 없어서였다. 이런 식으로 생을 달리한 시신 앞에서는 어떻게 해야 하는 걸까?

노파의 발밑에 있던 가방을 들고 모래를 밟으며 문으로 향했다. 살며시 복도를 내다보았다. 복도에도, 계단에도 구덩이가 있었다. 새로 찍힌 작은 구덩이는 내 발자국이리라. 커다란 타원형의 구덩이는 눈에 보이지 않는 뭔가의 발자국이고. 지금 내 발밑에 있는 발자국은 족히 30센티미터가 넘었다. 자세히 살펴보자 끝부분이 살짝 두 개로 갈라져 있었다. 그것 말고는 달걀 모양에 가까운 타원형이었다. 맨 처음에는 커다란 벚꽃 잎으로 상상했지만 벚꽃 잎은 타원형보다 원형에 가까우리라. 다음에는 발굽이 머리에 떠올랐다. 그렇다, 이 모양은 발굽에 더 가깝다. 발굽은 계단을 올라와 이 방 앞까지 왔다가 다시 계단을 내려갔다. 발자국의 궤적을 보면 그렇게밖에 여겨지지 않았다.

나는 복도로 걸음을 내디뎠다. 잡고 있었던 문틀에서 손을 놓았다. 모래 소리가 희미하게 들렸다. 부부의 침실 문은 닫혀 있고, 아기 방문은 반쯤 열려서 불빛이 새어나오고 있었다. 어둠 속에서 아래층의 기척을 살핀 뒤, 난간을 꼭 잡고 계단을 내려갔다. 발굽 모양의 발자국을 피하면서.

아무 소리도 들리지 않았다. 아무 기척도 나지 않았다. 단지 모래를 밟는 내 발소리만 들릴 따름이었다. 사박, 사박, 사박.

구부러진 층계참에 접어들었다. TV 소리는 들리지 않았다. 열린 거실 문 사이로 불빛이 새어나와 1층 복도의 모래를 비추고 있었다.

거실에서도, 욕실에서도 소리가 들리지 않았다. 열린 거실 문 너머에 시선을 고정하면서 천천히 발을 내밀었다. 한 걸음 한 걸음 최대한 천천히. 사박, 사박.

곁눈으로 현관을 내려다보았다. 딱히 달라진 점은 보이지 않았다. 어두컴컴한 공간에서 내 신발이 보였다. 아즈사의 신발과 도시의 신발도⋯⋯.

그때 눈에 익은 스니커즈를 발견하고 걸음을 멈추었다. 생각하기보다 먼저 눈이 초점을 맞추었다. 커다란 하얀색 스니커즈. 오래 신어서 여기저기에 주름이 잡혀 있었다. 미세하게 뒤틀린 정도를 봐도, 낡은 끈을 봐도 틀림없다.

유다이의 신발이다. 유다이가 지금 이 집에 있다.

그의 신발을 봐도 마음이 놓이지 않았다. 오히려 불안감은 머리끝까지 팽창했다. 심장이 격렬하게 종을 치고 가슴이 찢어지는 듯했다. 숨쉬기조차 힘들었다. 소리가 나지 않도록 작게 숨을 쉬면서 다시 발을 움직였다.

이제 1층까지 남은 건 다섯 계단. 몸을 기울여서 거실을 들여다보았다. 눈에 보이는 범위에는 아무도 없었다. 소파의 끝. 식탁. 커튼. 모래가 있는 바닥. 무언가를 끌고 간 자국.

생각하지 않도록 하면서 또 한 계단을 내려갔다. 이제 네 계단 남았다. 남자의 비명 소리를 뿌리치면서 또 한 계단을 내려갔다. 이제 세 계단. 거실을 들여다보면서 또 한 계단을 내려갔다.

마침내 1층에 도착했지만 그 자리에서 꼼짝도 할 수 없었다. 본능이 '도망쳐! 도망쳐!'라고 머릿속에서 명령을 내렸다. 계단을 돌아서 현관으로 뛰어나가라고 재촉했다. 나는 그 소리를 들으면서 오른손으로 왼손을 꽉 잡았다. 반지를 끼지 않은 왼손을.

유다이는 지금 이 집에 있다. 하지만 기척이 나지 않는다. 도시와 아즈사만이 아니라 유다이까지 소리가 나지 않다니. 무슨 일이 있었다고 생각할 수밖에 없다. 유다이에게 좋지 않은 일이. 비명. 쓰러지는 소리. 뭔가를 끄는 소리. 욕실.

욕실에 가보자. 내 눈으로 직접 확인하는 수밖에 없다.

나는 떨리는 발을 천천히 움직였다.

열린 거실 문에서 최대한 떨어져 복도 안쪽으로 발을 내디뎠다. 거실을 슬쩍 쳐다보고 바로 몸을 뒤로 뺐다.

사람의 그림자가 보였다. 누군가가 서 있는 듯했다.

긴 치마가 언뜻 보인 걸 보면 아즈사일지도 모르겠다. 정확한 것은 알 수 없다. 숨을 멈추고 귀를 기울였다. 소리는 나지 않았다. 이야기를 하는 기척도, 움직이는 기척도 나지 않았다. 나는 상체를 길게 내밀어 거실을 들여다보았다.

아즈사가 소파 앞에서 우두커니 서 있었다.

낮은 탁자를 사이에 두고 맞은편에는 도시가 서 있었다.

둘 다 천장을 올려다보고 있었다. 멍하니 입을 벌린 채 손은 축 늘어뜨리고 있었다. 마치 마네킹처럼 꼼짝도 하지 않고 말 없이 허공을 올려다보고 있는 것이다.

탁자 위에는 큼지막한 모래 산이 생겨 있었다.

천장에서는 천장 등이 빛을 뿌리고 있을 뿐이었다.

나는 상상을 했다. 지금 저 두 사람은 무엇인가를 보고 있다. 그리고 그게 무엇인지 짐작이 되었다. 지금 그들 앞에는 눈에 보이지 않는 무엇인가가 서 있다.

2층 창문에서 밖을 내다보고 있었던 무엇인가가, 발굽이 있는 무엇인가가 두 사람을 내려다보고 있다.

이 집을 이상하게 만드는 무엇인가가.

꼼짝도 하지 않고 서 있는 두 사람을 보면서 나는 그렇게 확신했다.

*

한밤중에 천장을 올려다보고 있자 히가한테서 연락이 왔다. 이번에는 문자 메시지였다.

'모레, 토요일 저녁 7시 이후에 시간 돼? 그 집에 가려고 해.'

나는 '괜찮아'라고 답장을 보냈다. 쓴웃음을 지을 만큼 마음에 여유가 있었다. 일정은 항상 비어 있고, 시간은 넘치도록 많았다.

'그럼 저녁 7시에 히가시무라야마 역 앞의 이스트 빌리지 마운트 커피숍에서 만나. 거기서 회의한 다음에 가자.'

꼭 업무 연락 같다고 생각했지만 이번에는 웃지 않았다.

'알았어. 잘 부탁할게.' 보내기 직전에 알아차리고 서둘러 덧붙였다. '혹시 필요한 거 있어?'

'없어. 내가 알아서 할게.'

'내가 준비할 건?'

'없어.'

결국 전부 떠넘겼다. 통째로 떠맡겼다. 나는 똑바로 누워서 머리를 껴안았다. 히가의 차가운 눈이 머리에 떠올랐다. 한숨을 쉬고 있는데 스마트폰이 부르르 몸을 떨었다.

'컨디션을 잘 조절해둬. 아무리 건강해도 이런 상황에 처하면 컨디션이 안 좋아지거나 병에 걸리곤 하니까.'

원래 그런 법일까? 히가가 농담할 사람 같지는 않지만 순순히 받아들일 수는 없었다. 내게 특별히 신경을 쓰는 것일지도 모른다고 생각하는데 다시 문자 메시지가 도착했다.

'지금 한 말은 진지한 말이야. 나는 최악의 경우도 염두에 두고 있어.'

잡념이 순식간에 날아갔다. 이불에서 벌떡 일어나 두 손으로 스마트폰을 잡았다. 에둘러 쓰긴 했지만 히가가 무슨 말을 하는지는 생각할 것도 없었다.

그 집 2층에서 본 광경이 생생하게 되살아났다. 구토했던 이사오. 갑자기 이상한 말을 지껄이다가 쓰러졌던 준. 그 둘 다 죽었다. 그 이전까지는 아무렇지도 않았는데, 그 집에 들어간 것만으로 죽었다.

이번에는 나도 죽을지 모른다. 어쩌면 히가도.

두 팔에 소름이 돋았다. 위장이 허공에 떠오르는 듯한 감각이 뒤를 이었다.

'알았어. 잘 부탁해.'

나는 그렇게 답장을 보냈다.

약간 편해진 말투를 보면서 나는 "잘 부탁해"라고 나지막이 중얼거렸다. 온몸을 조이는 긴장은 좀처럼 풀리지 않고, 아무리 자려고 해도 잠이 오지 않았다.

다음 날부터 다다음 날인 토요일 낮까지는 의식적으로 평소처럼 지냈다. 긴과 함께 히라이와 집 앞에 접어들었을 때는 오랜만에 불안에 사로잡혔지만, 가까스로 평정심을 유지하며 지나갈 수 있었다. 히라이와 집에도 아무런 변화가 없었다.

긴의 발을 털어주고 나서 계단을 올라갔다. 내 방에 들어오자 숨 쉬기 힘들어서, 창문을 활짝 열어 바깥 공기를 들이마셨다. 히라이와 집 쪽을 보지 않으려는 자신을 발견하고, 손바닥이 땀으로 젖어 있는 걸 깨달았다.

그날 있었던 일을 생각하지 않으려고 했지만, 무의식중에 몸이 반응했다. 두려워하는 것이다.

나는 이불 위에 앉아 시간이 지나가길 기다렸다. 다른 일은 할 생각이 들지 않았다.

6시 반이 되었다. 가고 싶지 않다. 약속 시간이 코앞으로 다가오자 그런 마음이 부풀기 시작했다. 나는 일어섰다. 그 집에는 절대로 가고 싶지 않다, 그렇게 생각하면서 문을 열었다.

계단에서 내려다보자 현관에서 긴이 나를 올려다보고 있었다. 걱정스러운 얼굴로 신음에 가까운 소리를 냈다.

처음에 한 계단을 내려갔다.

디딤판에서 끼이익 하는 큰 소리가 났다.

사박사박. 모래가 머리 안쪽을 깎아내는 소리가 들렸다.

무릎이 떨리고 허벅지에도 힘이 들어가지 않아서 손으로 벽을 짚었다.

긴의 야윈 몸이 현관의 조명을 받고 빛났다.

나는 젖 먹던 힘까지 짜내서 방으로 돌아가고 싶은 마음을 뿌리쳤다. 여기서 도망가면 끝이다. 다시는 밖으로 나갈 수 없게 된다. 그 집에 꽁꽁 묶인 채, 이 집에서 예전과 똑같은 나날을 보내게 된다.

나는 확실하게 깨달았다. 지금까지의 생활은 평온하지도 평범하지도 않았다는 걸…….

"왜 그러니?"

현관에 어머니가 서 있었다. 에코백을 들고 떨리는 눈길로 나를 바라보았다.

"감기 걸렸어? 얼굴이 창백하구나."

"……아무것도 아니야. 잠깐 나갔다 올게."

그러자 어머니는 과장스럽게 놀라는 표정을 지었다.

"뭐? 저녁도 안 먹고 어디 가려고?"

나는 선언하듯 말했다. "오늘은 됐어. 미안해. 미리 말했으면 좋았을걸."

어머니는 입술을 바들바들 떨면서 내 팔을 잡았다. 나는 한 걸음 앞으로 내디뎠다.

"무슨 일 있니? 응? 지금까지 이런 일 없었잖아? 가끔 멍하니 있었던 적은 있었지만. 그런데 저녁도 안 먹고 나가다니, 이상해. 정말 이상해!"

"이상하지 않아." 나는 각오를 다잡고 덧붙였다. "……지금까지가 이상했어."

심장 고동이 빨라졌다. 어머니의 주름 하나하나가 거무칙칙하게 보였다. 머리 위 조명에서 쏟아지는 빛 때문만은 아니다.

늙은 것이다. 당연한 일인데, 나는 계속 못 본 척 외면했다.

어머니 얼굴을 똑바로 보면서 말했다. "나는 계속 이상했어. 남들과 말을 할 수도 없고, 긴을 산책시키는 것 말고는 밖에 나갈 수도 없고. 일도 하지 않고 계속 집에만 있고." 두개골 안쪽에서 모래 소리를 들으며 말을 이었다. "물론 이유가 있긴 하지만. 그래도 아무런 대처를 하지 않았어. 엄마도 알고 있었지? 내가 이상하다는 걸."

어머니의 얼굴이 기묘하게 일그러졌다. 충격을 받은 건 분명했지만 웃는 것처럼도 보였다.

나는 땀이 솟구친 손으로 주먹을 꽉 쥐었다.

"엄마는 그걸 알면서도…… 당연한 것처럼 받아들였다고 할까. 아, 아무것도 아닌 척을 해, 해주었다고 할까. 마치 이런 게 평범한 것처럼. 하지만 사실은 달라." 나는 기침을 한 번 하고 나서 덧붙였다. "이 집은 이상해. 내가 이상하게 만들었어. 엄마, 미안해."

내 팔을 잡은 어머니의 손에서 힘이 빠졌다. 어머니의 눈이 순식간에 촉촉하게 젖었다.

"지금 그걸 해결하기 위해서 가는 거야. 해결할 수 있을지는 모르겠지만."

나는 다정하게 어머니의 손을 잡아 내 팔에서 떼어냈다.

털썩. 어머니의 손에서 에코백이 떨어졌다. 긴이 흠칫 놀라며 귀를 파르르 떨었다. 어머니가 주저앉아 손으로 얼굴을 가렸다.

긴이 일어나서 어머니의 쭈글쭈글한 손등에 코를 문질렀다.

어머니의 울음소리가 현관에 울려 퍼졌다.

"미안해."

어머니에게 다시 한 번 사과한 뒤, 긴의 머리를 쓰다듬고 나서 집을 나섰다.

*

우우우웅. 냉장고 돌아가는 소리를 듣고 순간적으로 거실 문 옆의 벽에 몸을 감추었다.

거실에서 두 사람이 움직이는 기척은 나지 않았다. 사아아악 모래 흐르는 소리가 희미하게 들렸다. 복도 안쪽의 세면장 겸 탈의장에 불이 켜져 있었다.

그때 무엇인가가 움직였다. 등줄기가 얼어붙음과 동시에 거울이라는 걸 알아차렸다. 복도에 있는 커다란 사각 거울에 내 모습이 비쳤다. 안짱다리 걸음으로 벽에 딱 달라붙어 있는 내 모습이 거울 안쪽에서 작게 보였다.

복도의 모래에는 거의 일직선으로 넓은 자국이 나 있었다. 그 위에 난 발자국은 욕실에서 나와 거실 안쪽으로 들어갔다. 도시의 발자국이리라. 그가 움직인 경로를 머릿속으로 그리면서 걸음을 내디뎠다.

세면장이 몹시 아득히 느껴졌다.

모래 소리는 계단보다 작아졌다.

아까 들려왔던 남자의 비명 소리.

뒤를 이어 뭔가 쓰러지는 소리.

하얀색의 낡은 남성용 스니커즈.

거실에서는 기척이 나지 않았다.

사박사박하는 소리가 끊어졌다.

나도 모르게 걷는 것을 멈추었다.

뒤를 돌아 거실 문을 바라보았다.

아무런 소리도 들려오지 않았다.

아무런 기척도 느껴지지 않았다.

마음을 추스르고 발을 내디뎠다.

입 안은 심하게 바싹 말라 있었다.

아직 세면장에 도착하지 않았다.

이 정도라면 뛰어도 되지 않을까?

그래도 알아채지 못하지 않을까?

생각보다 소리도 많이 크지 않다.

몇 걸음만 걸어가면 세면장이다.

그러니까 뛰어, 지금 당장 뛰라고.

그래도 도저히 뛰어갈 수 없었다.

모래를 밟고 걸을 수밖에 없었다.

모래가 내 발을 살짝 집어삼켰다.

발이 바닥에 닿으면 중심을 옮겨.

반대 발을 내밀어 모래를 밟았다.

오직 그 행동만을 계속 반복했다.

모래 알갱이가 떠도는 게 보였다.

다음 순간, 코 안쪽이 근질거렸다.

이를 악물고 재채기를 참아냈다.

이제 조금이다. 이제 조금 남았다.

이제 좀만 있으면 유다이에게……

안 돼. 더 이상 생각해서는 안 된다.

질질 끌고 간 자국도 쳐다보지 마라.

'……죽일 수밖에 없지 않을까?'

억지로 그들을 이해하려 하지 마.

거울 안에 있는 나를 노려보면서.

자신에게 계속 그렇게 명령했다.

거실은 섬뜩할 만큼 내내 조용하다.

모래 소리도 완전히 들리지 않았다.

이제 세 걸음, 이제 둘, 이제 하나.

미닫이문의 손잡이를 살짝 잡은 뒤.

망설임이 생기기 전에 벌컥 열고.

과감하게 안쪽을 들여다보았다.

세면장에도 모래가 쌓여 있었다. 욕실 문이 약간 열려 있었다. 구깃구깃해진 옷이 보였다. 물색 셔츠와 베이지색 바지와 검은색 벨트. 그 너머에서 살구색 몽둥이 같은 것이 보였다. 검은 털이 자라나 있었다.

세면장으로 들어간 뒤, 욕실로 다가가서 문틈으로 안을 살펴보았다. 그곳에는 내가 상상했던 광경이 펼쳐져 있었다. 이미 각오했던 광경이.

유다이가 알몸으로 누워 있었다. 얼굴은 새하앴다. 마치 노파의 시신처럼. 눈은 감고 있었다. 입은 약간 벌어져서 입술 사이로 치아가 보였다. 이마에서 눈썹으로 흘러내린 피가 굳어 있었다. 두 팔에는 칼에 베인 상처가 몇 개나 있었다. 피부는 갈라졌지만 피는 나오지 않았다.

욕조 주변에는 칼이 몇 개 놓여 있었다.

왼손 약지에서 결혼반지가 빛을 뿌리고 있었다. 내 결혼반지와 디자인이 똑같은 백금 반지였다. 그렇다. 이걸로 확정이다. 다른 사람이 아니다. 이 시신은 유다이다.

나는 그 자리에 주저앉아 소리 없이 눈물을 흘렸다. 코와 입을 누른 두 손이 뜨거운 눈물에 젖었다. 오열이 새어나올 것 같아서 손으로 입을 막고 견뎌내야 했다. 어떤 경위로 이렇게 되었는지는 모른다. 하지만 원인은 알고 있다. 나 때문이다. 내가 반지를 찾으러 왔기 때문에, 내가 도시 집에 왔기 때문에 그가 차가운 시신으로 변한 것이다.

후회와 죄책감으로 가슴이 터질 것 같았다. 머리와 가슴과 손바닥은 뜨거운데, 몸은 얼어붙은 것처럼 차가웠다.

나는 고개를 숙였다. 눈에서 떨어진 눈물이 모래를 점점이 적셨다. 그렇게 생각하는 사이에도 눈물은 모래에 빨려 들어가고, 이윽고 메말라서 보이지 않게 되었다. 바로 옆에는 내 가방이 놓여 있었다.

경찰에 신고하자. 유다이가 죽었다. 분명히 살해되었다.

다음은 내 차례다. 여기에 있으면 위험하다. 도망치자.

입술을 깨물자 눈물과 콧물이 뒤범벅되어 입 안으로 흘러들었다. 짭짤한 맛이 입 안에 퍼졌다.

가방을 들고 일어서서 뒤를 돈 순간.

눈앞에 도시가 있었다.

거울 앞에서 나를 내려다보고 있었다.

강인해 보이는 얼굴에는 아무런 표정도 없었다. 입은 한일자로 굳게 다물고 있었다. 나는 소리도 낼 수 없는 상태에서 돌덩이처럼 딱딱하게 굳었다.

도시가 슬픈 미소를 지으며 입을 열었다. "……가호, 미안해. 하지만 이 집에는 네가 필요 없어."

그는 말이 끝나자마자 나에게 주먹을 휘둘렀다. 나는 순간적으로 가방을 들어 얼굴을 막았다. 가방에서 귀를 찢는 소리가 울려 퍼졌다. 충격으로 뒷걸음질 친 순간, 발이 미끄러지면서 욕실로 튕겨나갔다.

욕조에 머리를 부딪혔다. 엄청난 통증으로 비명이 튀어나왔다. 어깨가 뭔가에 부딪혔다. 등 밑에 있는 울퉁불퉁한 것이 유다이의 시신이란 걸 알고 반사적으로 몸을 일으켰다. 머리의 통증을 참으며 유다이한테서 내려오려고 하자 도시가 내 목을 잡았다.

"이러지 마!"

내 입에서 절규가 튀어나온 순간, 도시의 다른 한 손이 내 목을 감았다. 도시의 굳은 얼굴이 가까이 다가왔다.

목 졸려 죽은 내 모습이 머리에 떠올랐다.

*

역에 가까이 갈수록 사람들이 많아졌다. 여기에 오기 전부터 예상은 했지만 실제로 시끄러운 소리를 듣고 많은 사람들을 보자 위장이 허공에 둥둥 떠다니는 느낌이 들었다. 간신히 역 앞에 도착한 뒤, 편의점 앞에서 스마트폰을 꺼내 커피숍의 위치를 검색했다. 돌아다니며 찾을 만한 기력은 없었다. 컨디션이 이래서 괜찮을까 하는 불안이 팽창했다.

히가와 만나기로 한 커피숍은 편의점 뒷골목에 있었다.

작은 나무문을 잡아당기자 카운터의 여자 종업원과 몇몇 손님이 일제히 나를 쳐다보았다. 찌르는 듯한 시선을 견디면서 커피숍 안으로 발을 집어넣었다. 옛날 분위기가 물씬 풍기는 좁고 어두컴컴한 커피숍 안에 커피 향이 은은하게 떠다녔다. 클래식 음악이 나지막하게 흐르고 있었다.

테이블 자리에 앉으려고 하면서 안쪽을 쳐다보자 손을 흔드는 정장 차림의 여성이 눈에 들어왔다. 맨 구석에 있는 2인석. 옆에는 자그마한 캐리어백이 놓여 있었다. 목에는 보라색 스카프를 하고, 손에는 검은 장갑을 끼고 있었다. 히가다. 시큰둥한 얼굴과 동작이 조용한 커피숍과 어울리지 않아서 바로 눈에 띄었다.

나는 안도의 한숨을 내쉬면서 허둥지둥 안쪽으로 향했다.

그녀는 손으로 맞은편 자리를 가리켰다. 이미 한 손에는 담배가 들려 있었다. 재떨이에는 담배꽁초가 산처럼 쌓여 있었다. 나는 그녀의 맞은편에 앉아서, 물을 가져온 종업원에게 아이스커피를 주문했다. 더듬지 않고 말할 수 있었던 것에 안도하고 있는데 그녀가 쌀쌀맞게 물었다.

"컨디션은 어때?"

나는 고개를 주억거리면서 대답했다. "꽤, 괜찮아. 거, 건강한지는 잘 모르겠지만."

"그래?"

그녀는 담배를 입에 물고 깊숙이 빨아들였다. 그리고 힘차게 연기를 내뿜더니 발밑에서 토트백을 들어올렸다. 안에서 지퍼가 달린 투명한 비닐봉지를 꺼냈다. 비닐봉지에는 하얀 천이 들어 있었다. 히가가 비닐봉지를 내밀었다.

"이제 준비하자. 이건 방지책이야." 당황하면서 받아들자 그녀는 표정 하나 바꾸지 않고 덧붙였다. "그 모래를 마시면 위험해. 그건 틀림없어."

나는 비닐봉지의 내용물을 뚫어지게 바라보았다. 특별할 것 없는, 어디에서나 파는 마스크였다.

"액막이를 해놓았어. 일종의 부적이니까 웬만한 나쁜 건 막을 수 있어."

그녀는 다시 담배를 입에 물었다.

과연 커피숍에서 이런 말을 하는 사람이 있을까? 아무리 생각해도 너무나 비현실적인 이야기였다. 히가가 다시 토트백에 손을 넣었다. 작은 손거울이 나왔다. 검은색 손잡이가 달린, 역시 어디에서나 흔히 볼 수 있는 손거울이었다.

"이것도 부적이야. 위험이 다가오면 비춰줘."

"……비추다니, 뭐에게?"

손거울을 받으면서 묻자 그녀는 보라색 연기를 내뿜으면서 아무렇지도 않게 대꾸했다.

"시시리바에게."

나는 손거울과 비닐봉지를 바지 뒷주머니에 쑤셔 넣었다.

그때 종업원이 아이스커피를 가져왔다. 종업원이 사라질 때까지 나는 아무 말도 하지 않았고 히가도 차가운 눈길로 테이블을 바라본 채 말없이 담배를 피웠다.

이윽고 그녀가 산처럼 쌓인 담배꽁초에 다시 꽁초를 비비면서 말했다. "그동안 계속 조사했어. 상대가 뭔지 모르면 대책을 세울 수 없으니까."

"……시시리바에 대해?" 나도 모르게 목소리가 작아졌다.

히가는 새 담뱃갑의 필름을 벗기면서 대답했다. "그래, 처음에는 힘들었어. 학자들도, 나와 똑같은 일을 하는 동업자들도 아무도 모르더라고. 그런 이름의 요괴는 들어본 적이 없다고 하면서. 문헌을 뒤지는 사이에 몇 가지를 찾았는데, 오히려 혼란스러웠어. 책마다 내용이 달랐거든."

거기까지 말한 뒤 다시 담배를 입에 물고 100엔짜리 라이터를 달칵달칵 눌렀다. 몇 번을 눌러도 불이 붙지 않았다. 그녀는 화살처럼 날카로운 눈길로 라이터를 쏘아보았다. 액체로 변한 가스는 아직 충분히 남아 있었다.

라이터를 든 검은 장갑의 손가락 끝이 가늘게 떨리고 있었다. 그녀는 표정 하나 바꾸지 않고 이번에는 천천히 손가락을 움직였다. 달칵하는 소리와 함께 라이터에서 오렌지색 불이 힘차게 피어올랐다.

그녀는 담배에 불을 붙이고 말을 이었다. "에도시대의 스님이 쓴 수상록에는 흉악한 요괴라고 쓰여 있었어. 도둑이 몰래 들어간 집에서 요괴를 만났는데 가까스로 도망쳤다는 소문을 들었대. '그건 시시리바야. 할아버지한테서 들은 적이 있어. 무사시노쿠니에 있는 사악한 요괴지. 넌 운이 좋아. 목숨을 건진 거야.' 선배 도둑이 간신히 살아남은 도둑에게 이렇게 말했다더군."

그녀는 연기를 토해내면서 앞을 똑바로 바라보았다. 나는 고개를 한 번 주억거렸다.

"……생각해보니 우리랑 비슷하네."

그녀는 얼굴을 살짝 찡그리더니 먼 곳을 바라보았다.

"그래. 하지만 무로마치시대*의 문헌에는 이렇게 쓰여 있어. '무사시노쿠니에는 시시리바의 집이라는 게 있다고 한다. 그 집에 사는 사람은 아무도 병에 걸리지 않고, 밖에서 다쳐도 집에 들어가면 낫는다. 가족들의 마음은 모두 평온하고 서로를 사랑한다. 이 세상 모든 이들이 그 가족처럼 살면 좋을 텐데…….'"

내 방에서 그녀가 보여준 병풍 그림을 떠올렸다. 고마이누가 있는 집. 행복한 얼굴로 잔치를 즐기는 사람들. 모래가 쌓여 있는 바닥. 장식기둥 옆에 있는 키가 큰 그림자.

그리고 담배 연기를 내뿜으면서 말했다. "다이쇼시대**에 나온 정신의학 책에는 이렇게 쓰여 있어. 어느 집 아이가 혼잣말을 자주 했대. 꼭 누군가와 대화를 하는 것처럼. 양친이 물어보자 아이는 이렇게 대답했어. 이 집에는 시시리바가 있다고."

나는 아이스커피를 손에 든 채 말없이 히가가 하는 이야기를 들었다.

---

* 室町時代, 1336년~1573년.
** 大正時代, 1912년~1926년.

"양친은 그 말을 믿지 않았어. 그런데 그 후에도 혼잣말이 계속되더니, 여동생이 태어나기 전후에 멈추었대. 유소년기의 불안과 스트레스가 만들어낸 망상이었을지도 모른다고 되어 있더라고. 요즘 식으로 말하면 상상 친구* 같은 거지."

들어본 적이 있다. 어린아이의 눈에만 보이는 상상 속 친구를 말한다. 정신적인 문제인지 영적인 존재인지는 모르겠지만 그런 것을 보는 아이는 적지 않다고 한다.

"그 책은 제본도 워낙 조잡하고, 대부분의 사례는 엉터리거나 다른 책에서 베껴 쓴 거였어. 저자는 당시 꽤 유명한 의사였는데, 그 책은 그냥 이름만 빌려준 것 같아."

그녀는 빈 잔을 들어 얼음을 입에 넣었다. 그리고 얼음을 우두둑우두둑 깨물어 먹으면서 거침없이 말했다.

"이 사례의 원전(原典)은 다른 정신의학 책이야. 하지만 내용은 크게 달라. 아니, 양쪽 내용이 어긋난다고나 할까? 의사가 아이 집으로 가봤더니 온 집 안이 지저분했다고 쓰여 있어. 양친은 집 안의 모습에 신경도 쓰지 않았다고 말이야. 아이의 혼잣말이 문제가 아니라 모든 가족이 정신적 장애가 있는 게 아닐까, 라고 의사인 저자는 마무리를 지었지. 양친이 다음 방문을 거부해서 교류는 그걸로 끝났다고 하더라고."

나는 혼란스러웠다. 그녀의 거침없는 말재주에 위화감이 들

---

* Imaginary friend, 현실에 존재하지 않는 상상 속 친구.

기도 했다.

"……뭐가 뭔지 모르겠어."

그녀가 다시 담배를 입에 물고 깊숙이 빨아들였다.

"정보가 뒤섞여서 그래. 그런데 최근에 알게 된 오사카라는 동료가 이런 말을 했어. 나보다 나이가 많은 여자분인데 시시리바에 관해 물었더니, 어렸을 때 근처에 살았다고 말이야."

"뭐?"

점점 이해할 수 없었다. 괴물이든 요괴든 상상 친구든, 그런 게 근처에 살았다는 게 무슨 말일까?

그녀는 담배를 비벼 끄더니 토트백에서 클리어파일을 꺼냈다. 그 파일에서 종이를 한 장 꺼내 나에게 내밀었는데 지도였다. 종이에는 흑백 지도가 인쇄돼 있었다.

"1980년도의 주택 지도야. 빨간색으로 감싼 곳이 대강 그 집이 있는 곳이야."

한가운데에서 약간 오른쪽으로 빨간 원이 보였다. 나는 얼굴을 가까이 대고 지도를 들여다보았다.

주택가의 한 귀퉁이. 주변 집에 비해 크지도 작지도 않은 집이었다. 형태로 볼 때 집은 정사각형에 가까웠다. 정사각형 한가운데에는 한자로 이렇게 쓰여 있었다.

師後庭 悟郎

"설마…… 사람의."

나도 모르게 입에서 말이 흘러나왔다.

"그래, 그 설마야. '시시리바 고로'라고 읽어. 오사카 씨에게 확인했으니까 틀림없어."

히가는 담뱃갑을 손에 들었다가 다시 테이블에 내려놓으며 지도를 정리했다.

"사람 이름이라곤 생각도 못 했어. 미리 알았다면 이렇게 멀리 돌아오지 않아도 됐을 텐데." 말투에 분한 느낌이 배어 있었다. "이 시시리바 고로라는 사람은 1982년에 사망했어. 요즘 식으로 말하면 고독사지. 혼자 사는 노인이었다고 하더군. 이웃들과 교류도 없었고, 본인이 사람들을 멀리했다더라고. 알코올 의존자였던 것 같아. 동네를 배회하면서 '돌아와줘', '집을 지켜줘'라고 소리쳤다는데 오사카 씨는 이혼한 아내를 부른다, 그렇게 생각했대."

그녀는 다시 얼음을 입에 넣었다. 나는 단숨에 아이스커피를 반 가까이 들이켰다. 말도 거의 하지 않았는데 목이 타들어가는 것처럼 말랐다.

"시시리바가 사람 이름이라면 달리 조사할 방법이 있거든. 그래서 찾아봤더니 역시 나오더라. 이걸 통해 어렴풋하게 보이기 시작했어, 그 집에 사는 괴물의 정체가."

그녀는 클리어파일에서 다른 종이를 꺼냈다. 이번에는 신문의 복사본이었다. 오래된 신문이라는 건 바로 알 수 있었다. 작은 글자가 꽉꽉 채워진 듯한 느낌이었다.

시한폭탄 사라지다 : 일가족 구사일생

4월 2일 새벽, 적기 편대가 히가시무라야마를 습격해서 폭탄을 투하했다. 대공 포화에 의해 격추되었지만 민가 36채가 불타고 사망자가 6명 발생했다. 또한 추락한 적기에 의해 민가 24채가 부서지고 사망자가 3명 발생했다. 적기가 투하한 시한폭탄 중 하나가 히가시무라야마초 OX의 민가를 직격했지만 그대로 사라졌다. 일가족 4명 중 부상자는 1명도 없었다. 집주인인 시시리바 이스케 씨는 "평소에 가족 모두 공경의 마음을 가지고 아침저녁으로 신단을 참배했는데, 그런 마음이 우리 집을 지켰습니다. 이 믿음을 가지고 미국과 영국에게도……

"제2차 세계대전 말기에 이 주변에 공습이 있었어. 도쿄 대공습*의 다음 달이지. 사상자도 있었어. 그런데 폭탄을 맞고도 무사한 집이 딱 한 채 있었지. 그게 시시리바의 집이야."

나는 뭉개진 글자를 간신히 해독하면서 물었다. "……폭탄이 사라졌다는 거야?"

"기사에선 그걸 자세히 다루지 않았어. 천황을 섬기는 가족

---

* 1945년 3월 9일~10일, 태평양전쟁 중 미국이 일본의 수도인 도쿄에 가한 공습이다.

이 구원을 받았다, 이 가족은 일본 국민의 거울이다, 그런 내용으로 일관하고 있지. 집주인인 이스케 씨도 그런 뜻으로 말하고 있고. 하지만 사실은 그게 아니야." 히가는 마지막 부분에 힘을 주면서 덧붙였다. "집을 지키고 침입자를 공격해서 배제한다, 시시리바 집에는 옛날부터 그런 게 있었던 것 같아. 요괴의 이름이 먼저 있었고 가족이 그걸 성으로 삼았는지, 또는 시시리바 집을 지키기 때문에 요괴의 이름이 그렇게 되었는지. 그것까지는 잘 모르겠어."

나는 말없이 고개를 끄덕였다.

"폭탄을 없앤 것도 이 녀석 짓이야. 아마 열이나 충격을 막았을 거야. 하지만 그로 인해 엄청난 손상을 입고 녀석은 잠들었지. 그 이후 가족은 뿔뿔이 흩어지고, 남은 고로도 혼자 숨을 거두고. 그로부터 시간이 얼마나 흘렀을까, 잠에서 깨어난 녀석은 시시리바 집터에 지어진 집과 그곳에 사는 사람을 지키고 있어. 외부 적을 물리치면서. 시시리바 집이 없어진 것도 모른 채 기계처럼 말이야." 그녀는 숨을 한 번 쉬고 나서 덧붙였다. "시시리바는 이른바 영적(靈的)인 가정 보안시스템, 즉 수호신이라고 할 수 있어. 그것도 혀를 내두를 만큼 강력한 수호신. 어지간한 유령이나 요괴는 폭탄을 막을 수 없으니까 말이야."

말을 마치고 히가는 담뱃갑에서 담배를 꺼냈다. 그리고 의자에 기대 라이터로 불을 붙였다.

이제야 앞뒤가 맞는다. 그녀의 설명은 충분히 이해할 수 있었다. 그날의 우리는 분명히 침입자였다. 그래서 공격을 받았다. 그 결과 준과 이사오는 죽고, 나는 이상해졌다. 거기까지 생각하고 의문에 부딪혔다.

나는 아이스커피로 목을 적시고 나서 물었다. "그, 그런데 넌…… 무사했잖아. 그 집에 들어가도 이상해지지 않았고."

길게 나부끼는 연기 너머에서 그녀는 먼 곳을 바라보았다.

"그래. 난 달라졌을 뿐이야. 원래 이런 힘이 있었기 때문일지도 몰라. 이건 핏줄의 힘이지. 우리 남매들은 대부분 가지고 있었어. 미하루는 특히 강했고."

나름대로 이해가 되는 이야기이기는 했다. 하지만…….

"……조금 전 정신의학 이야기는 이것과 무슨 관계가 있어? 사, 상상 친구인지 정신 질환인지 잘 모른다는 그거 말이야."

그것만이 그녀의 설명과 잘 이어지지 않았다. 물론 시시리바라는 말은 나온다. 집이 더러운 건 모래 때문일지도 모르겠다. 하지만 시시리바 집과도 수호신과도 이어지지 않는다.

그녀는 코와 입으로 동시에 연기를 내뿜었다.

"히라이와 집의 장례식 기억나? 장례식장 앞에서 내가 한 말 말이야."

나는 고개를 주억거렸다. "응. 다가갈 수 없다든지…… 그 집에는 지금도 뭔가가 있고 히라이와 씨 가족에게 무슨 짓을 하고 있다든지."

그녀는 등받이에서 몸을 일으키더니, 나를 똑바로 보면서 진지하게 말했다. "그래. 시시리바는 모래를 이용해 인간의 뇌에 작용을 하는 것 같아. 외부의 적인 경우에는 구체적으로 손을 쓴다든지 말이야. 우리는 직접 봤잖아."

지지직 하고 두개골 안쪽에서 소리가 울렸다.

"……망가뜨리는 거구나."

준과 이사오의 모습이 머리에 떠올랐다. 그날 이후의 내 모습도.

그녀가 보일락 말락 고개를 끄덕였다. "그런 한편으로 시시리바는 그 집에 사는 사람을 조종해. 히라이와 가족은 아마 시시리바의 존재를 모르고 있을 거야. 자신이 조종당한다는 사실도. 어쩌면 모래에 대해서도 모르지 않을까? 하지만 아이…… 가장 어린 아이만은 아는 것 같아. 그 문헌에 따르면 대화도 하는 것 같고. 아이에게는 조종을 늦출지도 몰라."

나는 모래 소리를 견디며 생각을 정리했다.

"……그렇다면 그 책에 나오는 아이라든지 양친이라는 건 시, 시시리바 가족이었다는 거야?"

히가는 담배 연기를 내뿜으면서 대답했다. "아마 그럴 거야. 이름은 쓰여 있지 않아서 꼭 그렇다곤 할 수 없지만. 시시리바는 아이를 중심으로 지키는 게 아닐까? 내가 무사했던 건 그것 때문일지도 몰라. 시시리바와 대화를 나눈 것도 그렇고. 나는 네 사람 중에서 가장 키가 작았고, 3월생이라서 생물학적으로도 가장 어렸으니까. 그래서 시시리바는 판단했어. 이 애는 자신이 지킬 대상이라고. 나 말고 세 명은 침입자라고. 그렇게 생각하면 그때 들은 말과도 이어져. 거기 있는 건 네 아이인가? 형제인가?" 그녀가 미간에 주름을 잡으며 덧붙였다. "……거기 가보면 진위를 알 수 있겠지. 히라이와 집 말이야."

그녀는 나지막한 목소리로 말한 뒤, 담배꽁초의 산에 담배를 꽂고 계산서를 들었다.

뜨뜻미지근한 땀이 뺨을 타고 흘러내렸다. 드디어 시작이라고 생각하자 온몸이 허공에 뜨는 듯한 느낌이 들었다.

"마음의 준비는 됐어?" 그녀가 무표정하게 말했다.

나는 두 손을 무릎에 대고 말없이 고개를 끄덕였다.

*

도시의 손가락이 내 목에 파고들었다. 숨을 쉴 수 없었다. 얼굴과 머리가 뜨거워졌다.

정신없이 휘두른 오른손이 바닥에 있는 물건에 닿았다. 손가락 끝에서 통증을 느끼고 알아차렸다. 식칼이다. 욕조 주변에 놓여 있던 식칼이 바닥에 떨어진 것이다.

나는 손을 더듬어 식칼 손잡이를 잡았다. 거꾸로 쥐었다는 걸 알았지만 그대로 들어 올려 도시의 팔에 휘둘렀다. 뼈에 닿는 감촉이 칼끝에서 손으로 전해졌다.

도시가 비명을 질렀다. 손의 힘이 조금 느슨해졌다.

식칼을 뽑아 이번에는 두 팔을 향해 내리쳤다. 스윽 하는 소리가 나면서 뼈에서 멈추었다. 괴로워하며 몸을 비트는 도시의 허벅지가 눈앞에서 보였다.

나는 혼신의 힘을 다해 식칼을 그의 허벅지에 꽂았다.

"끄아악."

도시의 손이 내 몸에서 떨어졌다. 나는 최대한 가슴을 부풀려서 숨을 들이마셨다. 허벅지에 식칼이 꽂힌 도시는 유다이의 몸에 발이 걸리더니, 균형이 무너지며 샤워기 위로 쓰러졌다.

샤워기에서 뜨거운 물이 힘차게 뿜어나왔다. 뜨거운 물에 얼굴과 옷이 젖는 것도 아랑곳하지 않고, 나는 벌떡 일어나 문으로 뛰어갔다.

유다이의 시신을 뛰어넘어 탈의장에 도착한 순간, 뒤에서 스웨터를 잡아당기는 힘이 느껴졌다. 도시가 유다이 위에 배를 깔고, 피투성이가 된 손으로 스웨터를 잡아당긴 것이다. 나는 생각도 하지 않고 소매에서 손을, 옷깃에서 머리를 빼내 스웨터를 허물처럼 벗었다. 그리고 탈의장에서 두 걸음 만에 복도로 달려 나갔다.

도시가 "가호!"라고 소름 끼치는 목소리로 불렀다. 나는 터질 것 같은 심장을 손으로 누르면서 복도의 모래 위를 달렸다. 위에는 니트 셔츠 한 장뿐이라서 몹시 추웠다. 다리가 모래에 푹푹 빠져서 마음대로 나아갈 수 없었다. 마음은 앞섰지만 몸과 발이 따라오지 못했다. 아무리 달려도 앞으로 나아가지지 않았다.

어이가 없을 만큼 천천히 계단 앞을 지나 복도에서 구부러지려고 했을 때, 누군가가 뒤에서 머리채를 잡았다. 몸이 뒤로 젖혀지며 나도 모르게 비명을 질렀다.

앞으로 나아갈 수 없다. 발이 모래를 걷어차며 허공으로 떠올랐다. 나는 그대로 뒤쪽으로 끌려가 바닥으로 떨어졌다.

등부터 거실의 모래밭으로 쓰러졌다. 모래가 깔려 있어서 생각보다 아프지는 않았다. 두 손으로 바닥을 짚고 상체를 일으키자 문 앞쪽에 아즈사가 서 있었다.

그녀의 등 뒤에서는 짙은 모래 먼지가 피어오르고 있었다. 거실이 갈색으로 뿌예져서 TV와 캐비닛, 창문이 잘 보이지 않았다. 아즈사의 갸름한 얼굴에 움찔움찔 경련이 일고 있었다.

*

역에서 걸어 주택가로 들어갔다. 나도 히가도 말이 없었다.

모퉁이를 몇 개 돌았다. 시야에 들어오지 않아도 히라이와 집이 가까워졌음을 알 수 있었다. 발걸음이 무거워졌다. 발을 차례차례 앞으로 내밀기조차 힘들었다. 긴을 데려오지 않은 것이 새삼 후회되었다. 이렇게 불안할 줄 알았으면 긴을 데려오는 건데.

앞에서 걷는 히가와의 사이가 계속 벌어졌다. 히가의 발소리

도, 캐리어백 소리도 아득히 멀리서 들렸다. 안 그래도 색채가
없는 밤의 주택가가 캄캄한 어둠 속으로 가라앉았다.

"이가라시."

히가의 목소리가 들렸다. 한참 떨어진 곳에서 나를 돌아보았
다. 나는 걸음을 멈추었다. 어두운 길 끝에서 벽에 기댄 채 바
들바들 떨었다. 그녀가 성큼성큼 다가왔다.

"너 설마 무서워서 그래?"

그녀는 어이없는 표정을 지으며 나를 쏘아보았다. 손바닥의
땀은 뜨뜻미지근하고 등 뒤의 땀은 차가웠다.

무시당했다고 생각한 순간, 깨달았다.

지금 그 말은 내가 예전에 그녀에게 한 말과 똑같았다.

그 순간, 눈이 번쩍 뜨였다. 나는 지금 밤의 주택가에 있고,
눈앞에는 히가가 있다. 지금 이 상황만을 냉정하게 바라보게
되었다.

"……무서워. 너무 무서워서 혼자는 갈 수 없어. 지난번에 전
화로 말한 것처럼……. 초등학교 때도 무, 무서웠어. 굉장히 많
이. 미안해."

그런 말이 스스럼없이 입에서 나왔다. 그녀는 나를 가만히
바라보다가 입을 열었다.

"나도 무서웠어. 가고 싶지 않았지."

"정말 미안해."

"괜찮아. 지금도 굉장히 무서워. 나 혼자라면 갈 수 없었을

거야."

그녀는 살며시 고개를 가로저으며 미소를 지었다. 그리고 몸을 돌리고 걸음을 내디뎠다.

나는 바로 따라가, 그녀와 나란히 어두운 길을 걸었다. 발은 무겁고 위장은 허공으로 떠올랐지만 그래도 앞으로 나아갈 수 있었다. 여기까지 와서 멈출 수 없다는 마음이 들었다.

히라이와 집의 대문 앞에 도착하자 그녀가 나를 슬쩍 올려다보았다.

"지금부터는 내가 알아서 할게. 넌 그냥 진지한 표정을 짓고 있으면 돼."

고개를 끄덕이자 그녀가 인터폰 버튼을 눌렀다.

"네에."

여자 목소리가 들렸다. 나는 문패의 '아즈사'란 글자를 보았다. 히가는 인터폰에 얼굴을 가까이 대더니, 상쾌할 만큼 당당하게 거짓말을 했다.

"밤늦게 죄송합니다. 며칠 전에 전화드렸던 스즈키 작가라고 합니다."

"들어오세요. 문은 열려 있어요."

히라이와 아즈사의 목소리가 들렸다. 최대한 상냥하게 대꾸하긴 하지만 몸도 마음도 지친 기색이 역력했다.

히가가 대문 손잡이를 잡았다. 끼익 하고 삐걱거리는 소리가 주택가에 울려 퍼졌다.

그녀를 따라 대문을 지나 계단을 몇 개 올라갔다. 히가가 현관문을 열고 "실례하겠습니다"라고 또박또박 말했다. 그녀는 안으로 들어가면서 곁눈으로 나를 보았다. 나는 문의 가장자리를 잡고 현관 안으로 발을 집어넣었다.

현관은 기억 속에 있는 것보다 훨씬 넓어 보였다. 우윳빛 조명 밑의 현관 입구에도, 복도 바닥에도 갈색 모래가 깔려 있었다. 나란히 있는 신발에도 모래 알갱이가 흩어져 있었다.

손에 촉촉이 솟아난 땀을 바지에 닦았다. 메마른 목에 마른 침을 흘려 넣었다. 머릿속에 히가와 커피숍에서 나눈 이야기가 떠올랐다. 병풍 그림도 생각났다.

여기는 시시리바의 집이다.

끄는 듯한 발소리와 함께 강인하게 생긴 남성이 복도에서 나타났다. 히라이와 도시아키였다. 남자와 눈이 마주치기 전에 고개를 숙일 뻔했다. 아직 처음 보는 사람과는 제대로 인사를 나누지 못한다. 머릿속에서 모래 소리가 사아아악 울리는 걸 필사적으로 무시했다.

그의 가슴팍을 쳐다보는데 남자가 간사이 지방 사투리로 인사했다.

"안녕하십니까, 히라이와입니다."

목소리는 낮았지만 말투는 가벼웠다.

"스즈키예요. 이쪽은 제 조수인 이가라시고요."

히가가 나를 가리켰다. 나는 황급히 고개를 숙이며 인사했다.

"아, 안녕하세요."

"죄송해요. 이 집을 제일 먼저 취재하고 싶어서요."

미안한 얼굴로 말하는 히가를 보며, 히라이와는 환한 미소를 지었다.

"이런 집이라도 괜찮으면 얼마든지 하십시오. 도움이 되면 좋겠군요."

그때 히가가 조심스럽게 말했다. "실례지만 마스크를 써도 될까요?"

"네?" 히라이와가 얼빠진 소리로 대꾸했다.

히가가 담담한 얼굴로 그럴싸한 변명을 늘어놓았다. "전화를 걸었을 때 언뜻 들었거든요. 사모님께서 아이를 가지셨다면서 요? 오늘 하루 종일 밖에서 돌아다녔는데, 나쁜 세균이라도 옮 기면 안 되잖아요."

히라이와는 만면에 미소를 지으며 고개를 끄덕였다. "이렇게 배려해주시다니! 안 그래도 세균이 걱정되었는데, 미리 말씀해 주셔서 감사합니다."

나는 히라이와의 발밑을 보았다. 흩어진 모래 위에 태연하게 서 있었다. 히가의 말이 맞았다. 세균은 신경 써도 모래에는 전 혀 신경을 쓰지 않는다.

"그렇다면……."

히가는 캐리어백을 현관 구석에 놓더니, 토트백 안에서 비닐 봉지를 꺼냈다. 그리고 나에게 눈짓으로 신호를 보냈다. 나는 서둘러 뒷주머니에서 비닐봉지를 꺼냈다. 손거울을 떨어뜨릴 뻔해서 심장이 오그라들었다.

마스크를 하면서 히가가 또 물었다. "만일을 위해 손을 씻고 양치질을 해도 될까요?"

"그래주시면 고맙죠. 이쪽으로 오십시오."

히라이와는 꾸벅꾸벅 고개를 숙이더니, 허리를 낮추고 안쪽을 가리켰다.

히가는 로퍼를 벗은 뒤, 잠시도 망설이지 않고 복도에 발을 올렸다. 나는 되도록 머리에서 생각을 쫓아내며 그녀를 따라갔다. 마스크에서 희미하게 일본주 냄새가 났다. 그녀가 말한 액막이는 이걸 말하는 것이리라.

거실 문 앞에서 오른쪽으로 꺾어져 막다른 곳까지 걸어가 세면장에 도착했다. 복도에는 눈이 닿는 곳마다 모래가 쌓여서 강물이 흐르는 듯한 무늬를 그리고 있었다.

"여기서 기다리겠습니다." 히라이와는 히가와 내 등 뒤에서 말하고는 문에서 몸을 반쯤 내밀고 물었다. "마실 것은 뭐로 드릴까요?"

히가는 눈가에 부드러운 미소를 띄우며 대답했다. "신경 안 쓰셔도 돼요."

"하하하, 그럴 수는 없죠."

히라이와는 어색하게 웃으면서 거실 문 안쪽으로 사라졌다.

세면장에는 모래가 거의 없었다. 세탁기 위에 약간 흩어져 있는 것 말고는.

히가가 수도꼭지를 비틀었다. 세면기에 물소리가 쏟아졌다.

"내 말이 맞지? 저 사람, 즉 이 집 주인은 시시리바에게 조종 당하고 있어. 행동도 어색하고, 이상한 기운이 느껴져. 엄청난 힘이 저 사람의 머릿속을 마구 휘젓고 있어."

히가의 차가운 목소리에는 긴장감이 감돌고 있었다. 나는 그녀에게 얼굴을 가까이 대고 어색하게 대꾸했다.

"그, 그렇구나."

"아마 부인도 그럴 거야. 이 벽 너머…… 부엌에 있는 것 같지만."

그녀는 시선으로 벽 너머를 가리켰다. 물소리에 섞여서 남녀의 말소리가 어렴풋이 들렸다.

"시시리바도 있어. 우리가 온 걸 알고 상황을 살피고 있지. 지금은 2층에 있는 것 같아."

갑자기 천장이 신경 쓰여서 날 리 없는 발소리에 귀를 기울였다. 짓눌린 감각이 몸으로 파고들며 무릎에서 힘이 빠졌다.

어떻게든 이성을 가동해 평정을 유지하려고 했을 때, 머릿속에서 한 가지 의문이 떠올랐다. 의문이라기보다 확인하고 싶은 점이었다.

"아, 아이를 지킨다면 혹시……."

"그래, 틀림없어. 배 속의 아이를 지키기 위해 부모를 조종하는 시스템일 거야."

히가가 작게 고개를 끄덕이고는 물을 잠갔다.

거실에서 남녀의 웃음소리가 들렸다.

*

손의 움직임을 보고 아즈사가 식칼을 꽉 쥐는 걸 알 수 있었다. 나는 그녀의 손에 시선을 고정하면서 천천히 일어나 그대로 뒷걸음질 쳤다. 발꿈치에 달라붙은 모래에서 바스락바스락 메마른 소리가 들렸다.

물에 젖은 뺨에 모래가 달라붙은 것이 느껴졌다. 목덜미에도, 턱에도, 입술에도. 무수한 모래 알갱이가 살갗에 달라붙어 있었다. 솟구치는 불쾌감을 뿌리치고 아즈사한테서 눈을 떼지 않았다. 그녀는 바들바들 떨면서 나를 노려보았다.

그 뒤쪽에서 모래 연기가 이리저리 움직이고 있었다.

"……아, 아즈사 씨. 진정하세요. 저, 아무한테도 말하지 않을게요."

내 입에서 갈라진 목소리와 함께, 스스로도 이해할 수 없는 말이 튀어나왔다.

그녀는 말없이 나를 노려보았다. 콧구멍은 크게 벌어지고, 어깨는 격렬하게 위아래로 흔들렸다. 벽 너머에서 도시의 신음이 들렸다.

"집에 가게 해줘요. 아무한테도 말 안 할게요. 이렇게 사과할게요. 부, 부탁해요."

허리가 커튼에 닿았다. 막다른 곳이다.

아즈사가 입술을 일그러뜨리며 말했다. "피…… 필요 없어."

그녀는 식칼을 두 손으로 잡고 나를 향해 맹렬하게 돌진했다. 나는 반사적으로 왼쪽으로 피하면서 탁자를 돌았다. 하마터면 넘어질 뻔해서 탁자를 짚고 간신히 자세를 유지했다.

탁자를 사이에 두고 나와 그녀가 마주했다.

그녀의 이마에 땀이 송골송골 맺혀 있었다. 아즈사는 어깨에 힘을 주고 위압적인 태도로 나를 응시했다. 나는 엉거주춤한 자세로 그녀의 움직임에 모든 신경을 집중했다. 한순간이라도 시선을 피하면 끝이다. 이 자리에서 그대로 숨통이 끊어진다. 유다이처럼 죽는다. 욕실에서 몇 토막으로 나누어진다. 그런 다음에 땅에 묻을지 어딘가에 버릴지 모르지만 반드시 그렇게 될 것이다. 왜 그런 꼴을 당해야 하는지 짐작도 할 수 없지만 분명히 그렇게 될 것이다.

이 두 사람은 이상하니까. 눈이 빛나는 무엇인가가 이상하게 만들었으니까. 내가 아는 사실을 하나로 이어도 아무것도 이해할 수 없지만 그것만은 확실하다. 눈이 빛나는 무엇인가가 실제로 뭔지는 아직 모른다. 두 사람이 이상해진 결과, 내가 왜 여기서 죽어야 하는지도 모른다. 유다이가 왜 살해되어야 하는지도.

"……이제 그만해요……."

나는 눈물을 흘렸다. 시야의 아래쪽 절반이 눈물로 얼룩졌다. 콧물이 입 안으로 흘러들었다. 긴장의 실이 끊어질 것 같아서 안간힘을 다해 마음을 다잡았다. 그녀는 한 손으로 배를 감싸고, 다른 한 손으로 식칼을 들고 있었다. 칼끝이 불빛을 반사했다.

"그만하세요…… 왜 이런……."

입에서 멋대로 말이 흘러나왔다. 가슴속에서 감정이 솟구쳐 말을 억제할 수 없었다. 그녀가 불쾌한 얼굴로 이마를 찡그렸다.

그때 스륵스륵하고 복도에서 모래 소리가 들렸다. 쿵쾅하고 벽이 울렸다. 도시가 오고 있다. 이쪽을 향해 오고 있다.

으으으. 신음을 내뱉으면서 다음 방법을 생각했다. 유다이의 시신이 머리에 떠올랐다. 새하얘진 왼손의 결혼반지. 이 집 어딘가에 있을 나의 결혼반지.

"아, 아."

별안간 아즈사의 균형이 무너졌다. 그녀는 배를 감싼 채 조금씩 뒷걸음질 치며 모래를 힘껏 걷어찼다. 마치 발이 멋대로 움직이는 것처럼.

그녀의 얼굴에서 표정이 사라졌다.

그녀의 손에 있던 식칼이 툭 하고 모래에 떨어졌다.

피어오르는 모래 먼지 속에서 그녀가 걸음을 멈추었다. 몸을 숙이고 식칼에 손을 내밀었다. 식칼을 들어 올린 순간, 다시 떨어뜨렸다. 다시 잡는다. 다시 떨어뜨린다. 그 동작을 기계처럼 되풀이했다. 가냘픈 목을 갸웃거리며 아무런 감정도 없는 얼굴로.

이상하다. 점점 더 이상해지고 있다. 아니…….

망가지고 있다.

머리에 떠오른 말을 확실하게 인식한 순간, 나는 발로 모래를 걷어차고 문을 향해 냅다 뛰었다. 시야 구석에 있는 모래 먼지 안쪽에서 두 개의 눈이 빛을 뿌렸다. 아즈사가 식칼을 들고 일어섰다.

*

거실에도 부엌에도, 여기저기에 모래가 쌓여 있었다.

히가는 서늘한 눈으로 히라이와 이야기를 나누며 커다란 직사각형 식탁의 상석에 앉았다. 토트백은 발밑에 내려놓았다.

"조수분도 여기에 앉으십시오."

"가, 감사합니다."

나는 그렇게 대답하고 히가 옆에 앉았다. 시선은 식탁 위에 고정했다. 상대의 눈을 바라볼 수 없었다. 뇌를 조종당하는 사람을 어떻게 대해야 좋을지 알 수 없었기 때문이었다.

시야 구석의 주방 카운터에서 사람의 그림자가 보였다. 그림자 앞에서 수증기가 피어올랐다. 체구가 작은 히라이와 아즈사가 주전자에서 티포트에 끓는 물을 따르고 있었다. 입가에는 미소가 떠올라 있었다.

"직장 명함밖에 없어서 죄송합니다."

히라이와의 목소리를 듣고 정신이 들었다. 히가와 히라이와가 명함을 주고받았다. 어떻게 해야 할지 생각하고 있는데 히가가 최소한의 말로 설명했다.

"이가라시는 들어온 지 얼마 안 돼서 아직 명함이 없어요."

나는 엉거주춤한 자세로 식탁을 보면서 말했다. "죄송합니다. 이, 이가라시입니다."

"괜찮습니다. 히라이와입니다. 만나서 반갑습니다."

내 머리 위에서 히라이와의 목소리가 들렸다.

다시 자리에 앉자 히가가 느닷없이 물었다. "이 집의 모래는 뭔가요?"

나는 의자에서 펄쩍 뛰어오를 만큼 놀라서 그녀를 쳐다보았다. 마스크를 쓴 옆얼굴과 시선에서는 마음을 읽을 수 없었다.

"네……?"

히라이와가 씁쓸하게 웃는 소리가 들렸다. 시선 끝으로 새하얀 치아가 보였다.

"다짜고짜 그렇게 물으셔도, 모래는 모래라고밖에……. 하하하."

감정을 위장하는 어색한 웃음소리가 들렸다. 그 소리가 내 머릿속에 있는 모래를 자극했다. 나는 눈을 질끈 감고 모래 소리를 견디며, 바닥에 쌓여 있는 모래를 바라보았다.

"그렇군요."

히가는 오른손을 식탁 위에 올려놓았다. 그대로 손바닥을 펴서 식탁을 닦더니 내 눈앞에서 멈추었다. 그러고는 손바닥을 뒤집어 히라이와에게 내밀었다.

"이걸 보셔도 아무렇지 않다는 건가요?"

검은 장갑에는 갈색 모래 알갱이가 빼곡히 달라붙어 있었다.

히라이와는 히가의 손바닥에 얼굴을 가까이 대고 뚫어지게 쳐다보더니, 곤란한 표정으로 고개를 갸웃거렸다.

"……네, 이상한 건 하나도…….."

정신과 의사의 설명이 머리를 가로질렀다. 수십 분 전에 히가가 설명해주었던 '원전'이다. 더러운 집을 더럽다고 여기지 않는 가족. 시시리바와 대화하는 아이.

"그러세요?"

히가는 차가운 목소리로 말한 후 손을 옆으로 내밀고 탁탁 털었다. 히라이와가 의아한 눈으로 그녀를 쳐다보았다.

"기분이 상하셨으면 죄송해요. 어느 분을 만나도 맨 처음에 확인하거든요."

히가는 다시 태연하게 거짓말을 했다. 그리고 자세를 바로 하더니 히라이와를 뚫어지게 쳐다보았다.

그는 다시 어색하게 웃고 나서 대답했다. "물론 마음에 걸리는 사람도 있겠죠. 그러고 보니 아내도 처음에는 마음에 걸려 했더랬습니다. 금방 익숙해졌지만요. 안 그래?"

맨 끝에 던진 질문은 카운터 너머에 있는 아내에게 하는 말이었다.

"후후."

아즈사가 개구쟁이처럼 웃으면서 찻잔을 쟁반에 올렸다.

"요즘 이런 게 유행하나? 아무렇지도 않은 일을 일부러 콕 집어서 확인하는 것 말이야."

히라이와는 편안한 말투로 아즈사에게 물었다. 히가에 대한 비아냥거림이 느껴졌다. 하지만 히가는 말없이 그를 관찰할 따름이었다.

"글쎄."

아즈사는 그렇게 대답하고는 천천히 카운터를 돌아 식탁으로 나왔다. 배가 조금 불룩했다. 옷도 임산부용 편안한 원피스다.

"드세요."

아즈사는 식탁에 찻잔을 올려놓았다.

나는 말없이 그녀의 손을 보았다. 자그마한 손이다. 왼손 약지에는 반지를 끼었던 자국이 선명하게 남아 있었다. 오른손 손등의 한가운데가 하얗게 변해 있었다. 화상 자국일까?

히라이와가 어이없는 표정으로 말했다. "당신이 처음에 그런 말을 했을 때는 도저히 이해할 수 없었지. 이 사람, 머리가 어떻게 된 거 아닌가? 그렇게 생각했다니까."

"말도 안 돼! 도시, 그렇게 생각했어?" 아즈사가 깜짝 놀라면서 말했다.

*

아즈사가 식칼을 들이밀었다. 나는 뛰면서 몸을 비틀어 가까스로 칼끝을 피했다. 문틀을 잡고 복도로 뛰어나오자 도시가 안쪽에서 덤벼들었다. 이번에는 피할 틈이 없었다.

도시가 몸으로 덮치는 바람에 복도에서 쓰러지고 말았다. 하지만 모래가 쿠션 역할을 해서 통증은 크지 않았다. 바로 일어나려고 했지만 이번에는 모래 때문에 발이 미끄러졌다. 나는 손발을 파닥거리며 모래를 여기저기로 흩뿌렸다.

그때 신음 소리가 들렸다. 내 옆에 쓰러진 도시가 두 눈을 누르며 괴로워했다. 모래가 눈에 들어갔나 보다. 힘겹게 일어서서 현관으로 달려가려고 한 순간, 도시가 왼손으로 나의 왼발을 잡았다. 한순간 시야가 흔들렸다. 나는 순간적으로 손을 내밀어 계단의 난간을 잡았다.

가까스로 넘어지지는 않았다. 나는 잡히지 않은 오른발로 도시의 얼굴을 걷어찼다. 도시가 오른손을 마구 휘두르며 내 오른발을 잡으려고 했다. 나는 그 손을 피하면서 이번에는 발목을 잡힌 왼손을 짓밟았다. 나무판자가 삐걱거리는 소리가 나면서 도시의 왼손이 떨어졌다. 도시는 오른손으로 왼손을 누르며 모래 위에서 고통스러운 표정을 지었다.

현관으로 가야 한다!

그렇게 생각한 순간 아즈사가 식칼을 들고 돌진했다. 재빨리 칼끝을 피한 순간, 발이 뒤엉키며 계단에 엉덩방아를 찧었다. 그녀가 다시 식칼을 치켜드는 걸 보고, 나는 엉덩방아를 찧은 상태에서 위쪽으로 도망쳤다. 발판에 발을 대고 일어나 모래로 인해 미끄러운 계단을 겨우 올라갔다. 하필 2층으로 도망치다 니……라고 생각하면서 2층으로 올라갔다.

구부러진 층계참에 도착한 순간, 난간을 잡은 손에 격렬한 통증이 내달렸다. 식칼이 손등에 꽂힌 것이다.

나는 무의식중에 걸음을 멈추었다. 아즈사가 곧바로 식칼을 빼내서 다시 덤벼들었다. 순간적으로 양손으로 식칼 든 손을 잡고 뒷걸음질 치다가 계단 벽에 등을 부딪혔다. 무거운 통증이 온몸을 덮치고, 입에서 신음이 새어나왔다.

그녀의 일그러진 얼굴이 눈앞으로 다가왔다. 거친 숨소리가 뺨에 닿았다. 식칼 끝이 이마를 스쳤다. 나는 젖 먹던 힘까지 짜내 고함을 지르며 아즈사를 향해 달려들었다.

그녀가 뒤쪽으로 날아가며 난간에 뒤통수를 부딪혔다. 엄청난 소리와 함께 아즈사의 얼굴이 추하게 일그러지더니, 그대로 모래 계단을 굴러 복도에서 멈추었다. 한동안 지켜보았지만 그녀는 엎드린 채 움직이지 않았다.

그녀의 머리 밑에서 검붉은 액체가 흘러나왔다. 피다. 피가 흘러나와 모래에 스며들었다. 도시가 엉거주춤하게 서서 망연한 얼굴로 그녀를 바라보았다. 천천히 고개를 들어 나를 바라보는 얼굴은 너무나 공허해 보였다. 나는 그의 시선을 보면서 필사적으로 다음 방법을 생각했다. 온몸이 떨렸다. 복도에 있는 아즈사는 이미 숨이 끊어졌다.

그녀는 죽었다. 내가 그녀를 죽였다. 저건 그녀의 시신이다.

2층에는 노파의 시신이 있고, 욕실에는 유다이의 시신이 있다. 지금 이 집에는 시신투성이다. 모래와 시신이 여기저기에 널려 있다.

그때 뚝뚝 뭔가가 떨어지는 소리가 들렸다. 내 손가락 끝에서 피가 떨어지는 소리였다. 오른손 손가락이 피로 물들어 있었다. 그것 말고는 아무 소리도 들리지 않았다. 도시는 나를 올려다보고, 나는 도시를 내려다보고 있었다.

사아아아아아.

멀리서 모래 소리가 들렸다. 다음 순간, 도시가 천천히 일어서더니 발을 질질 끌고 계단을 올라왔다. 피가 묻어 바지가 거무칙칙해져 있었다. 생각하기도 전에 몸이 먼저 반응했다. 위쪽으로 도망치기 위해 발이 움직인 것이다. 하지만 발이 계단에 걸리면서 어이없이 넘어지고 말았다. 계단 모서리에 옆구리가 찍히며 숨을 쉴 수 없었다. 도시가 내 몸 위로 올라왔다. 그의 손이 벨트로 향하는 걸 보고, 굳어 있던 감정이 격렬하게 요동쳤다. 싫어! 이러지 마! 왜! 어째서! 무서워!

"이러지 마!"

나는 목이 터져라 소리를 질렀다. 그리고 정신없이 도시의 머리를 때리며 다리를 오므렸다. 도시의 얼굴에는 표정이 없었다. 아무리 때리고 밀쳐도 반응을 보이지 않았다. 도시는 기계처럼 담담한 얼굴로 내 니트 셔츠를 잡더니, 단숨에 위로 올려 팔과 얼굴을 가렸다. 팔의 자유를 빼앗기고 시야가 가로막히자 엄청난 공포가 폭발할 것처럼 팽창되었다.

"싫어!"

비명을 지름과 동시에 바지가 무릎까지 벗겨졌다.

사아아아아아아아아.

계단 밑에서 모래 소리가 들리고, 그것에 섞여서 발소리도 들렸다. 무엇인가가 계단을 올라오고 있다. 니트 셔츠를 내리고 두리번거리자 주변은 온통 모래 연기에 감싸여 있었다. 도시가 내 바지를 잡아당기는 걸 알아도 저항할 수 없었다.

빛나는 눈이 나를 노려보았다. 보기만 해도 머리 중심까지 마비되어 힘이 빠져나갔다. 2층에서 봤을 때와는 전혀 달랐다. 거실에서 한순간 봤을 때도.

바지가 벗겨졌다. 모래 연기가 얼굴을 스치고, 모래 알갱이가 눈과 코와 입으로 흘러들었다. 도시가 덮치리라는 건 예상이 되었다. 하지만 몸은 꼼짝도 하지 않았다. 터질 것처럼 팽창했던 공포도 조금씩 줄어들고 어느새 마음이 진정되었다.

모래 알갱이가 목 안쪽으로 흘러들었다. 통증은 느껴지지 않고 오히려 기분이 좋았다. 모래 알갱이가 몸 안쪽을 부드럽게 어루만져주었다.

두 개의 눈이 나를 쳐다보았다. 도시는 나에게 다가오지 않

았다. 모래가 피처럼 온몸을 돌고 있는 것이 느껴졌다. 위에도,
폐에도, 손발에도. 머리에도. 문득 오늘 이 집에 온 이유가 생각
났다. 반지였다. 나는 반지를, 결혼반지를 찾으러 여기에 왔다.
반지가 없으면 유다이가 슬퍼할 테니까.

유다이. 사랑하는 유다이. 사랑하는 내 남편…….

내 남편이었던 사람.

눈앞은 어느새 짙은 모래 연기로 뒤덮였다.

뺨에 뭔가가 닿았다. 몽롱한 머리로 손가락이라고 인식했다.
길고 가느다란 손가락이 내 뺨을 어루만졌다. 스트리트 뷰. 발굽
자국. 그런 생각을 해도 조금도 무섭지 않았다. 그것이 무엇인
지도 알 수 없고, 생각도 나지 않았다. 이제 아무래도 상관없다.

천장에서 빛나는 두 눈도 더는 무섭지 않았다. 몸에 달라붙
어 있는 모래도, 눈앞에 있는 모래 연기도. 아무렇지 않았다. 당
연하다, 우리 집에 모래가 있는 것은.

"도시…….”

모래 연기를 뚫어지게 바라보면서 나는 사랑하는 남편의 이름
을 불렀다.

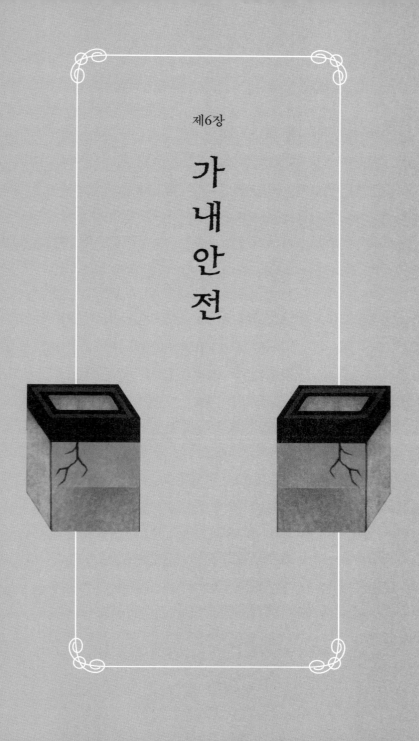

제6장

가
내
안
전

귀에 익은 목소리와 간사이 지방 사투리를 듣고 나는 고개를 들었다.

낯이 익은 여자가 쟁반을 들고 미소를 짓고 있었다.

이 집 앞에서 본 여자였다. 비 오는 날. 그리고 밤. 긴이 부딪히는 바람에 사과했다. 몇 마디 이야기를 나눈 기억도 있다.

히라이와의 가족은 아니다. 분명히 친구라고 말했다.

그렇다면 히라이와 아즈사는 아닐 텐데.

나는 여자의 얼굴에서 눈을 뗄 수 없었다.

여자가 히라이와 옆에 앉아 히가를 향해 미소 지었다.

"만나서 반가워요."

히가는 가볍게 고개를 숙이며 대꾸했다. "스즈키예요."

"감기 걸리셨어요?" 아즈사일 리 없는 여자가 나에게 시선을 향하고 덧붙였다. "두 분이 동시에 말이에요."

히가가 고개를 가로저으며 대꾸했다. "아니에요. 걱정 마세요. 만일을 위해서 마스크를 했어요. 아이에게 무슨 일이 있으면 안 되잖아요."

여자는 미안한 얼굴로 배를 어루만졌다. "그렇게까지 신경 쓰시지 않아도 돼요. 엄마와 아기 모두 건강하다고 의사 선생님이 그러셨거든요."

"그렇다면 더욱 조심해야죠." 히가가 토트백에서 노트와 펜과 녹음기를 꺼내 식탁에 놓으면서 덧붙였다. "그럼 이제 인터뷰를 시작할까요?"

알아차리지는 못한 듯했다. 하긴 히가가 알아차릴 수는 없겠지만.

"저기……."

나는 마음을 다잡고 입을 열었다. 여자와 히라이와가 동시에 내게 시선을 향했다.

나는 여자의 턱에 시선을 맞추며 물었다. "사, 사모님…… 사모님인가요?"

"네?" 여자가 눈을 동그랗게 떴다.

말이 안 된다고 생각하면서 물었다. "히라이와 씨 사모님, 즉 부인인가요? 저기…… 당신이 그러니까……."

"······네, 그런데요." 여자는 어색하게 웃으면서 대답했다.

일부러 시치미를 떼는 것 같지는 않았다. 히가의 시선이 내 얼굴에 꽂히는 걸 느끼면서 다시 물었다.

"히라이와 아즈사 씨인가요?"

처음부터 이렇게 물을 걸 그랬다고 후회했다.

여자와 히라이와가 얼굴을 마주 보았다. 서로 눈으로 신호를 보낸 뒤, 여자가 기계처럼 대답했다.

"네."

히가가 내 다리를 가볍게 걷어차고 송곳 같은 눈으로 노려보았다. 나는 머릿속에서 울리는 모래 소리를 필사적으로 무시하며 입을 열었다.

"아······아니야, 히가. 이 사람은, 부, 부인······ 아즈사 씨가 아니야."

히가의 미간에 깊은 주름이 새겨졌다. 히라이와가 어색한 웃음을 지었다.

"하하하, 이 사람이 아즈사가 아니면 누구라는 건가요? 이 사람은 틀림없는 내 아내입니다. 농담은 그만하세요."

여자가 어이없는 얼굴에 미소를 담았다. "아이참, 농담도 잘하시네요."

나는 마스크를 벗고 메마른 입을 간신히 움직였다.

"하, 하지만 지난번에는 치, 친구라고 했잖아요. 지, 지, 지난번에 개와 부딪쳤을 때, 잠시 얘기한 거, 기억 안 나세요? 그때는 분명히 부인이 아니라, 친구라고…….”

그렇게 말하는 도중에 손가락으로 몇 번이나 내 얼굴을 가리
켰다. 여자는 고개를 갸웃거리며 내 얼굴을 보더니, 이윽고 밝
은 표정으로 가볍게 말했다.

“아아! 그때 강아지를 데리고 있었던 분이죠? 조금 놀라긴
했지만 다친 데는 없었어요. 걱정…….”

“그, 그, 그게 아니라…….” 나는 머리칼을 쥐어뜯으며 덧붙
였다. “그때는 분명히 부인이 아니라고…….”

여자가 태연하게 되물었다. “그게 어쨌다는 거죠? 그때는 아니
었지만 지금은 아내예요.”

말투에 살짝 조바심이 배어 있었다.

“하, 하지만 아, 아즈사, 아즈사 씨라는 이름은 예전부터 문
패에 있…….”

“내가 아즈사예요, 내가요! 이 집안의 며느리라고요!” 여자
가 답답하다는 듯이 소리쳤다.

당연한 것처럼 말하고 있지만 앞뒤가 맞지 않는다. 아무리
생각해도 이상하다. 다음 순간, 온몸의 털이 곤두섰다. 몸을 움
직일 수도 없었다. 마스크를 벗었는데도 숨이 막혔다.

이 집에서는 지금 이상한 일이 일어나고 있다. 모래만이 아
니라, 모래에 신경 쓰지 않는 것만이 아니라…….

이 두 사람은 이상해져 있다.

“이가라시.”

히가가 나지막이 내 이름을 불렀다. 곁눈으로 쳐다보자 조금 전과는 다른 온화한 시선이었다.

"고마워. 네 덕분에 여러 가지를 알게 됐어. 지금 어떤 상황인지도. 어떻게 뒤처리를 해야 하는지도. 수호신이 무슨 짓을 하고 있는지도."

"무슨 말씀이시죠?" 히라이와가 물었다.

입술 끝에는 웃음이 매달려 있었지만 눈은 웃지 않았다. 분명히 수상쩍게 여기고 있다. 우리를 경계하고 있다. 여자는 의아한 얼굴로 우리를 바라보았다.

두 사람의 시선을 정면으로 받으며 히가가 물었다. "그러면 여쭤볼게요. 예전의 아즈사 씨는 지금 어디에 계시나요?"

히라이와가 바로 대답했다. "죽었어요. 일이 좀 있었거든요."

"그전의 아즈사 씨는요?"

그러자 히라이와의 얼굴에 분노가 어리고 목소리가 거칠어졌다. "그런 건 없습니다. 너무 무례한 거 아닙니까?"

히가는 조금도 신경 쓰지 않고 계속 질문했다. "도시에 씨는요? 돌아가신 다음에 어떻게 하셨나요? 다음을 보충하셨나요?"

히라이와가 식탁을 쾅 치며 우리를 노려보았다. "그거야 당연하잖습니까! 그렇지 않으면 가족이 갖춰지지 않으니까요!"

히가가 천장을 쳐다보며 다시 질문을 했다. "지금 2층에 계시나요?"

히라이와는 여봐란듯이 한숨을 크게 쉬고 나지막이 대답했다. "아니요, 지금 찾고 있는 중입니다."

여자가 불안한 얼굴로 몸을 움츠렸다. 히가는 히라이와를 뚫어지게 쳐다보더니, 이윽고 손으로 마스크를 내리며 중얼거렸다.

"그래요? 그것도 아무렇지 않다고 생각하는군요. 아니, 생각하게 되었군요."

히라이와는 대답하지 않았다. 여자는 우리한테서 시선을 피했다.

나는 목소리를 낮추며 물었다. "……어떻게 된 거야?"

무슨 말인지 이해할 수 없었다. 단지 두 사람이 이상하다는 것만은 알 수 있었다.

"자세한 건 나중에 말하겠지만 가족 중 한 사람이 죽으면 수호신이 빠진 사람을 보충하라고 명령을 내리는 것 같아. 사람이 부족하면 다음 사람을 끌어들여 조종하는 거지. 즉, 항상 처음과 똑같은 형태로 만드는 거야. 늘어나는 건 문제가 없고."

히가는 두 사람을 똑바로 보면서 설명하더니, 여자의 배로 시선을 옮겼다. 그런 일은 있을 수 없다고 말하려다가 입을 다물었다. 다음 사람을 끌어들인다 해도 가족이 원래대로 돌아갈 수는 없다. 아무런 문제없이 가족이 늘어나는 일은 있을 수 없다. 평범한 가족이라면 그렇다. 하지만 이 집은 다르다. 시시리바는 인간의 머리와 마음을 조종할 수 있다.

"안전한 집안, 원만한 가정, 번창하는 가족…… 수호신은 이

세 가지를 관리하지. 집 안에 있는 사람이 누구든지 상관없어. 부부애든 가족애든, 가족의 머리만 조종하면 자기 마음대로 만들 수 있으니까. 하지만 이 방법에는 문제가 있어. 너무 기계적이야. 아무리 조종해도 집 밖과 알력이 생길 수밖에 없어, 지금처럼. 어쩌면…….” 그녀는 손에 든 담뱃갑에서 담배를 빼내 입에 물고 덧붙였다. “지금 수호신은 오작동을 일으키고 있을지 몰라. 아니면 폭주하든지. 혹시 폭탄 때문이 아닐까?”

나는 앞에 앉은 두 사람한테서 시선을 뗄 수 없었다. 이제 저항감도, 고통도 느껴지지 않았다. 그럴 때가 아니었던 것이다.

이 두 사람은 누가 봐도 부부다. 그것도 사랑이 넘치고 금실 좋은 부부다. 하지만 진실은 그렇지 않다. 상대가 부부라고, 가족이라고 여기게 만들고 있을 뿐이다. 시시리바가 지키기 위해, 시시리바가 관리하기 위해. 집을 지킨다는 목적을 실행하기 위해, 이 집의 수호신은 가족을 끌어모으고 있다.

순서가 완전히 정반대다. 앞뒤가 맞지 않는다. 이건 말 그대로 폭주다.

히라이와가 눈에 핏발을 세우며 말했다. “……아까부터 무슨 말을 하는 겁니까? 인터뷰는 안 하겠습니다. 그만 돌아가주시죠. 안 그러면…….”

“죽일 건가요?” 히가는 담배에 불을 붙인 뒤, 코에서 힘차게 연기를 내뿜었다. “우리를 이 집에서 배제하고 싶다, 그렇게 생각하시죠? 무슨 수를 써서라도 배제하고 싶다고. 부인도 그렇게 생각하실 거예요."

여자는 험악한 얼굴로 히가를 노려보았다. 주변을 떠다니는 담배 연기에 코를 움찔거리면서.

히가는 가여워하는 눈길로 두 사람을 바라보았다. "하지만 ……그건 당신들의 뜻이 아니에요. 수호신의 명령이죠. 매우 강력하긴 하지만 막을 수 없지는 않아요. 이런 식으로요."

그녀는 담배 연기를 깊숙이 들이마신 뒤, 두 사람을 향해 보라색 연기를 힘껏 토해냈다.

히라이와가 일어서려고 하다가 얼굴을 일그러뜨렸다. 두 손으로 머리를 감싸며 의자에서 무너져 내렸다. 여자는 외마디 비명을 지르며 눈을 부릅떴다. 그러더니 이내 온몸의 힘이 빠졌는지 얼굴부터 식탁으로 쓰러졌다.

나는 재빨리 두 손을 내밀어 여자의 얼굴을 잡았다. 식탁 모서리에 배가 눌리며 숨이 막혔다. 그런 와중에도 여자의 얼굴을 옆으로 향하게 해서 살며시 식탁에 놓았다.

"고마워."

히가가 사무적으로 말하더니 담배를 입에 물고 일어섰다. 그리고 쓰러진 히라이와 옆에 몸을 웅크리고는 이마에 손을 대고 눈을 감았다.

아픈 배를 부여잡으며 의자에서 일어서자 히가의 날카로운 목소리가 날아왔다.

"마스크를 써!"

히가가 이번에는 여자의 머리에 손을 내밀었다. 나는 턱에 있던 마스크를 올려서 입과 코를 가렸다. 일본주 냄새가 콧구멍을 찔렀다.

"다행이야." 히가가 혼잣말처럼 중얼거렸다.

"뭐…… 뭐가?"

"담배가 효과가 있어서. 연기를 모았다가 내뱉는 건 힘들긴 하지만 효과는 직방이야. 간신히 명령을 차단할 수 있었어." 그녀는 정신을 잃은 두 사람을 내려다보며 덧붙였다. "밖으로 데리고 나가자. 시간이……."

그곳에서 입을 다물더니, 얼음 칼처럼 날카로운 시선으로 문 쪽을 쳐다보았다.

어느새 문이 활짝 열려 있고, 복도는 갈색 연기로 가득 차 있었다. 그 안쪽에서 그날 들은 소리와 똑같은 소리가 울려 퍼졌다.

사아아아아아아아아아아아.

머릿속 모래가 미친 듯이 날뛰었다. 무수한 알갱이가 두개골 안쪽에서 마구 뛰어다녔다.

"으으, 으으."

내 입에서 기묘한 소리가 흘러나왔다. 어느새 머리를 껴안고 신음하고 있었던 것이다.

히가가 복도를 노려본 채 담배를 피우면서 말했다. "괜찮아. 금방 오지는 않아. 내가 막고 있으니까. 잠시뿐이긴 하지만."

머릿속 모래 소리가 점점 더 격렬해졌다. 나는 어금니를 꽉 깨물었다.

"엄청난 힘이야. 웬만한 요괴나 혼령은 무서워서 가까이 올 수 없을 만큼. 저주도 튕겨내고. 말 그대로 수호신이야." 히가가 코를 킁킁거리며 감탄한 것처럼 말했다.

모래 연기가 천천히 거실로 흘러들었다. 히가가 마스크를 올렸다. 그대로 담배를 피우려고 하다가 그만두고 찻잔에 넣어서 불을 껐다.

긴장하고 있다. 냉정함을 잃은 건 분명했다. 안 그래도 작은 체구가 한층 작게 보였다.

"……뭐, 뭐라도 할 수 있는 게 없어?" 나는 머리에서 손을 떼고 물었다.

모래 연기가 바닥을 기어왔다. 소리도 없이 우리 쪽으로 다가오고 있었다.

"일단 두 사람을 밖으로 데리고 나가. 되도록 여기서 멀리 떨어져야 해. 부탁해."

히가가 거침없이 지시를 내렸다. 등 뒤의 커튼을 열자 창문 너머에 2미터 높이의 벽이 있었다. 벽 너머로 이웃집이 보였다.

"거실 창문이 좋겠어. 서둘러. 그렇게 오래 막을 수는 없으니까."

"으, 응."

"그다음은……."

그녀가 도중에 말을 끊었다. 마음에 걸려서 돌아보자 나를 향해 소리쳤다.

"두 사람을 데리고 나가면 여기로 돌아오지 마!"

이마가 땀으로 빛났고, 눈에는 불안의 빛이 감돌고 있었다.

"지금부터 할 일은 위험해. 성공한다고 장담할 수 없어."

불안한지 말투가 빨라졌다.

"뭘 할 건데?"

나는 시야 가득히 퍼지는 모래 연기를 바라보면서 물었다. 그녀는 내게 시선을 고정한 채 조용히 말했다.

"폭탄을 사용할 거야. 캐리어백에 들어 있는 폭탄을. 아까 그 신문, 기억하지? 녀석은 떨어진 폭탄을 막은 뒤, 오랫동안 잠들어 있었어. 그날 우리가 침입할 때까지. 똑같이 하면 쓰러뜨릴 수는 없어도 힘을 뺄 수는 있을 거야."

그녀의 말은 충분히 이해한다. 100퍼센트 확실하다곤 할 수 없어도 해볼 만한 가치는 있다. 그래도 나는 혼란스러웠다. 폭탄이라는 비일상적인 말을 듣고 눈앞이 아찔해졌다.

"문제는 녀석이 폭탄을 막을 수 없는 경우야." 히가는 담담하게 말하면서 모래 연기로 시선을 돌렸다.

"……그러면……."

다리에 힘이 들어가지 않았다. 나는 가까스로 일어섰다. 조금이라도 방심하면 그대로 쓰러질 것 같았다. 그녀는 죽음을 각오한 상태였다.

"이웃에는 피해가 미치지 않도록 할게."

"하지만 너는……."

"나는 괜찮아."

그녀가 안주머니에서 검은 물건을 꺼냈다. 플라스틱으로 된, 권총 손잡이처럼 생긴 물건이었다. 검은빛을 뿌리는 물건 위에는 버튼 같은 것이 붙어 있었다.

폭탄 스위치다.

"그러니까 어서 두 사람을 데리고 나가!"

나는 고개를 옆으로 흔들었다. 그리고 그녀의 예리한 눈을 바라보면서 말했다.

"그럴 수 없어……."

"내 말 못 들었어?"

그녀는 등골이 오싹할 만큼 차갑게 소리쳤다. 땅 밑바닥에서 울리는 듯한 무겁고 나지막한 목소리였다. 나는 그 자리에서 얼음처럼 딱딱하게 굳었다.

"서둘러." 그녀가 조금 전과 똑같이 차갑게 말했다.

사아아아아아아아.

모래 연기가 천장까지 피어오르더니 커다란 날개를 펼치듯 넓게 퍼져나갔다.

나는 정신을 잃고 식탁에 엎드려 있는 여자에게 뛰어가 옆으로 안은 뒤, 다가오는 모래 연기를 곁눈질하면서 거실을 가로 질렀다. 그리고 여자를 내려놓자 커튼을 젖히고 잠금쇠에 손을 댔다.

"같이 와줘서 고마워."

히가의 목소리가 들렸다. 나는 돌아보고 싶은 마음을 억누르며 잠금쇠를 열었다.

"네 덕분에 살 수 있어. 너도 히라이……."

그때 달칵하고 맥 빠진 소리가 들렸다. 나는 결국 돌아보고 말았다.

스위치가 바닥에 떨어져 있었다. 히가가 빈손을 내려다보았다. 장갑 낀 손이 바들바들 떨리고, 손가락 다섯 개가 제각기 움직여댔다.

그녀가 나를 쳐다보았다. 충혈된 눈이 크게 벌어졌다. 마스크 너머로 거친 숨소리가 들렸다.

모래 연기가 천장을 흘러가고 있었다. 모래 알갱이가 후두둑 후두둑 바닥에 떨어졌다. 나는 겨우 상황을 이해했다.

시시리바의 힘이다. 어느새 히가의 힘을 뛰어넘은 것이다. 그리고…….

히가를 망가뜨리고 있었다.

"이이, 이가, 라시. 미안해, 도망, 쳐……."

히가는 흥분한 목소리와 기묘한 억양으로 말하더니, 그대로 무너져내렸다.

모래 연기가 단숨에 우리를 덮쳤다.

시야가 갈색으로 물들었다. 눈에 모래가 들어가면서 극심한 통증이 엄습했다. 눈을 꼭 감고 손으로 귀를 막았다. 이번에는 머릿속 모래가 이리저리 뛰어다니며 스륵스륵스륵스륵 거칠게 울부짖었다. 옷깃을 통해 옷 안으로 파고든 모래가 살갗에 닿아서 온몸에 소름이 돋았다.

나는 고함을 지르며 그 자리에서 엉덩방아를 찧었다. 뭔가가 발에 닿았다. 여자다. 이 집에 보충된 이름도 모르는 여자.

"큭…… 커억."

멀리서 기침 소리가 들렸다. 기침은 몇 번이나 반복되었다. 히가다. 모래 속에서 기침을 하고 있다. 그녀의 모습이 머리에 떠올랐다. 절반쯤 모래에 파묻혀 괴로운 듯 몸을 비트는 그녀의 모습이.

눈을 가늘게 뜨고 모래 연기를 뚫어지게 쳐다보자 길고 가느다란 그림자가 보였다.

그림자가 천천히 움직였다. 스륵, 스륵…… 모래 소리를 내며 걷고 있었다. 흠칫 놀라며 발밑을 보자 바닥에서 모래가 물결처럼 흐르고 있었다. 순식간에 발이 모래에 파묻혔다.

그림자가 거실 한가운데에서 멈추더니 좌우로 천천히 흔들렸다. 주위를 둘러보는 걸까?

그날 2층에서 본 광경이 떠올랐다. 히가의 눈앞에 서 있던 길고 가느다란 그림자. 그 그림자 안에서 빛나던 두 개의 커다란 눈동자.

괴로워하는 기침 소리는 계속 이어지고 있었다.

그림자의 꼭대기 부분이 희미하게 빛났다. 푸르스름한 두 줄기 빛이 탁자 주변을 내려다보았다. 그림자의 시선 끝에 작고 둥근 그림자가 보였다. 작은 그림자가 연약하게 떨리고 있었다. 히가다.

커다란 그림자가 손을 들었다. 몹시 느린 동작으로 히가를 향해 기다란 손가락을 뻗었다.

나는 생각하기도 전에 벌떡 일어나 재빨리 모래를 걷어찼다. 빛나는 눈이 내 쪽을 향했다. 나는 순간적으로 시선을 피한 뒤, 자세를 낮추고 그림자를 향해 돌진했다.

모래 연기 너머에서 껍질이 너덜너덜하게 벗겨진 소나무 같은 것이 나타났다. 이것이 몸인가? 녀석의 몸통인가? 그렇게 생각한 순간, 머리가 단단한 것에 부딪혔다. 거실용 탁자다. 정수리에 격통이 내달렸다. 한순간 눈앞이 캄캄해졌다. 자세가 무너지면서 둥글고 단단한 무언가 위로 쓰러졌다. 내 몸 밑에서 으윽 하는 소리가 들렸다. 히가 위로 쓰러진 것이다. 다시 말해 지금 내 밑에는 히가가 깔려 있다. 나는 손으로 모래를 짚고 몸을 일으켰다.

모래 연기가 조금 어렴풋해졌다. 모래에 파묻힌 히가가 몸을 둥글게 구부린 채 연신 기침을 했다.

사아아아아.

그때 등 뒤에서 모래 소리가 들렸다. 나는 재빨리 돌아보았다. 모래 연기가 창문 앞에서 하나로 이어지더니, 물에 떨어뜨린 그림물감처럼 꿈틀거렸다.

바닥의 모래는 격렬하게 춤을 추었다. 내 쪽을 향해 똑바로 뻗어 있는 것은 내 발자국이리라. 그리고 여기저기에 있는 커다란 타원형의 구덩이는 아마……

나를 피한 걸까? 나를 피해 창가로 도망친 걸까?

나는 순간적으로 떠오른 유리한 해석을 뿌리치고, 모래 연기에 시선을 고정한 채 히가의 등을 쓰다듬었다. 옷 너머인데도 몹시 뜨거웠다. 아무리 등을 쓰다듬어도 히가의 기침은 그치지 않았다.

사아아아아아.

모래 연기가 다시 거실로 퍼져나갔다. 내 머릿속 모래가 모래 연기에 공명(共鳴)했다. 사악사악, 사박사박. 거친 모래 소리가 내 생각을 가로막았다. 나는 죽을힘을 다해 다음 방법을 생각했다.

지금은 도망치는 수밖에 없다. 히가를 데리고 여기서 도망치는 수밖에.

나는 히가를 일으켰다. 생각보다 무겁다. 히가의 몸을 두 손으로 잡고 문으로 향했다.

사아아아아아.

등 뒤에서 모래 소리가 다가왔다.

복도로 나온 순간, 발이 모래에 걸렸다. 모래가 거실보다 더 높이 쌓여 있었던 것이다. 나는 히가를 안은 채 그대로 두터운 모래에 처박혔다. 마스크가 벗겨지면서 입 안으로 모래가 들어왔다.

사아아아아아.

머리 위에서 모래 소리가 들린 순간, 극심한 통증이 관자놀이를 덮쳤다. 나는 히가한테서 손을 떼고 몸을 웅크리며 머리를 감쌌다. 고통에 몸부림치면서 입에 들어간 모래를 토해냈다. 뺨에 모래 알갱이가 닿는 게 느껴졌다. 몇몇 알갱이는 코로 빨려 들어갔다. 새로운 두통이 파도처럼 밀려왔다. 손으로 입을 틀어막자 이번에는 손바닥의 모래 알갱이가 입과 코로 스며들었다.

모래에서 도망칠 수 없다. 모래에서 허우적거리고 있다.

나는 공황 상태에 빠졌다. 어디가 위쪽이고 어디가 아래쪽인지 알 수 없었다. 지금 옆을 보는지 위를 보는지 엎드려 있는지도 알 수 없었다. 숨도 쉴 수 없었다. 두통은 점점 더 심해졌다. 머릿속 모래가 드륵드륵 뇌를 깎아나갔다.

다음 순간, 누군가가 내 목덜미를 잡았다. 힘껏 잡아당겨 모래에서 끌고 나갔다. 목덜미에서 매끄러운 감각이 느껴졌다. 장갑…… 히가다. 히가가 나를 끌고 가고 있다.

그녀는 눈 깜짝할 사이에 복도를 가로지르더니 바로 세면장에서 쓰러졌다. 나는 두통을 참고 벌떡 일어나 문을 쾅 닫았다. 커다란 소리가 욕실 안까지 메아리치다가 사라졌다.

눈앞이 캄캄해졌다. 복도 빛이 미닫이문과 문틀 사이로 새어 들어오고 있었다. 나와 히가의 거친 숨소리만이 어둠 속에 울려 퍼졌다.

이제 끝이다. 절망이 가슴을 가득 메웠다. 문을 닫았다고 안전한 건 아니다. 분명히 모래가 또 덮칠 것이다. 결국 망가지고 죽임을 당한다. 준처럼, 이사오처럼. 나도, 히가도. 그렇게 생각한 순간.

사아아악.

모래가 미닫이문을 때렸다. 사아아, 사아아악…… 소리가 몇 번이나 이어졌다. 안으로 들어올 수 없는 것 같다. 모래를 뿌리는 소리만이 규칙적으로 반복되었다.

"……이가, 라시." 히가의 목소리가 들렸다. 굳어 있는 몸을 겨우 일으키자 그녀가 힘든 얼굴로 헐떡이면서 물었다. "괘, 괜찮아……?"

히가의 마스크는 새빨갛게 물들어 있었다.

나는 그녀 앞에 몸을 숙이고 되물었다. "너야말로 괜찮아?"

마스크를 벗으려고 하다가 그만두었다.

크헉. 그녀는 크게 기침하면서 관자놀이를 눌렀다.

"머리는 괜찮아. 간신히 튕겨낸 덕분에 마, 망가지지 않았어. 하지만."

얼굴을 찡그리면서 갈라진 목소리로 말한 뒤 마스크를 벗었다. 하악 하고 숨을 크게 토해냈다. 코 아랫부분이 새빨갛게 물들어 있었다. 피다. 벌써 피가 말라서 달라붙어 있었다.

히가가 다시 얼굴을 찡그렸다. 모래 뿌리는 소리는 기계처럼 반복되고 있었다.

"몸에 전혀…… 힘이 들어가지 않아. 기침을 하고 나서는 특히 더. 그리고 모, 모래가."

그녀는 말을 끊고 목에 둘렀던 스카프를 거칠게 풀었다.

희끄무레한 빛 속에서 떠오른 그녀의 목덜미를 보고 나는 숨을 들이마셨다. 새빨간 상처가 길게 자리하고 있었다. 그것도 세 줄기나. 상처에서는 피와 투명한 체액이 흘러나오고, 모래 알갱이가 빼곡히 달라붙어 있었다.

"일하다 그랬어." 내 시선을 알아차렸는지, 그녀가 스카프로 상처를 닦으며 덧붙였다. "작년에, 너희 집에 가기 얼마 전에."

모래 소리는 아직도 이어지고 있었다.

"히가……."

그녀는 충혈된 눈으로 나를 보더니, 손으로 자신의 얼굴과 목덜미를 가리켰다.

"이가라시, 보다시피 나는 이렇게 됐어. 목구멍에서는 피가 쏟아지고, 목덜미의 상처는 다시 도졌어. 거의 다 나았었는데."

히가의 목소리가 조금 높아졌다. 뭐라고 대꾸해야 좋을지 몰라서 가만히 있자 그녀는 다시 커억커억 기침한 뒤 손등으로 입을 닦았다.

"하지만 넌 나 정도는 아니야. 내가 쓰러진 다음에는…… 무방비 상태였을 텐데."

조금 전까지의 상황이 머리에 떠올랐다. 내 상황을 다시 돌이켜보았다. 두통이 머리를 덮쳤다. 모래에 휩쓸려 허우적거릴 뻔했다. 지금도 관자놀이가 쿡쿡 쑤셨다. 숨은 안정되지 않고 계속 헐떡였다. 모래 맛이 혀에 달라붙어 있다. 옷 속의 모래도 불쾌하기 짝이 없다.

하지만 히가처럼 되지는 않았다. 나는 거실에 있을 때 머리에서 내쫓은 '유리한 해석'을 떠올렸다.

그녀가 속삭이듯 말했다. "그날도 그랬어. 넌 죽지 않았어."

나는 무심코 고개를 끄덕였다. "이, 이상해지긴 했지만 준과 이사오에 비하면……."

히가가 내게 얼굴을 가까이 대고 말했다. "그래, 여기에는 특별한 이유가 있어. 거기서 타개책을 발견할 수 있을지 몰라."

거기까지 말하고 그녀는 신음 소리를 내며 목을 눌렀다. 어금니를 악무는 것도 보였다.

"괘, 괜찮……."

"난 괜찮으니까 생각해봐. 부탁해."

포니테일 머리가 하늘하늘 흔들렸다. 그녀가 다시 미간에 깊은 주름을 잡고 기침했다.

"난 머리가 안 돌아가. 모, 몸이 너무 아파서……."

말하는 사이에도 히가는 필사적으로 숨을 들이마시고 다시 기침을 했다. 기침이 멈추지 않았다. 얼굴은 활활 타오르는 불길처럼 시뻘게졌다. 너무나 괴로워 보여서 가만히 있을 수 없었다.

나는 어느새 히가를 안고 등을 어루만져주었다. 그녀는 몸을 웅크린 채 내 가슴에 머리를 기댔다. 기침은 아직 가라앉지 않았지만 거실에 있었을 때보다는 약해졌다. 그 모습을 확인하면서 나는 젖 먹던 힘까지 짜내 머리를 굴렸다.

나는 왜 아무렇지도 않은가? 나와 그녀의 차이는 무엇인가?

그날도 준과 이사오처럼 되지는 않았다. 그 이후 계속 모래 소리에 시달리고 있지만 그래도 두 사람과는 정도가 다르다.

세 사람과 나의 차이는 무엇인가? 가정 환경인가? 아니다. 가정 환경은 세 사람 모두 다르다. 핏줄인가? 그건 확인할 도리가 없다. 식생활, 부모의 직업, 집의 위치, 성격, 행동, 신앙. 머리에 떠오르는 대로 나열해도 짐작이 되지 않았다.

다시 모래 소리가 이어졌다. 사아아아악. 사아아아악.

히가가 후욱 하고 크게 숨을 내쉬었다. 이제 괜찮은 모양이다. 그녀가 천천히 고개를 들었다. 새빨갛게 충혈된 눈은 눈물에 젖고, 땀에 젖은 머리칼은 뺨에 달라붙었다. 앞머리에 실보무라지 같은 갈색 털이 달라붙어 있었다. 그걸 떼려고 손을 내민 순간 알아차렸다.

개털…… 긴의 털이다. 내 옷에 달라붙었던 것이 그녀의 머리칼에 붙은 모양이다.

다음 순간, 머릿속에서 강렬한 빛이 번뜩였다.

준은 개를 키우지 않았다. 이사오도 개를 키우지 않았다. 나는 당시에 리키를 키웠다. 이 집에 15년 넘게 살았던 아오야기 가족도 도사견을 키웠다.

"히, 히가. 혹시 개 때문이 아닐까?"

그녀는 멍하니 나를 올려다보았다. 그 눈이 갑자기 접시처럼 커지더니 혼잣말처럼 중얼거렸다.

"……고마이누."

나는 고개를 주억거렸다. 그녀가 처음에 보여주었던 병풍 그림이 떠올랐다. 모래 위에서 흥겹게 잔치를 하는 사람과 키가 큰 사람의 그림. 그 그림의 기이한 모습에 정신을 빼앗겨 부자연스러운 부분을 그냥 지나쳤다.

문 앞에 있는 고마이누의 얼굴이 바깥쪽이 아니라 안쪽을 향하고 있었다. 집 안을 노려보고 있었다.

처음에는 그런 모습으로 집 안에 있었을지도 모른다. 지금도 집 안 어딘가에 있을지도 모른다. 조용히 파묻혀 있을지도 모른다.

개를 두려워하는 존재를, 이 집에 묶어두기 위해서.

시시리바는 개를 두려워한다.

개는 물론이고 털조차 두려워하는 듯하다. 냄새도 두려워할지 모른다. 어쩌면 나는 느낄 수도 없는 개의 기척조차.

그렇게 생각하면 앞뒤가 맞는다. 내가 비교적 영향을 적게 받는 것도 그걸로 설명이 된다. 그렇다면…….

나는 다급히 말했다. "긴을 데려올게. 적어도 지, 지금보다는 분명히 이…… 이길 수……."

"그래, 이길 수 있을지도 몰라."

히가가 내 말을 받았다. 눈에는 강력한 힘이 깃들었다.

"그리고 포, 폭탄보다는."

"위험도 적고." 그녀는 평소의 시큰둥한 얼굴로 덧붙였다. "내가 녀석의 공격을 막고 있을 테니까 그 틈을 이용해 밖으로 나가. 넌 죽지 않을지도 모르지만 그렇다고 다치지 않는 건 아니야. 내가 어떻게든 막을게. 아니, 미끼가 될게. 여기 남아서."

나는 히가의 말을 한마디 한마디 곱씹어보았다. 옳은 작전이다, 하지만.

내가 밖에 있는 동안, 그녀가 살아 있을 수 있다는 보장은 어디에도 없다.

"네, 네가 위, 위험해. 같이 나가면 둘 다……."

그녀가 내 팔을 잡고 태연하게 말했다. "솔직히 말하면 움직일 수 없어."

"뭐?"

"아파서 못 걷겠어. 밖에 나가기 힘들 거야."

나를 잡은 손이 파르르 떨렸다. 셔츠의 가슴 부분은 빨갛게 물들어 있었다.

그녀는 약간 부드러운 표정으로 말을 이었다. "그러니까 너혼자 가. 그리고 되도록 빨리 돌아……."

그녀가 말을 끊은 순간, 나도 바깥의 변화를 알아차리고 귀를 기울였다. 규칙적으로 이어지던 소리가 멈추고, 그 대신 기묘한 소리가 들렸다.

스윽, 스윽, 스스스⋯⋯.

무엇인가가 모래 위를 기어오고 있었다. 미닫이문의 바로 근처까지 다가왔다. 그렇게 생각한 순간, 덜컹거리는 소리와 함께 미닫이문이 활짝 열렸다. 눈부신 빛이 한꺼번에 쏟아지면서 한순간 눈앞이 아찔해졌다.

히라이와가 모래가 깔린 복도에 엎드린 채, 최대한 몸을 뒤로 젖히고 문손잡이를 잡고 있었다. 모래로 뒤범벅이 된 얼굴에서는 아무런 표정도 보이지 않았다. 단지 입을 꼭 다물고 눈을 부라린 채 우리를 노려보고 있을 따름이었다. 마치 살모사가 먹이를 노려보듯이.

그의 머리 위에서 모래 연기가 피어올랐다. 그 안에서 두 개의 눈동자가 번들번들 빛을 뿌린 순간.

모래 연기가 세면장 안으로 힘차게 흘러 들어왔다.

눈앞이 갈색으로 뿌예졌다. 다시 히가의 기침 소리가 들렸다.

그녀는 괴로운 듯 숨을 들이마시며 낮은 목소리로 으름장을 놓았다.

"오지 마!"

그러자 모래 연기가 튕기듯 복도로 돌아갔다.

히라이와가 눈을 부라린 채 복도에 털썩 쓰러졌다. 히가가 세면대를 잡고 비틀비틀 일어섰다.

"어서 가. 여기서 기다릴게."

그녀는 말이 끝나기 무섭게 다시 기침을 했다. 나는 문틀을 잡고 겨우 일어섰다. 그리고 히라이와를 뛰어넘어 복도로 달려 나가 모래 연기 속으로 돌진했다.

눈에 모래가 들어가면서 불에 덴 듯한 통증이 엄습했다. 입 안에서 사박사박 소리가 났다.

나를 공격하고 있다. 수호신의 공격이 먹히고 있다. 하지만 히가만큼은 아니다. 역시 핵심은 개다.

확신이 깊어짐과 동시에 불안도 커졌다. 눈앞은 갈색 입자로 뒤덮여서 아무것도 보이지 않았다. 입 안의 모래가 목구멍 안 쪽으로 흘러 들어가려고 했다. 침을 몇 번이나 뱉고 나서 나는 모래를 걷어차며 앞으로 나아갔다.

모래 연기 너머에서 현관이 보였다. 그 앞쪽에서 길고 가느 다란 그림자가 나타나더니, 순식간에 눈앞으로 다가왔다. 그 소나무 껍질 같은 몸이다……라고 생각한 순간, 나는 발길을 멈췄다.

떠다니는 모래 연기를 휘감고, 그림자 앞쪽에서 한 여자가 나타났다. 우두커니 서서 몽롱한 눈길로 나를 바라보았다. 손 에는 식칼을 들고 있었다. 등 뒤의 그림자는 방패처럼 우뚝 서 있을 뿐이었다.

여자는 두 손으로 식칼을 들고 걸음을 내디뎠다. 사락 하고 모래가 힘차게 흩뿌려졌다. 나도 모르게 한 걸음 뒤로 물러섰다. 여자가 다시 걸음을 내디디려고 하다가 갑자기 손에서 식칼을 떨어뜨렸다. 식칼이 모래에 꽂혔다. 여자는 다시 몸을 숙이고 식칼을 잡았다. 식칼을 들어 올렸다가 다시 떨어뜨렸다. 다시 몸을 숙이고 식칼을 들어 올렸다가 또 떨어뜨렸다. 기계처럼 똑같은 동작을 계속 반복했다.

명령이 뒤섞인 모양이다. 나는 그렇게 해석했다.

시시리바는 어린아이를 지킨다. 그래서 가족에게도 아이를 지키라고 명령을 내린다. 지금 이 순간에는 외부의 적인 나를 공격하라고 명령을 내리고 있다. 앞의 명령을 실행하려면 내게서 멀리 떨어져야 한다. 더구나 내가 찾을 수 없도록 어딘가로 숨어야 한다. 뒤의 명령을 실행하려면 내게 맞서야 한다. 무슨 수를 써서라도 나를 공격해야 하는 것이다.

여자는 지금 상반된 두 가지 명령을 동시에 실행하기 위해 이렇게 이해할 수 없는 행동을 하고 있다. 그 결과 어느 명령도 실행하지 못하고 있다. 내가 정말로 외부의 적이라면, 이렇게 있으면 위험하지 않은가.

이렇게 멍청한 녀석에게 준은, 이사오는, 그리고 나는. 이름도 모르는 이 여자는.

너무나 분하고 화가 나서 눈물이 쏟아졌다. 눈물을 얼마나 많이 흘렸는지, 눈꼬리가 아플 정도였다. 두려운 마음은 거의 사라졌다.

여자가 다시 식칼을 떨어뜨린 틈을 타서 단숨에 그녀의 옆을 빠져나갔다. 검은 그림자가 내 앞에서 사라졌다. 갈 수 있다. 밖으로 나가서 긴을 데려올 수 있다. 히가를 구할 수 있다……

하지만 현관에 펼쳐진 광경을 본 순간, 경악할 수밖에 없었다. 모래가 산처럼 높다랗게 쌓인 탓에 현관문이 보이지 않는 것이다. 웬만한 힘으론 모래를 무너뜨릴 수 없을 것이다.

사아아아아아.

복도에서 모래 소리가 메아리쳤다. 히가의 가냘픈 신음이 멀리서 들렸다.

전화다. 나는 주머니에서 스마트폰을 꺼냈다. 하지만 액정 화면은 이미 새까맣고, 아무리 여기저기를 눌러도 전원이 켜지지 않았다. 모래가 들어가서 고장 난 모양이다.

거실이다!

여자의 옆을 지나 거실로 들어가려고 하다가 바로 포기했다. 두 개의 창문이 현관문처럼 모래 산으로 막혀 있었다.

우연인가. 아니면 시시리바의 작전인가. 그것도 아니면 처음부터 그런 공격 방법이 정해져 있었던가. 침입자를 독 안에 든 쥐로 만들기 위해.

시간이 없다. 어떻게 하면 좋지? 나는 필사적으로 머리를 굴렸다. 복도에서는 지금도 계속 여자가 식칼을 떨어뜨렸다 주웠다를 반복했다. 무표정한 얼굴로 똑같은 동작을 반복하는 것이다. 그 모습을 보자 비 오는 날이 머리에 떠올랐다. 여자를 처음 만났던 날이다. 당시 히라이와 집 앞을 처음 산책하다가 불안과 공포에 사로잡힌 나머지 걸음을 멈추었다. 그리고 빨려들어갈 듯이 집을 올려다보았다. 빗소리. 뺨을 적시는 빗방울. 커튼이 쳐진 2층 창문…….

나는 거실에서 뛰어나갔다. 마침 납작 엎드린 여자를 뛰어넘어 계단에 발을 올렸다. 두 단을 한 번에 뛰어올라 오른발에 중심을 옮긴 순간, 날카로운 통증이 오른쪽 장딴지를 관통했다.

"으앗!"

나는 고함을 지르며 계단 밑으로 굴러떨어졌다. 무슨 일이 일어났는지 모른 채 발밑을 보고 작게 비명을 질렀다.

"히이익!"

여자가 피 묻은 식칼로 내 장딴지를 찌르고, 무표정한 얼굴로 식칼을 빼냈다. 고통으로 신음하고 있자 여자가 다시 식칼을 치켜들었다. 나는 순간적으로 발을 구부려서 칼끝을 피했다. 여자는 내 발에 시선을 고정하고 다시 식칼을 치켜들었다.

나를 공격하라는 명령이 선행하는 것이다.

여자는 왼손으로 내 오른발을 잡더니, 다시 식칼로 허벅지를 찔렀다. 푸식. 소름 끼치는 소리가 근육을 타고 귀에 꽂혔다.

생각하기도 전에 휘두른 왼발의 뒤꿈치가 여자의 옆머리를 직격했다. 비명도 없이 쓰러진 여자를 곁눈으로 보면서, 나는 팔과 왼발로 계단을 기어 올라가 난간을 잡고 가까스로 일어섰다. 몸의 중심을 난간에 맡기고 한 발만으로 모래 계단을 올라 갔다. 등 뒤를 힐끔 돌아보자 여자는 일어서지 못한 채 망가진 인형처럼 발을 버둥거리고 있었다. 그때 허공을 날아다니던 모래가 내 얼굴에 쏟아졌다. 나는 심하게 컥컥거리면서 2층으로 향했다.

오른발이 마비되기 시작했다. 발끝을 적시는 뜨뜻미지근한 액체는 피일 것이다. 생각보다 상처가 깊은 듯했다. 오른발을 생각하지 마! 머릿속으로 스스로를 야단치면서 가까스로 2층에 이르러 앞쪽 문을 열었다.

모래투성이가 된 환자용 침대 너머에서 창문이 보였다. 나는 한 발로 침대에 올라가 커튼을 젖힌 뒤, 잠금쇠를 돌려 창문을 활짝 열었다. 차가운 밤바람이 얼굴에 쏟아졌다.

발끝의 따뜻한 감촉은 사라졌다. 마비된 것이다. 몸의 감각으로 볼 때, 허벅지까지 마비된 모양이다. 이 발로는 뛰어내릴 수 없다. 착지할 수는 있어도 집까지 갈 수는 없을 것이다. 갈 수 있다고 해도 시간이 오래 걸린다.

지금 할 수 있는 일은 한 가지뿐이다.

나는 일단 창틀에 두 손을 대고 몸을 앞으로 내밀었다. 그리고 마스크를 내린 뒤 손가락을 입에 넣고 힘차게 휘파람을 불었다.

휘이이이익. 손가락 휘파람 소리가 길게 꼬리를 끌며 주택가를 가로질렀다. 다시 한 번, 다시 한 번. 그리고 허공을 향해 목이 터져라 외쳤다.

"긴!"

바깥을 향해 다시 긴의 이름을 부르고 손가락 휘파람을 불었다. 그때 사박 하고 모래 밟는 소리가 들렸다. 문을 잠그지 않았다는 사실을 깨닫고 후회하면서 돌아보았다.

여자가 문틀에 기댄 채, 왼손으로는 배를 감싸고 오른손으로는 피투성이의 식칼을 거꾸로 움켜쥐고 있었다.

"아, 아니에요!"

나는 일단 그렇게 소리쳤다. 뒤늦게 생각이 머리에 닿았다.

"난 적이 아니에요. 아, 아무 짓도 하지 않아요!"

그리고 그녀를 향해 두 손을 들고 항복하는 시늉을 했다. 어린애 같은 유치한 속임수라는 생각에 스스로도 어이가 없었다.

"금방 나, 나갈 거예요."

그렇게 말하다가 알아차렸다. 금방 나갈 수 없다. 모래 산이 가로막고 있으니까. 그렇다는 건 밖에서도 들어올 수 없다는 뜻이다. 금방은.

여자는 나를 물끄러미 바라보았다.

여자의 등 뒤에는 어둠이 자리하고 있다. 모래 흐르는 소리가 희미하게 들렸다. 그 소리에 섞여서 다른 소리도 들렸다. 무슨 소리지? 히가에게 무슨 일이라도…….

히가는 무사할까? 그녀가 마음에 걸린 순간.

멀리서 개의 울부짖음이 들렸다.

탁탁 하는 소리는 아스팔트를 스치는 발톱 소리다.

다시 개가 울부짖었다. 오랫동안 듣지 못했던 울부짖음을 듣고 입가에 미소가 떠올랐다.

긴이다. 손가락 휘파람 소리를 들은 것이다. 그리고 이쪽을 향해 달려오고 있었다.

여자가 몸을 빙글 돌려 복도를 바라보았다. 내 시선을 따라간 것이다. 그 틈을 놓치지 않고 그녀에게 달려들어 오른 손목을 사정없이 비틀었다.

여자가 고통으로 얼굴을 일그러뜨리며 식칼을 떨어뜨렸다. 나는 바닥에 떨어진 식칼을 잡자마자 그녀에게 들이밀었다.

"죄, 죄송해요. 얌전히 있으세요. 부탁해요."

여자를 위협하려고 했지만 입에서 나온 것은 사죄의 말이었다. 여자는 겁먹은 얼굴로 칼끝을 바라보았다. 나는 다리의 통증을 참으면서 문을 향해 뒷걸음질 쳤다. 창문 너머에서 긴이 울부짖었다. 이 근처에 있다. 서둘러야 한다. 서둘러 모래 산을 무너뜨려야 한다.

그렇게 생각한 순간, 여자가 천천히 머리를 흔들었다. 그리고 눈의 흰자위를 드러내더니 그대로 쓰러졌다.

나는 한 발로 뛰어가 여자를 잡았다. 여자는 힘없이 헐떡이다가 즉시 눈을 감고 새근새근 잠들었다. 명령이 끊어진 걸까?

사아악 하고 복도에서 모래 소리가 들렸다.

뒤를 돌아보자 바닥의 모래가 계단을 향해 강물처럼 천천히 흘러갔다.

계단 밑을 내려다보자 모래 먼지가 소용돌이치고 있었다. 모래가 계단을 타고 밑으로 떨어지는 것이다.

긴의 울음소리에 반응하고 있다. 그렇게 생각할 수밖에 없었다. 흘러내리는 모래에 휩쓸려 넘어지지 않도록 조심하면서 난간을 잡고 계단을 내려왔다. 이상하게도 모래 속으로 들어가는 것에 저항감은 없었다.

이 모래는 지금 도망치고 있다. 이제 나를 덮치지 않는다. 그래서 무섭지 않다. 불쾌하지도 소름 끼치지도 않다. 흘러내리는 모래를 발끝으로 느끼면서 나는 한 계단씩 아래로 내려갔다. 계단에서 흘러내린 모래는 거실로 향하고 있었다. 문 앞에서는 복도 안쪽, 현관, 그리고 계단에서 흘러내린 모래가 서로 부딪치며 뒤섞이고 있었다. 모래에 휩쓸려 넘어지지 않도록 조심하면서 계단을 돌아 현관으로 향했다.

모래 산은 거의 사라졌다. 현관문 너머에서 깔짝깔짝 발톱으로 긁는 소리가 들렸다.

현관문을 힘차게 열자 긴이 안으로 뛰어들었다. 꼬리를 흔들며 내 발에 달라붙어, 걱정스러운 눈길로 나를 올려다보았다.

"긴." 나는 긴의 머리를 한 번 쓰다듬은 후 거실을 가리켰다. "도와줘."

긴이 코에 주름을 잡고 엄니를 드러내더니, 몸을 낮추고 으르렁거렸다. 발톱 소리를 울리며 복도로 들어가자 목청껏 울부짖었다.

모래는 점점 빠른 속도로 거실로 도망쳤다.

복도의 모래가 깨끗하게 사라진 걸 보고 나는 긴과 함께 거실로 들어갔다. 바닥에는 모래 알갱이가 하나도 보이지 않았다. 부엌 쪽에만 모래 먼지가 자욱이 끼어 있을 뿐이었다.

긴이 거실 한가운데에서 멈췄다. 온몸의 털을 곤두세우고 닿을락 말락 할 정도로 코를 바닥에 댔다. 끄륵끄륵 하고 목을 울리며 부엌을 노려보았다.

모래 연기 안에서 길고 가느다란 그림자가 보였다. 기다란 손발을 구부리고 카운터 너머에서 이쪽을 살펴보고 있었다. 겁을 먹은 걸까? 경계하는 걸까?

희미한 모래 냄새를 맡으며 나는 모래 연기 너머에 시선을 고정했다. 검은 그림자는 움직이지 않았다.

폭주하는 영적인 가정 보안 시스템. 자신이 지킬 집을 나중에 만들어내는 어리석은 수호신. 인간의 뇌를 때로는 조종하고 때로는 지배하고 때로는 상처 입히는 괴물. 친구를 죽이고 나를 괴롭힌 존재.

식탁에 찻잔이 나란히 놓여 있었다. 갈색 홍차의 바닥에는 모래 알갱이가 쌓여 있었다. 그중 하나에 담배꽁초가 박혀 있다.

히가는 무사할까? 그녀가 걱정되어서 견딜 수 없었다. 단발머리에 낡은 옷을 입고, 항상 겁먹은 눈길로 사람들을 쳐다보던 그녀. 하시구치의 뒷자리에서 단발머리로 눈을 가리고 책을 읽던 그녀.

나는 물었다. "히가, 너도 갈래?"

그리고 또 물었다. "너 설마 무서워서 그래?"

새파란 여름 하늘 아래서, 히가는 매달리는 눈으로 우리를 살펴보았다.

"여기는 금연이야?" 그러곤 재떨이에 담배를 사아아악 집어넣었다. 붕대를 감은 손으로 책가방에 교과서를 넣으며 말했다. "……이런 말을 하니까 자꾸 수상쩍게 생각하는데."

국도 옆에 있는 인도. 자동차 불빛이 사아아아아아 차가운 얼굴을 비친다.

"보고 있었어어어어어어어."

나는 전병이 놓인 자자자자아아아아아아아 쟁반을 보면서 물었다. 히가는 얼굴을 자아아아아아아 스카프로 상처를 자아아아아아아 닦으면서.

"이가라시!"

따귀를 맞고서야 정신이 들었다. 낯선 집의 거실. 눈앞에는 자그마한 여자가 무서운 표정으로 우뚝 서서…….

"아!"

기묘한 소리를 내지르고 나는 그 자리에 주저앉았다. 내게 무슨 일이 일어났는지 이해함과 동시에 등줄기가 서늘해졌다.

나는 지금 망가질 뻔했다.

부엌의 기척이 견디기 힘들 만큼 무섭게 느껴졌다. 치아가

서로 맞물리지 않았다. 다리와 허리에 힘이 들어가지 않았다.

"마스크를 써. 그리고 거울을 비춰!"

머리 위에서 매서운 소리가 날아들었다. 히가가 무표정하게 나를 내려다보고 있었다. 말의 의미가 뒤늦게 머리에 닿았다. 나는 재빨리 턱의 마스크를 코까지 올리고 주머니에서 손거울을 꺼내 가슴 앞에서 부여잡았다.

긴이 히가의 등 뒤에서 나타나 걱정스러운 표정을 지으며 내 뺨을 핥았다.

히가가 부엌을 노려보면서 말했다. "아무렇게나 명령을 내리고 있어. 상당히 약하긴 하지만 네 머릿속의 모래와 공명하는 바람에⋯⋯."

살며시 부엌을 살펴보자 모래 연기 안에서 창백한 빛이 약하게 깜빡이고 있었다. 힘없이 움직이는 손발이 점차 보이지 않았다. 모래 연기 자체도 서서히 희미해지더니, 그 너머에서 냉장고와 식기 선반이 모습을 드러냈다.

사라진다. 시시리바가 모습을 감추고 있다.

"도, 도망친다⋯⋯."

히가가 머리를 옆으로 흔들었다. "아니야. 잠드는 거야. 개가 있을 때는 잠시 활동을 멈춰. 그건 확실해⋯⋯."

이어서 무슨 말인가 하려고 하다가 입을 다물고, 험악한 얼굴로 부엌을 노려보았다.

모래 연기가 완전히 사라졌다. 눈앞에는 넓은 부엌이 형광등 불빛을 받고 있을 뿐이었다. 아무런 기척도 나지 않았다. 허공을 떠다니던 모래 냄새도 어디론가 사라졌다.

긴이 나한테서 떨어지고는 부엌을 향해 크게 울부짖었다.

흉가체험

히라이와 집에서 있었던 사건은 아무한테도 말하지 않았다. 말한다고 해도 아무도 믿지 않을 것이다. 어머니가 몇 번 물었지만 대답하지 않았다.

어머니가 걱정하는 것도 당연하다. 계속 집에만 틀어박혀 있던 아들이 그날 밤 갑자기 밖에 나가고, 잠시 후에는 개가 뛰쳐나가더니 다음 날 같이 들어왔다. 더구나 아들의 다리에는 붕대가 칭칭 감겨 있었으니 걱정하지 말라고 하는 편이 오히려 이상하리라. 아마 아들과 개가 없이 혼자 보낸 밤은 불안해서 견딜 수 없었을 것이다. 그 점에 대해서는 몇 번이고 거듭 사과했다.

시시리바가 잠들자마자 히가는 즉시 구급차를 불렀다. 기절한 히라이와 부부와 식칼에 다리를 다친 나는 구급차로 병원에 실려가고, 히가는 긴과 같이 온 집 안을 수색했다. 시시리바가 잠들었을 만한 곳을 찾아서. 그리고 뒷마당에서 시신을 발견했다.

히가는 경찰에 연락했다. 출동한 경찰관들에게 그녀는 이렇게 요청했다고 한다. 앞으로 수사할 때는 반드시 경찰견을 대동하라, 그렇지 않으면 목숨을 보장하지 못한다.

히가가 정장 차림으로 담배를 피우면서 조수석에서 말했다. "폭탄 때문에 처음에는 굉장히 수상쩍게 생각하더라. 결국 경찰청 장관 이름을 말하니까 믿어줬어."

히가의 이야기를 들으면서 나는 신중하게 렌터카를 운전했다. 그 집에서 발견된 시신은 전부 세 구였다. 한 구는 남자고, 두 구는 여자였다. 남자의 시신에는 머리와 손발이 없었다. 여자 중 한 명은 노파였고, 다른 한 명은 임신한 상태였다.

맨 처음 신원이 밝혀진 사람은 임신한 여자였다. 여자의 이름은 히라이와 아즈사. 히라이와 도시아키의 아내였다.

다음에 신원이 밝혀진 사람은 구와하라 시즈코라는 노파였다. 일가친척도 없이 그 근처에서 혼자 살았는데, 1년 반쯤 전에 행방불명되었다고 한다.

남자는 사사쿠라 유다이라는 회사원이었다. 머리와 손발은 어디 있는지 끝내 찾지 못했다. 그는 히라이와 집에 있던 여자…… 가호의 남편이었다.

"구와하라 할머니는 도, 도시에 할머니 다음이었어? 새, 새로운, 하, 할머니라고 할까……."

히가는 앞을 바라본 채 대답했다. "그럴 거야. 환자용 침대에 머리칼이 남아 있었어. '히라이와 집안의 할머니' 역할을 했던 것 같아. 물론 본인에게는 그런 자각이 없었겠지만."

"가호 씨 남편은 어쩌다……."

"그건 모르겠어. 두 사람 다 기억나지 않나 봐."

히가는 시큰둥한 얼굴로 연기를 토해냈다. 목의 상처는 거의 사라졌다.

히라이와 도시아키와 사사쿠라 가호는 기억상실증에 걸렸다. 히라이와는 그 집에 이사 오고 나서, 가호는 몇 달 전의 일부터 기억나지 않는다고 했다. 특히 가호는 임신했다는 사실조차 잊어버려서, 정신이 들었을 때는 공황 상태에 빠졌다.

그로부터 벌써 1년이 지났으니까 아이가 태어났으리라. 아마 히라이와의 아이일 것이다. 확인할 생각은 없었다. 왜 그렇게 되었는지, 상상만 해도 등줄기가 오싹했다. 시시리바의 기계 같은 방식을 생각하면 온몸에 소름이 끼쳤다.

"긴은 잘 있어?"

"응."

다리와 허리가 약해져서 산책을 할 수는 없었지만, 어머니 말에 따르면 특별히 아픈 곳은 없다고 한다. 실제로 가끔 집에 가면 꼬리를 흔들며 뛰어오기도 한다.

히가의 요청에 따라 경찰에서는 히라이와 집의 땅 밑을 파헤 쳤다. 물론 일을 할 때는 경찰견을 대동했다고 한다.

일단 문기둥 밑. 예상했던 대로 그곳에서는 작은 고마이누 조각상이 두 개 나왔는데, 모두 집 쪽을 바라보고 있었다. 그 병풍 그림과 똑같았다. 얼마나 오래되었는지 거의 마모되어서 몸의 털도, 얼굴 모습도 알아볼 수 없고, 개처럼 생긴 짐승으로 밖에 보이지 않았다고 한다.

더 깊은 땅속에서는 사방 30센티미터쯤 되는 쇠 상자가 발견 되었다. 시뻘건 녹이 잔뜩 끼어 있었는데, 여섯 면에는 모두 그 림이라고도 글자라고도 할 수 없는 기괴한 모양이 조각되어 있 었다. 뚜껑은 닫혀 있었지만 한가운데에 작은 구멍이 뚫려 있 었다.

히가의 말에 따르면 그 안에 시시리바가 있었다고 한다. 상 자 안에서 잠들어 있었다는 것이다.

"그런 건 처음 봤어. 언제 어디서 만들었는지도 몰라. 그렇게 무서운 요괴가 아니면 학자들에게 조사해달라고 했을 텐데."

히가는 경찰관, 경찰견과 같이 가까운 다마 호수로 가서, 그 곳에서 쇠 상자를 폭파했다. 히라이와 집에 가져갔던 폭탄을 사용해서. 나는 그때 집에 있었는데, 돌연 머리가 가벼워진 순 간이 있었다. 그때 상자가 폭파되었을 것이다. 그때부터는 누 구와 이야기해도, 무슨 생각을 해도 머릿속에서 모래 소리가 들리는 일은 없었다.

마침내 해방되었다. 모래로부터. 그 집으로부터. 그리고 시시
리바로부터.

그리고 나는 일을 시작했다. 고다이라에 있는 빵 공장에 취
직한 것이다. 아직 익숙해졌다곤 할 수 없지만 최근 들어 상사
나 선배들과 조금씩 말을 할 수 있게 되었다. 마음이 조금 편해
지면서 그와 동시에 확신하게 되었다. 이제 내 머릿속에는 모
래가 없다. 그리고 모래가 있든 없든 다른 사람과 말하는 것은
내 특기가 아니다. 적어도 지금까지는.

6개월 전부터 운전 학원에 다녀서 지난달에 겨우 운전 면허
증을 취득했다. 같은 시기에 집을 나와 고다이라에서 혼자 살
기 시작했다. 모래가 없는 생활은 말로 표현할 수 없을 만큼 쾌
적했다.

히라이와 집에서 시신이 발견되었다는 소식은 매스컴에 크
게 보도되면서 한동안 세상을 떠들썩하게 만들었다. 하지만 수
사가 진전되지 않고 속보가 거의 나오지 않자 어느 순간에 꼬
리를 감추었다. 이제는 히라이와의 이름도, 가호의 이름도 아
무도 기억하지 못한다.

매스컴의 관심은 사라졌지만 그렇다고 사람들의 관심이 사
라진 것은 아니었다. 히라이와의 집 때문이다.

그 집은 유명한 흉가체험 현장으로, 지금도 일부 사람들 사
이에서 화제가 되고 있다. 인터넷에서도, 그리고 현실에서도.
그 집에 몰래 들어가는 젊은이들은 뒤를 끊이지 않고, 시간이

갈수록 낙서는 늘어났다.

'흉가체험 현장'이라는 말과 함께 사람들의 입에 오르내리는 것에 위화감이 없지는 않았다. 하지만 사실을 말한다고 해서 어떻게 되는 것은 아니다. 그 집에 있던 폭주한 수호신이 그 집 주인을 조종하고 가족을 조종해서 시신을 마당에 묻게 했다. 이런 사실이 오히려 비현실적이리라.

그리고 지난달에 히가가 연락을 해왔다.

그 집에 대해 할 얘기가 있어, 너와 같이 갈 곳도 있고, 라고.

*

통장에 있던 돈은 일찌감치 떨어졌다. 유다이의 생명보험금 은 아직 나오지 않았다. 살해한 사람은 도시가 확실한 듯하지 만 내가 관여했을 가능성이 있어서라고 한다. 그런 일은 있을 수 없다. 내가 유다이를, 남편을 죽일 리 없지 않은가. 하지만 확실하게 부정할 수는 없었다. 도쿄로 상경한 이후의 상황이 거의 기억나지 않기 때문이었다.

유다이와 거리가 생긴 것, 도시와 재회한 것, 도시의 집에 몇 번 놀러 간 것은 기억이 난다. 하지만 자세한 부분은 머리에 안 개가 낀 것처럼 어렴풋하다. 도시의 집이 어땠는지는 기억나 지 않는다. 그의 아내, 즉 사망한 아즈사라는 여자가 어떤 사람 이었는지도 모른다. 구와하라라는 노파에 대한 기억은 아예 털끝만큼도 없다.

그래서 도시가 유다이를 죽인 것 같다는 말을 들어도, 도시의 집 마당에서 시신이 나왔다는 말을 들어도 아무런 감정이 솟구치지 않았다. 기억이 없는 상태에서는 당황스럽기만 할 뿐, 슬픔도 분노도 증오심도 생기지 않았다.

나는 지금 어떻게 하면 평범하게 살아갈까. 오직 그 생각만 하고 있다.

유다이의 회사 사람 소개로 일을 하게 되었다. 작은 영상제작 회사에서 일거리를 받아, 기업의 상품 홍보 영상이나 이벤트에서 사용할 영상을 만들어주는 일이다. 가끔 다단계 판매 회사나 영매사 같은 사람의 광고 영상도 만든다.

그런 곳의 일은 일정도 빠듯하고 요구 사항도 많지만 수입은 꽤 괜찮다. 내게 이렇게 준다면 제작 회사는 얼마나 많이 받을까 하는 억측이 생길 만큼. 이런 식이라면 프리랜서로 충분히 먹고살 수 있다. 혼자 살아갈 수 있다.

유다이가 없는 노가타의 아파트. 작업실로 변한 내 방에서 오늘도 컴퓨터 앞에 앉아서 영상을 편집하고 있다.

지금 하고 있는 일은 대형 부동산 회사의 홍보용 동영상이다. 땅을 가지고 있는 지방의 땅주인들을 향해 "노는 땅에 아파트를 지읍시다!", "건설비만 주시면 저희가 책임지고 관리해드리겠습니다", "자금은 몇 년 안에 회수할 수 있고, 그다음은 앉아서 돈을 벌 수 있습니다" 하고 호소하는 것이다. 과연 이 사람들 말처럼 몇 년만 지나면 저절로 돈이 굴러 들어올까? 나는 반신반의하면서 손을 움직였다.

부동산 회사의 손님은 아파트 주민이 아니라 땅주인이다. 아파트만 지으면 그들의 일은 끝이고, 입주자가 없어도 땅주인이 빚쟁이에 시달려도 알 바 아니다. 그곳에 사는 사람들은 처음부터 신경도 쓰지 않는다.

집은 사람이 사는 곳인데.

나는 고개를 좌우로 흔들어 잡념을 뿌리쳤다. 촬영한 영상을 이어서 하나로 만들고, 자막이 나오는 정도를 키 프레임*으로 조정한 뒤 효과음을 넣는다. 그리고 전체적으로 동작을 확인하며 자막을 넣었다. 일단 1분짜리 동영상 파일을 완성하면, 이어서 5분짜리 동영상을 편집하고 자막을 넣는다. 그런 다음에는 10분짜리 동영상을 만든다.

제작 회사에 줄 외장 하드에 동영상을 복사하는 동안, 옷을 갈아입고 화장을 한 뒤 외출할 준비를 마쳤다. 지금 시각은 오전 11시. 하라주쿠의 제작 회사에는 정오까지 도착하면 된다. 시간은 충분하다.

복사가 끝났다. 컴퓨터에서 외장 하드를 빼내는 찰나 유다이의 방에서 가냘픈 소리가 들렸다.

---

* key frame, 동영상 프로그램에서 움직임의 시작점과 끝점.

……으에엥, 으엥, 에에에엥…….

울음소리다. 갓난아이의 울음소리.

나는 외장 하드를 케이스에 담고 가방에 집어넣었다. 유다이의 방 앞을 지나 현관에서 신발을 신었다.

울음소리는 그치지 않았다.

……으에엥, 으아아아아앙, 으아아아앙…….

이제는 마음이 아프지 않았다. 젖몸살도 나지 않았다. 생각하지 않아도 몸은 알고 있는 것이다. 이것이 살아 있는 아이의 울음소리가 아니란 걸.

나도 모르는 사이에 생긴, 아빠가 누구인지도 모르는 아기는 유다이의 방에서 이미 움직이지 않게 되었음을.

악취는 나지 않는다. 악취가 나도 상관없다. 냄새를 없애는 소취제를 넣어두면 되니까. 쓰지 않는 방은 어떻게 되어도 상관없다. 더구나 방 안의 상황이 어떤지 상상하고 싶지도 않았다. 앞일은 생각하고 싶지 않다. 지금 이 순간을 사는 것 말고는 아무것도.

지금 생각해야 할 것은 기껏해야 오늘 점심 메뉴 정도다. 오늘 점심은 무엇을 먹을까.

……으아아아아앙, 으아아아아앙…….

들리지 않아야 할 울음소리가 들려도 아무렇지 않다. 이 집에서는 당연한 일이다.

이상한 일은 아무것도 없다.

외장 하드를 건네고 곧장 돌아와 노가타 역 앞 슈퍼마켓에서 장을 보자. 제작 회사 사람이 같이 식사하자고 해도 오늘은 거절해야지. 냉장고에 있는 어제 남은 조림을 먹어야 하니까. 채소는 뭐가 남아 있었지? 고기와 생선이 없다는 건 알고 있다.

냉장고 안의 재료를 생각하면서 나는 현관문을 열었다.

*

히가를 따라간 곳은 사이타마 이루마에 있는 어린이집이었다. 오전 11시. 텅 빈 코인 주차장에 차를 세우고 그녀를 따라 밖으로 나갔다. 그리고 어린이집 담 밖에서 핑크색 어린이집 건물과 넓은 운동장을 보았다.

체조복을 입은 아이들이 놀고 있었다. 빨강, 파랑, 핑크, 오렌지색 모자가 햇살을 받아 반짝반짝 빛났다. 선생님과 장난치는 아이도 있었고, 야단맞는 아이도 있었다.

히가는 아무 말도 하지 않고 그 모습을 바라보았다.

나는 침묵을 견딜 수 없어서 조심스럽게 물었다. "히가……

여기에 누가 있어?"

"저 선생님."

그녀는 까치발을 하더니, 검은 장갑을 낀 손으로 운동장 한 가운데를 가리켰다. 몸집이 작고 통통한 여자 선생님이 다섯 아이들에게 안겨 있었다. 선생님은 "무거워!"라고 말한 뒤, 함박웃음을 지으며 아이들의 머리를 차례차례 쓰다듬었다. 우리보다 조금 어려 보였다. 스물다섯 살쯤 됐을까?

"아이들에게 안겨 있는 사람?"

"그래."

히가는 손을 내리고 다시 침묵했다.

"아, 아는 사람이야?"

그녀가 감정이 담기지 않은 목소리로 대답했다. "저 선생님의 이름은 사쿠라기 아사미야."

"그렇구나."

"옛날 성은 하시구치이고."

히가는 운동장을 바라보던 시선을 나에게 돌렸다. 세찬 바람에 뒷머리가 나부꼈다.

"······설마······."

그제야 겨우 그 사람이 누군지 알았다. 그와 동시에 의문이 고개를 치켜들었다. 히가의 말은 이상하다. 그런 일은 있을 수 없다. 하시구치 아사미, 즉 하시구치의 여동생은 죽었다고 하지 않았던가. 이미 20여 년 전에.

"사실이야. 본인과도 직접 얘기해서 확인했어. 가족과는 인연을 끊은 것 같아. 오빠인 하시구치와도. 어디서 사는지도 모른대." 그녀는 바람에 날리는 머리칼을 손으로 누르면서 덧붙였다. "아사미 씨는 죽은 걸로 되어 있었어. 장례식도 치렀다더군. 그 일본식 방에서. 그 이후 아사미 씨는 존재하지 않는 걸로 되었지. 2층 창고에 격리된 채 말이야. 어린이집 사람들이 찾았을 때는 일어설 수조차 없었대."

나는 입을 멍하니 벌린 채 그녀의 차가운 얼굴을 바라보다가 운동장으로 시선을 돌렸다. 조금 전의 선생님이 빙글빙글 작은 원을 그리며 아이들을 따라 달리고 있었다.

그 집에 있었던 하시구치를 떠올렸다. 미인이고 다정했던 하시구치의 어머니도. 2층에서 들렸던 뭔가 기어가는 듯한 소리도. 문 밖에서 들여다보던 그림자도. 불단 앞에서 하시구치가 했던 행동도.

"······어떻게 된 거야?"

히가가 냉정한 얼굴로 대꾸했다. "이유 같은 게 있겠어? 처음에는 있었다고 해도 그때는 이미 평범한 일상이 되었겠지. 반 친구에게 태연하게 거짓말을 할 수 있을 만큼, 하시구치의 집에서는 당연한 일이었어."

그녀가 벽에 기댄 채 담배를 꺼내더니, 달칵달칵 라이터를 눌렀다.

"······그럼."

나는 끔찍한 상상을 했다. 하시구치 집의 기억과 히라이와 집의 경험을 하나로 이어 끔찍한 가설을 세운 것이다.

"하시구치가 개를 키우지 않았다면."

"그래." 히가는 코를 킁킁거리고 나서 불이 붙지 않은 담배를 다시 담뱃갑에 넣었다. "그랬다면 아사미 씨는 고통을 당하지 않았을지도 몰라. 물론 시시리바에게 집을 지키게 해야 한다곤 생각하지 않아. 하지만 당시에 하시구치 집에서 개를 키우지 않았다면 그런 어리석은 일은 일어나지 않았고, 우리는 아사미 씨와 같이 평범하게 놀 수 있었을지도 모르지."

밖에서 노는 시간이 끝난 모양이다. 아이들이 어린이집 안으로 들어갔다. 아사미는 아이들에게 두 손이 잡힌 채 우리에게 등을 향하고 걸어갔다.

"……그때 목소리가 들렸다고 했어."

갑자기 기억이 났다. 하시구치 집을 나와서 히가는 그렇게 말했다.

히가가 고개를 끄덕이며 당연한 것처럼 말했다. "그래. 지금은 그 소리가 들리지 않도록 머릿속에서 짜냈어. 너무 시끄러워서."

나도 이제는 이상한 이야기라고 생각하지 않고, 평범한 일로 받아들이고 있었다.

돌아오는 차 안에서 문득 마음에 걸려 물어보았다.

"사사쿠라 가호 씨는 괜찮을까? 남편이 살해되고, 더구나 아이가……."

"퇴원하기 전에 만났을 때는 안정되었어. 시시리바의 영향도 남아 있지 않았고. 하지만……." 히가는 잠시 말을 끊었다가 앞을 보면서 덧붙였다. "마음에 걸려. 너무 냉정하다고 할까? 요괴가 있든 없든 이상한 일이 당연해지는 경우가 있으니까. 어느 집이나, 누구에게나."

"그건 그래."

히가의 말이 무슨 뜻인지는 충분히 이해할 수 있었다.

그녀는 잠시 담배를 피우고 나서 말했다. "좀 돌아가게 해서 미안한데…… 노가타에서 내려줄 수 있어?"

"무, 물론이야. 일이야?"

"사사쿠라 씨 집에 가보려고." 그리고 나를 똑바로 응시하면서 결심한 듯 덧붙였다. "그런 다음에 동생을 만나려고. 거기서 걸어갈 수 있거든. 만나서 이야기할 거야."

"……잘됐다."

자연스럽게 그 말이 튀어나왔다. 입가에는 미소마저 감돌았다. 자세한 사정은 모르지만 화해한 모양이다. 아니면 지금부터 화해를 하려는 걸지도 모른다. 어느 쪽이든 좋은 일이다.

빨간 신호 앞에서 멈춰 서 있자 히가가 한숨을 토하듯 보라색 연기를 내뿜었다.

"긴장돼. 그래도 만나야겠지…… 안 그러면 그게 평범한 일이 되어버리니까." 그녀는 표정을 바꾸지 않고 담배 연기를 바라보면서 덧붙였다. "그 집의 모래처럼."

신호가 파란색으로 바뀌었다.

나는 말없이 고개를 끄덕이고 천천히 액셀을 밟았다.

이 집에 발을 들여놓지 마라.
발을 들인 순간, 원래의 당신으로 돌아갈 수 없다!

스으윽, 스으윽.

기묘한 소리가 들린다. 누가 있는 걸까? 소리는 점점 작아지다가 이윽고 들리지 않는다. 잠시 후, 약간 열린 문틈으로 작은 얼굴과 기다란 머리카락이 보인다. 가느다란 손발도 보인다. 여자아이였다. 아사미의 유령이다. 이 집은 아사미의 유령이 있는 유령저택이다. 이가라시 데쓰야는 공포에 휩싸여 숨을 쉴 수 없었다.

사아아아아아아아. 사아아아아아아아.

계단을 타고 2층에서 모래가 내려온다. 거실과 주방, 복도 등 집 안 곳곳에 모래가 쌓여 있다. 모래에는 큼지막한 구덩이가 파여 있다. 발굽으로 찍은 것처럼 보이는 타원형의 구덩이는 발자국이다. 고개를 들자 갈색 모래 연기 사이에서 두 눈이 날카롭게 빛나고 있었다. 다음 순간, 히가 고토코는 그대로 정신을 잃었다.

남편의 전근으로 도쿄에 살게 된 사사쿠라 가호. 그녀는 도쿄 생활이 낯설기만 하다. 원래 친구가 많은 편은 아니지만 이곳에는 말을 나눌 사람이 한 명도 없다. 시스템 엔지니어인 남편은 주말에도 출근할 만큼 일이 많아서, 그녀는 늘 집에 혼자 있어야 한다. 아르바이트를 하고 싶어도 남편은 허락하지 않는다. 돈은 자신이 벌 테니까 그녀는 집을 지키면서 아이 가질 준비를 하라는 것이다. 남편의 말에 배어 있던 사투리가 사라지는 것에도 위화감을 느낀다. 남편은 어느새 도쿄 사람이 된 걸까?
그러던 어느 날, 전철역에서 우연히 소꿉친구인 히라이와 도시아키를 만난다. 그의 말에 배어 있는 사투리를 듣자 단숨에 그리움이 솟구치면서 어린 시절로 돌아간 듯했다. 그렇다. 어렸을 때도 부모님이 집에 없는 날이 많아서 종종 그의 집에 놀러 가곤 했다. 그의 할머니는 당시 외로움에 젖어 있던 그녀를 따뜻하게 위로해주었다. 그날 이후, 가호는 히라이와 집에 가서 그의 아내를 만나고, 그 집에 사는 치매에 걸린 할머니와 시간을 보낸다. 할머니는 이미 그녀를 알아보지 못하지만 할머니의 손을 잡고만 있어도 따뜻함이 전해진다.

그런데 이 집은 이상하다. 바닥에 모래가 쌓여 있어도 아무도 신경을 쓰지 않는다. 모래는 바닥에만 있는 게 아니다. 홍차에도, 음식에도, 할머니의 이불 밑에도 수북이 쌓여 있다. 그 집에 가지 말아야 한다는 걸 머리로는 안다. 하지만 집에 혼자 있기 싫다. 외로움에 젖어 있기 싫다. 집의 어둠 속에서 혼자 웅크리고 있고 싶지 않다. 결국 그녀는 오늘도 그 집에 가는데…….

어릴 때부터 괴담과 호러 작품을 닥치는 대로 읽었다는 사와무라 이치. 그가 작가가 된 과정은 이미 『보기왕이 온다』 옮긴이의 말에서도 언급한 적이 있지만 조금 독특하다. 2012년 봄에 다니던 출판사를 그만두고 시간이 남아돌 때, 초등학교 친구한테서 전화가 걸려왔다.

"지인이 취미로 소설을 썼는데, 읽어보지 않을래? 평가는 나중에 술 마시면서 해줘도 되니까."

그런데 막상 소설을 읽어보자 너무나 재미가 없었다. 혹평하려고 펜을 든 순간 어떤 생각이 들었다. 소설을 쓴 적이 없는 내가 남의 소설을 함부로 비평해도 될까? 그는 그렇게 생각하고 그 소설 안에 있는 모티브와 주제를 이용해 소설을 써보기로 했다. 그가 쓴 작품은 꽤 높은 평가를 받았고, 친구의 지인 작품도 당당하게 비평할 수 있었다.

"남의 작품을 제대로 비평하기 위해서는 소설을 써보아야 한다고 생각했습니다. 그래야 공정하다고 생각한 거죠."

2015년에 『보기왕이 온다』로 제22회 일본 호러소설대상에서 대상을 수상하면서 작가로 데뷔한 사와무라 이치. 그는 불과 6년 만에 열한 권의 책과 수많은 단편을 내놓았는데, 2019년에는 「학교는 죽음의 냄새」라는 단편으로 제72회 일본추리작가협회상을 수상했다.

많은 사람들이 그의 작품에 열광하는 이유가 있다. 그의 작품은 한 편도 '가짜'가 없다. 내놓는 책마다 소재도, 형식도, 공포의 내용도 모두 다르다. 그러면서도 매번 독자를 한없는 공포와 숨 막히는 전율의 롤러코스터를 태웠다가 마지막에는 가슴이 먹먹해지게 만든다. 그는 특히 여성의 고독과 외로움을 따뜻한 시선으로 바라본다. 언뜻 행복해 보이는 가정 안에 숨어 있는 수많은 슬픔과 아픔을 따뜻하게 바라보는 것이다. 그런 점은 이 『시시리바의 집』에서도 변함이 없다.

가호의 쓸쓸한 집과 히라이와의 행복한 집. 이 두 집에 깃든 진실은 무엇인가.

어느 집에나 이상한 일은 있다.

어느 집에나 무서운 것도 있다.

과연 당신 주변에는 그런 집이 없을 것인가.

2021년 6월

이선희

옮긴이 이선희

부산대학교 일어일문학과를 졸업하고 한국외국어대학교 교육대학원 일본어교육과에서 수학했다. KBS 아카데미에서 일본어 영상번역을 가르치면서, 외화 및 출판 번역작가로 활동하고 있다. 옮긴 책으로는 기시 유스케의 『검은 집』, 『푸른 불꽃』, 『신세계에서』와 히가시노 게이고의 『비밀』, 『방황하는 칼날』, 『공허한 십자가』, 나쓰카와 소스케의 『책을 지키려는 고양이』, 이케이도 준의 『한자와 나오키』, 사와무라 이치의 『보기왕이 온다』, 『즈우노메 인형』 등이 있다.

시시리바의 집

1판 1쇄 발행 2021년 6월 23일
1판 2쇄 발행 2021년 12월 22일

지은이 사와무라 이치 **옮긴이** 이선희
펴낸이 김영곤 **펴낸곳** (주)북이십일 아르테
문학팀 김유진 임정우 김연수 원보람 **해외기획팀** 최연순 이윤경
일러스트 박혜림 **디자인** 소요 이경란
출판마케팅영업본부 본부장 민안기
출판영업팀 김수현 이광호 최명열
마케팅2팀 엄재욱 이정인 나은경 정유진 이다솔 김경은 박보미
제작팀 이영민 권경민

출판등록 2000년 5월 6일 제406-2003-061호
주소 (우 10881) 경기도 파주시 회동길 201(문발동)
대표전화 031-955-2100 **팩스** 031-955-2151

아르테는 (주)북이십일의 문학 브랜드입니다.

(주)북이십일 경계를 허무는 콘텐츠 리더

ISBN 978-89-509-9554-6 03830